U0846321

晚风

周晚欲
Zhou Wan Yu
著

晚风无处不在，可没人看得见它。

你看，像不像某种感情？

北京联合出版公司
Beijing United Publishing Co.,Ltd.

绿 宝 石

Fall into your light

晚

晚风

周晚欲
Zhou Wan Yu
著

风

北京联合出版公司
Beijing United Publishing Co.,Ltd.

再爱一次吧。

既是从前的延续，

也是归零的序曲。

目录

CONTENTS

楔子

要从很久很久以前说起

二〇三二年五月的最后一天，禹山入梅。

让人烦躁的绵绵细雨，就像是一颗汁水饱满的杨梅被挤出的汁液，黏黏糊糊地下着，到处都湿漉漉的，又热又闷。

这种天气当然不适合出门。然而禹山市区某个大型书店外却排起了长长的队伍。

现场的无人机冒着雨工作，从上往下拍摄，大红的、青绿的、水蓝的、透明的……伞像花一样，从书店门口一直盛开到街道尽头，又拐了个弯，在相邻的路上又绵延开放了数百米。

书店门口三米高的立牌上写着："百万畅销书作家江潮生，沉寂五年沉淀力作《晚风》新书签售暨读者见面会。"

这下就不难理解为什么会有这么多人冒雨聚在这里了。

江潮生是近年来国内最畅销的青春文学作品作家之一，他出版的四部作品累计畅销六百多万册。除了书火，他本人也很火，在社交平台上每发一张照片，动辄几十万点赞量，竟连二三线的明星都被比了下去。

然而这位当之无愧的书圈顶流早在这场见面会之前就发文称，《晚风》之后，他将封笔退圈，永不复出。

于是读者们从祖国的四面八方赶来，来赴他最后之约。

禹山是江潮生的家乡，南方的一个三线海滨小城。早在十一年前，他的第一部长篇小说《喜雾》出版后就是在这里举办的第一场见面会。十一年过去了，最后一本书出版，他仍然选择在这里告别。

除了读者，现场还有许多记者，在见面会开头有媒体采访环节。

记者提到的第一个问题就是："您为什么会选择在禹山举办见面会？除了这里是您的家乡，还有别的原因吗？"

"家乡已经是最重要的原因了。"

台上，江潮生穿着一身熨帖的正装——白衬衫、双环结领带、黑色暗纹西装外套，头发梳得一丝不苟。他向来淡漠，眉眼总是清冷的，很少笑，而正装更加凸显了他的严肃。

说完这句话，他察觉讲得太少，倒像为难记者，以往他不会在乎这些，但这次毕竟是告别会，他想了想，又补充道："家乡不一定代表归宿，但一定代表青春。至少我身边的绝大多数人都是在十八岁以后才出门远行的。禹山就是我的青春之城。"

记者接着又问："您的第一本书写了暗恋，最后一本书也是写暗恋，请问是有原型吗？"

江潮生闻言看向台下第一排的几个人。

《喜雾》出版的时候，台下就坐着他们，只是当时有两个人缺席，这会儿依旧有两个人缺席。没办法，毕业之后，人总是很难聚齐，江潮生适应不了这样的缺憾，却早已学会理解。

当初记者也问过他关于原型的问题，当时他回答："没有。"因为那个人在场。

现在他回答："有。"因为那个人不在。

这个问题足够记者们写出有点击量的标题，于是后来连续几个问题都变得不痛不痒。

采访有条不紊地进行着。

直到最后一分钟，才有人问："为什么要封笔？"

江潮生沉默了几秒。

这原本是一个早就有答案的问题，他不该沉默的，因为沉默会显得不舍，可他没有不舍。

"我今年已经三十五岁了，早已经谈不上青春……"江潮生给出这样的答案，就像话说了一半。

记者们静静地等，可他在停顿了十几秒之后就放下了话筒，不打算再补充什么了。

接下来签售会开始。

江潮生要封笔退圈的消息，令读者们非常震惊、错愕，难以接受。哪怕是提前三天得知，现场还是有很多哭着求江潮生不要退圈的读者。

江潮生能做的只是帮他们签更长的“To签”和满足每一个合影要求。

他去意已决，连他自己都留不住他。

签售会之后，原本出版社给他安排了一个独家专访，然而由于读者太多，签售会被迫延后四个多小时，当天的专访只好约在改日。

五日之后，天晴了，江潮生接到编辑的电话，在吃过午饭之后，赶到了海边的咖啡屋。

要见面的记者欧阳是江潮生的老朋友，江潮生人生中的第一次专访就是他做的。当时专访稿发表在杂志《初萌》上，整整四页，这是一线作家的待遇。后来纸媒衰落，杂志停刊，原来的杂志社开办了一个阅读网，采访形式也更加多样。

江潮生到咖啡屋之后，才发现欧阳今天带了团队。团队里的年轻人背着摄影机，拿着话筒和打光板，很专业，专业得让江潮生皱起眉头。

他不愿意出镜。

温澜曾经说过，他是个固执的人，连岁月都没法让他柔软下来，哪怕老了，他也会是个固执的老头儿。

或许吧，总之，最后因为他的固执，采访团队不得不临时改变方案。最后只剩欧阳一个人面对他。

欧阳问江潮生：“要咖啡还是茶？”

江潮生最后选择了白开水。

欧阳挠挠下巴上短硬的胡楂，试图以一种寒暄的方式开始今天的采访。

他看了眼江潮生无名指上的戒指，若有所思：“潮生，我们已经认识十余年了。”

这种开场白让江潮生警惕起来。一般来说，这种话后面肯定就要煽情了，而煽情是最高明的道德绑架。

“有可能这是我们最后一次对话，我希望你能讲讲这本书背后的故事——你真正的故事，而不是为了完成一份工作，就随便应付我。”

果然，欧阳想探寻的终究是私密事。

江潮生入行十余年，低调已经成了习惯。

有些作者贩卖私生活，有些作者想进娱乐圈，有些作者爱用原型来为自己的小说增加故事性……这些原本他都可以做，他甚至有这么做的资本，但他始终连想都没想过，不是懒得做，而是不屑。

黎晚说过，他太过自傲，也太过清高。

江潮生沉默了很久。

欧阳等不了了：“潮生……”他乞求地看着江潮生。

事实上，这个采访对欧阳来说并不全是工作。

诚如他所说，他认识江潮生已经十余年，这个人的人生，他也旁观了十余年，他对一些故事所知不过一二。诚实地说，那些事并不轰轰烈烈，但足够让他沉默着抽上一根烟。

江潮生看着欧阳：“其实我本来也要跟你讲一些故事。”

这句话让欧阳深深地怔住了，他既惊又喜，更不敢相信：“真的吗？！”

“嗯。”江潮生语调没有起伏，“今天出门之前，我的戒指掉进了沙发缝，我费了很大的劲儿才把它抠出来。然后我忽然看到一个亮闪闪的东西，伸手去摸，摸出来一只月亮发夹。”

是的，这就是他决心把一些事情讲出来的原因。

江潮生总觉得午后的时间是一天中最慢的，像被换帧慢放的慢镜头，树影从那头移动过来仿佛就过了小半生。

而夜晚的时间又总是匆匆。

一根香烟的时间，他的从前也就都说完了。

他讲这个故事，从午后讲到天黑，说慢也慢，说快倒也快。

总之，前半生也就是几小时的自言自语，再加几小时的沉默不言，抽几根烟，再把水换成酒，喝个微醺而已。

“有些事我不会忘，但我一直都是沉默的，如果一定要画个句号……嗯……这事没有句号……我是说，如果我还能做些什么，那就是不再沉默下去。我知道的故事，让全世界也帮我记着。”

江潮生寡言、清高、固执，甚至有些刚愎自用。

他身上有一些极端的特质，让他能写出区别于他人的作品，也给了他某部分迷人的魅力，但不可否认，这些特质也给他带来了孤独和失去。气质里的东西能被改变，性格里的东西通常要伴随人的一生。

当江潮生这么说起从前的时候，欧阳不由得挺直了背，以一种更重视的姿态来对待他的这次讲话。

因为欧阳敏锐地察觉到，眼前的男人改变了一点，变的不是气质，而是性格。

这种改变给人的感受是，这个人在谈吐、动作、神态、外表上还是从前的那个人，但眼神与从前不一样了。具体哪里不一样，欧阳知道，他得听完故事才能有答案。

树影投在江潮生脸上，外头有风，树叶一晃动，树影也开始摇曳。

树影总是给人一种孤寂的热闹感，就像青春一样。而江潮生此刻就在这样的树影之下，欧阳看着他，仿佛穿透斑驳的岁月，看到了青春背后的那个少年。

“和其他故事一样，还要从很久很久以前说起……”

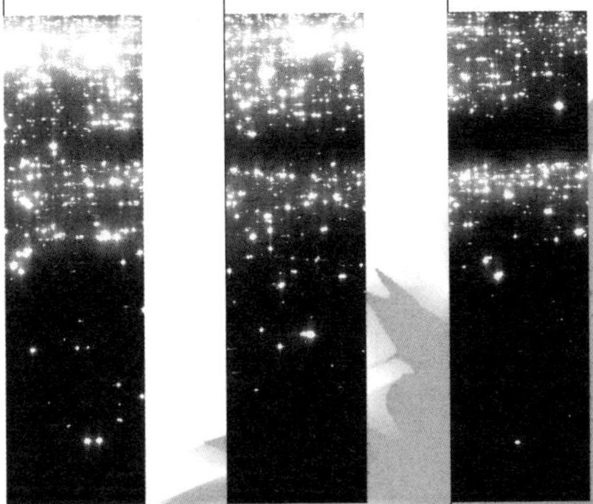

晚风

他的爱情是一座无人问津的花园

1

长大

生命不可承受之重

一九九七年的春天，禹山市南市区的幸福家园有两个孩子在同一天呱呱落地。

这两户人家，一户姓温，另一户姓江。

温和平和江大卫都在光明路小学当老师，温和平的妻子曲芳大他三岁，在光明路幼儿园当副园长，江大卫的妻子王冬梅则在一家外贸公司当会计。

这四个人年龄相仿，既是同事，又住对门，关系比一般的邻里要好上许多。尤其是两个女人。她们俩爱好相近，都喜欢看琼瑶小说，爱听孟庭苇、张信哲和后街男孩的歌，共同的偶像是张国荣，当然偶尔也会对“新晋小生”陈晓东着迷。

那会儿时兴大喇叭裤，两个人都不爱穿那种款式，但都偏爱大红色呢子外套，或者黑白波点雪纺上衣。

王冬梅烫得蓬松的卷发一直是曲芳羡慕的，她在幼儿园工作，园长要求老师们不要太时髦，说是家长见到了不像样，会带坏小孩子。

曲芳不烫发，留着一头“黑长直”，薄薄的刘海儿，头上经常戴着各种样式的发箍。就像王冬梅耳朵上的耳环，今天是大红波点环，明天是珍珠款式，曲芳的发箍总是默契地和那些耳环相配。

两家人和睦是因为男人，而变得亲密则是女人们的功劳。

婚后一年，曲芳和王冬梅先后查出怀孕，一算日子，预产期竟然差不离。

要不怎么说她们是好姐妹呢，怀孕之后，她俩连爱吃的口味、孕吐的时间、反应的程度都基本一样，两个人都觉得这是缘分。随着肚子一天天大起来，某天不知道是谁说了一句："干脆一块儿起名字得了。"

于是，在孩子们出生之前，两家人就给他们取好了名字。如果两个孩子都是女孩，那么一个叫温文，另一个叫江尔雅；如果两个孩子都是男孩，那就一个叫江玉树，另一个叫温临风；如果两个娃娃是一男一女，那么一个叫温澜，另一个叫江潮生。

温文尔雅、玉树临风、温澜潮生，三个再普通不过的成语，却让温和平这个体育老师和江大卫这个数学老师各掉了一撮头发。

取好了名字，这两对夫妻每天都在期待孩子降临。

三月的最后一天，王冬梅肚子先疼了起来，被送去医院，疼了一天一夜还没生。第二天早晨曲芳羊水破了，进了医院没一个小时就生了。

曲芳生完，还去王冬梅那病房看她，告诉她："我生了个女儿，如果你生的是儿子，就要给我的小孩当哥哥，男孩子要保护女孩子的嘛。"

那会儿王冬梅阵痛最厉害，头发被汗粘在惨白的脸颊上，整个人都虚脱了，已经没法回应曲芳了。

直到下午六点左右，江大卫第八次去请大夫，大夫过来看了看王冬梅的情况，才说："可以剖了。"

小娃娃在王冬梅肚子里折腾这么久，害得他亲妈受罪，他自己也吃苦，等他生出来，因为缺氧，脸色都发紫了，于是一出生就被送进重症监护室，待了三天才出来。

你看，江潮生从出生起就比温澜命运多舛，后文只称其为潮生。

在两个小孩都还是小婴儿的时候，潮生比温澜要更受呵护一些。那会儿他娇气，动辄生病，还总爱在梦中惊醒，大哭，他一哭，整栋单元楼都不安生。反观温澜，除了吃，就是睡，特让人省心。

在很长一段时间里，温澜和潮生的世界里只有彼此。

他们的奶瓶、奶粉是同一个牌子的，玩具、衣服、毛巾被基本都是同款的粉色和蓝色，他们在一张床上换过尿布，留过同款光头。学说话之后，他们喊出的第一个外人的名字分别是"lan""chao"。

周岁抓周的时候，温澜抓住一个红包。潮生也想要那个红包，温澜攥着不撒手，他就伸出肉嘟嘟的胳膊把温澜抱住了。

当然，只有彼此的那段时光都是他俩不记事的时候。

等他们开始记事，世界上已经多了其他的小朋友。

首先就是江海生。这小鬼头是潮生的亲弟弟，比他小三岁，恰好是新世纪千禧年生人，性格和潮生那叫一个南辕北辙，天生就爱调皮捣蛋。

温澜和潮生都不喜欢他，因为这小鬼总爱掐他们的胳膊，把指甲周围抠破皮，伤疤一圈一圈的，就像烟烫的一样。

为此王冬梅和江大卫没少教育海生，但这小孩不掐人了就打人，王冬梅就骂海生不知道他随谁，性子那么坏。

帮忙带孩子的外婆就说："随你爸。"孩子外公年轻的时候是个地痞流氓，后来犯了流氓罪，进局子了，到现在还没出来。

王冬梅每次想到这事就满是恨意。

在那个年代，一个男人要是堕落了，最对不起的不是社会，而是这个家庭的女人。

王冬梅最清楚，生计和温饱上的担子简直不值一提，戳人脊梁骨、打压人的尊严、被人占便宜使绊子的事比比皆是。太多的苦等着女人们去咽，无数的委屈等着女人们去忍……因此王冬梅从小就教育潮生，要对女孩子有礼貌，永远别伤害女人。

那会儿潮生还小，他身边也没别的女孩子，自然而然就认为对女孩子好就是对温澜好。就像温澜喜欢吃甜的，家里的大白兔奶糖，他总要留给她，连弟弟海生的麦芽糖，他也要偷几颗给她吃。

于是，后来温澜得了蛀牙……

但是温澜没有怪他，反而在潮生自责的时候偷偷亲了亲他。

小孩子亲人，其实就是抹口水，温澜嘴角的口水全都抹潮生脸上了，黏糊糊、凉飕飕的。他很难受，但没擦掉，他怕温澜觉得他嫌弃她。

这个亲亲发生的时候，他们已经上小学了。

从单元楼下的空地到小区另一端的沙堆，再到幼儿园的滑滑梯……

他们新认识的小朋友越来越多，也有许多小朋友出于各种各样的原因离开他们的生活。

只有温澜和潮生，他们从吃磨牙棒、穿开裆裤就在一起，到幼儿园里领小红花的时候还在一起，再到小学，小红花变成了红领巾，他们还是黏在一起。

曲芳经常感叹："他们俩就像一个娘胎里出来的似的。"

王冬梅就笑："名取得好，性子也随名字。"

温澜潮生是一个令人感到温暖的词语，寓意内心涌起一阵阵暖意，充满温柔的情怀。温澜和潮生的性格就像这个词语一样，安然、温柔、不急不躁。

那会儿温家和江家最常出现的场景就是，女人们聊着天择菜，孩子们认真写着作业。

正上一年级的小朋友们坐在桌子两端，板板正正地在田字格上写着字，没有丝毫不耐烦的迹象。窗户外头橙红色木棉花的枝丫疯长，好像要伸进屋子里面，温澜偶尔抬头看一眼，而潮生始终低头写字。

王冬梅心生一种岁月静好的感慨，用手肘捅捅曲芳的腰窝："要不给他俩定娃娃亲得了。"

曲芳正在织毛衣，闻言白了王冬梅一眼："那要看潮生长不长得到一米八嘞。"话虽如此，眼里的笑却从新长的皱纹里溢了出来。

"……"

两个大人在这边说笑。那边的两个小鬼互相看了一眼，装作大人模样，无奈地摇了摇头，也给对方一个笑容。那会儿他们并不知道大人们的心思，就算是知道了，他们也不理解。

只是王冬梅偶尔会问潮生："长大了娶温澜当老婆好不好呀？"

潮生和许多懵懂无知的小孩子一样，会问："对老婆就是爸爸对妈妈这样吗？"

王冬梅每次都笑："是呀，温澜当你老婆，你就永远不会和她分开啦。"

潮生认真想了想，第二天很正经地告诉王冬梅："妈，我长大后要娶温澜当老婆。”

王冬梅听了就弯腰哈哈大笑。

潮生也跟着笑。那会儿他真的以为他会和温澜一辈子都在一起，即便他从未思考过一辈子有多长。

上小学的时候，他们两个一直在一个班，有时候温澜的杯子没水了，就会直接拿潮生的喝，潮生橡皮丢了，也会拿温澜的用。

班里调皮捣蛋的臭小子们偶尔会开玩笑，当着潮生的面喊：“江潮生，你的老婆来了！”

潮生从小就性子闷，被说了也不还嘴，久而久之，大家觉得没意思，也就不当着他的面喊了，他们转去欺负温澜。

“温澜，江潮生是不是你老公啊？”露出豁牙的小孩一笑起来特别灵泛。

温澜腼腆地红了脸，他们更开心地扮鬼脸：“温澜，你喜欢江潮生吗？”

“你亲过江潮生吗？”

“我妈妈说亲了就会怀孕的哟……”

温澜嘴巴向下一撇，哇的一声哭了。

潮生听见了，二话不说，冲上去就要揍人。搞什么，他的老婆不能让别人欺负。

那会儿正流行周杰伦的《双节棍》，潮生不属于活泼捣蛋的小孩，却下意识念叨着“哼哼哈嘿”，像念经一样，念一句出一拳，一本正经、一脸正气地把几个小皮孩暴打了一顿。

那次出头之后，江潮生被叫了家长，但是从那以后再也没有人敢说闲话了。

当然，他们在背地里更加坚定了温澜和潮生就是一对。电视里都那么演，比如英雄救美啊，以身相许啊，孩子们跟着大人看电视，以为那就是爱情。

日子悄然而逝，他们很快就升入初中。

禹山的中学是按照街区划分的，而幸福家园附近就新建了一个校区，他们去念书不用骑车或坐公交车，步行十分钟就到了。

于是和上小学一样，他们仍然一起上下学。他英语弱，她数学弱，他们互相给对方补课，每次考试都要比一比谁成绩好。

当然，这个世界上不存在完美小孩，他们也会抄彼此的作业，会帮对方骗家长，考试没考好，也给对方签过名。

江潮生上初中之后开始迷上看小说。在王冬梅眼里，与分数无关的书就是没用的，哪怕是川端康成和狄更斯的书，也不例外，所以温澜会以潮生要帮她补课为由，让他到她家里看小说。

潮生也够意思，班上有个男孩爱解温澜的背心系带，在一个月黑风高的夜晚被潮生拦住，教训了一顿。潮生很少打人，仅有的几次都是为了给温澜出头。

进入青春期之后，由于性激素水平升高，男孩和女孩的第二性征开始显现，男孩们开始长喉结、长胡子，女孩们乳房发育、月经来潮。

江潮生第一次梦遗，温澜来初潮，都发生在初一升初二的那个夏天。

那天傍晚，曲芳和王冬梅在厨房忙活，曲芳刮着土豆皮，说："别看温澜年纪小，她第一次来这个，量还挺大的。"

王冬梅正在择蒜薹，小声说："那天早晨，我去给潮生收拾屋子，看到他枕头底下藏着的内裤，他早晨急着上辅导班，还没来得及洗，我本来想顺手洗一下，一摸还黏黏糊糊的，就什么都懂了。后来，我就原封不动又给他放回去了，男孩子要面子嘛……"

潮生做作业累了，出来喝水，无意间听到了她们的对话，听完之后耳朵尖就红了。

后来晚饭他没吃，说是去古乘家住一晚。古乘是潮生最好的朋友，王冬梅也认识古乘妈妈，就放心地让他去了。

古乘父母都是生意人，他俩忙事业，晚上经常不在家，一直都是保姆在照顾古乘。但古乘总觉得保姆做的饭偏甜，不太爱吃她做的饭。正好潮生来了，他就领潮生去街上吃美式快餐。两个人叫了一大桶炸鸡，吃得干干净净才回家。

之后，古乘和潮生打游戏。

古乘家有钱，所以他屋里总是有各种令人羡慕的玩具，潮生虽然不贪玩，但偶尔也会放纵一下，打起游戏来也能几小时不挪窝。

但古乘大概是每天都玩，有点腻了，玩着玩着他说了声“没劲”，把游戏机一扔，走去门口开门，左右看了看，又把门上锁。转脸，他一脸意味深长地对潮生笑说：“给你看点好东西。”

古乘把窗帘拉上，把大灯关了，只留一盏床头灯，然后扔了包抽纸在桌上，又去书架上找出一本《新华字典》。潮生余光看见里面的书页中间被挖空了。古乘从里面掏出一张碟，然后插进了电脑主机的DVD装置盘里。

江潮生看他这一系列动作，隐隐约约察觉出了什么，但是当电脑屏幕里开始出现那些画面的时候，他还是一口气没提上来。

旁边的古乘兴奋地窸窸窣窣地动着手臂，潮生却坐立难安。他对这种刻意的勾引、虚假的喘息、器官的特写强烈地抵触，他恶心地闭上了眼。

潮生以前在许多文学作品里都读到过有关性爱的文字，在没看这种片儿之前，他对这种事的想象是很美好的。

尤其是他白天才读过《彼岸花》，里面把性爱描写成绣花：“平展的缎子看过去脆弱和紧张，似乎轻轻一戳就会让它撕裂。女人手指间的针尖，穿着鲜红的丝线，在白缎子上面绣着一朵绽放的牡丹。丝线拉过去，又穿回来。缎子发出轻微的破裂声……”

但是他没想到这种事真正做起来是那么粗鲁，甚至粗鄙。

古乘不了解潮生心里的想法，转脸看他像和尚打坐似的，不由得点击鼠标把画面暂停，问：“怎么了，哥们儿，你不喜欢？”

潮生缓缓地睁开眼，说：“我困了。”

古乘又问了些什么，潮生几乎没搭话，他恨古乘让他的幻想破灭了。

直到古乘聊起温澜："温澜胸是小了点，但是条顺，长得也好看。"

"你少意淫她。"

潮生从小就被王冬梅灌输长大要娶温澜，当然，小时候懵懵懂懂孩子气，有些话哪怕说出口，也不会脸红。可现在他已经是懂得七情六欲的年纪，再提起温澜，有些话就得挑着拣着说了。

古乘嘿嘿一笑："明白，温澜是你的，没人跟你抢。"

潮生朝他肚子给了一拳："她是我妹妹。"这话多少藏着别扭。

"是，是，妹妹嘛……"古乘意味深长，斜眼瞥他，"话说，我可知道咱班有几个人惦记着她呢。"说到这儿，古乘想起了什么，"话说，我还梦见过林可呢，你呢，有没有想过……"

"没有。"潮生说得冷淡至极。

"我还没说是谁呢。"

"谁都没有。"说完，潮生转过身，背对着古乘睡去。

江潮生第一次梦见温澜是在初二下学期的春天。

自从上了初中，潮生和温澜都不同程度地获得了一些异性的关注。

和温澜身边明目张胆的追求者不同，潮生身边的女生大多只能被称为爱慕者，她们是那种只会偷偷往他书包里塞情书却从不让他知道自己是谁的人。

你们知道的，情书永不过时。

江潮生虽然对其他任何女孩都没意思，但他不会做那种在众目睽睽之下把情书撕碎并扔进垃圾桶的事。他会将情书塞进书包里，带回家认真读完，再放抽屉里。

他不给任何女孩回应，哪怕是一个笑脸；他也从不会对任何一个女孩冷眼相向，不把那些喜欢当成炫耀的资本。

温澜说，他这样爱护女孩子的男孩现在很少见了。潮生回她："我不是爱护，只是尊重。"

温澜经常想不通潮生到底是理性还是感性。

如果说他理性，他偏文科，喜欢的书籍也大多是情感小说。他会因为《泰坦尼克号》而落泪，看到街上的拾荒者会心生怜悯，而省下饭钱帮忙。

但如果说他感性，他又并不热情，甚至冷淡，待人界限分明，学习上自律、刻苦，又爱咬文嚼字。就像“爱护”和“尊重”，在温澜眼里明明是一个意思。

而且他还很会做选择，他总能把利弊分析得头头是道，从而做出最优选择。是的，他做最正确的选择，而不做自己想要的选择。

温澜和潮生在这些事情上完全不同。

他们都是看起来安静而自律的性格，但是温澜偶尔会在学业上偷懒。她和班上所有人的关系都还不错，尽管她并没有一个可以称为闺密的朋友。她会在潮生在图书馆偷看《飘》的时候，溜去和同学们唱卡拉OK，尽管唱的都是安静的歌。

赶海的时候，潮生会远远坐在海岸上看落日、听晚风，而温澜会踩着浪花把裙摆弄湿，张开双臂引海鸥。就像儿时做作业，她会抬头看窗外的春光，但他不会。

青春期之后，她心里的小热闹慢慢显现，而他始终静寂。

正是这种碰撞，让潮生心里的潮水开始涌动。

初二开学之后不久，学校组织植树节去南山种树。温澜选择种玉兰，潮生选择种银杏，理由都很肤浅，一个是因为玉兰花好看，另一个是因为银杏叶好看。

在种树的时候，隔壁班那个在学校里混得风生水起的不良少年殷勤地帮温澜拿铁锹和树苗。在一众男生挤眉弄眼的调侃中，温澜竟然没有反对。

女生们小声讨论：“听说前两天梁森的篮球滚到温澜脚边，后来梁森就开始打听温澜了。”

潮生戴着耳机，弯腰刨地，铁锹每一下都挥得很起劲儿，就像什么都没听见。

“温澜漂亮，梁森也帅，但不知道为什么感觉两人不搭。”

“梁森就是一混混儿，哪配得上温澜呀……”

“还不如江潮生呢。”说话声小了很多，“不过温澜要是被人拐了，你不就有机会了……”

“小点声……”

初中的孩子们还有很明显的“好学生”和“坏学生”之分。

而江潮生是根正苗红的好少年。

古乘和温澜都在背地里提到过那群女生是怎么形容他的——清俊、出尘、朗然若玉树，加上他成绩在年级能排上前十名，所以在女生堆里还算出名。

而梁森呢？他顽劣、热血、不羁，狐朋狗友一大堆，放浪形骸，不务正业。

潮生以为温澜不会喜欢这种人。

但是那天种完树回家，温澜却问他：“你觉得梁森帅不帅？”

潮生抿了抿唇，只说：“他不适合你。”

不适合？后来潮生无数次懊恼，这三个字怎么可以对一个十四五岁的少女讲？

青春期的少男少女最不相信的事情就是“不适合”。因为这个世界的条条框框对少年是最不管用的，这个社会约定俗成的规则，少年是最不屑的。少年之所以是少年，是因为他们有只身摘星辰和对世界说“不”的勇气。

果然，温澜只是笑笑，那笑容就代表着一切了。

后来温澜和梁森渐渐走近。有一次上体育课，两个班在一起上，因为温澜，梁森竟然主动邀请潮生去打篮球。当然，潮生拒绝了他，因为他从来不打篮球。

但梁森不这么想。温澜和潮生每天一起上下学是几乎所有人都知道的事情，他们青梅竹马的关系，稍加打听也能打听出来。不用再有任何揣测，只这两点，就足够挑起一个男生的胜负心了。

梁森直言不讳：“你对温澜有意思？”

潮生想都没想：“她是我妹。”

“那我和温澜在一起，能叫你一声哥吗？”梁森这句话说得吊儿郎当。

潮生一本正经：“我不是你哥。”

那天回家之后，潮生把温澜和梁森的事情告诉了曲芳和温和平。那晚温家的灯一直亮到十二点。

第二天早晨，温澜没等潮生就自己先去学校了。他们冷战了。

以前他们不是没吵过架。小时候因为一个玩具，或者因为抢遥控器就能吵起来，但次数很少。他俩都是安静的性子，爱闷在心里，不像别的小朋友吵完哭两声就好了，他们总要经过三五天才能和好。和好也和好得悄无声息的，某天放学，两人又手牵手一起走了，就说明和好了，而一旦和好，就很久很久都不会再吵一架。

但是这次冷战有点不同，因为跳过了吵架这个步骤。

过了大概三天，潮生才意识到这次事情和他想的有点不太一样。

人和人的关系就像一种知觉。而亲近的人之间不是咖啡和牛奶的差别，而是咖啡加了一块糖还是两块糖的差别；不是雨和雪的差别，而是毛毛细雨和急促小雨的差别；不是月亮和太阳的差别，而是初一的月亮和十五的月亮的差别。

潮生的感性思维让他敏感地察觉到他们之间有隔阂了，而理性助他分析了这一切，并迅速做出判断。

他在晚上回家之后，端着王冬梅做的青团敲响了温澜家的门。

温澜还别扭着，但没有不见他。

“我把梁森的事情告诉叔叔阿姨，是因为植树节之后，我还见过那男孩和别的小女孩一起在路边吃冰激凌。”潮生没有拐弯抹角，他们的关系也不需要说话拐弯抹角。

“吃冰激凌怎么了？”温澜的声音糯糯的，就像手里的青团子，生气时也很软。

潮生已经近人情一次了，没有第二次：“是他喂那女孩吃冰激凌。”

温澜沉默了。

潮生以为她是不愿意接受这一切，正当他在脑子里组织语言的时候，温澜轻轻地说：“我知道。”

潮生看向她，她也望过来，白皙的面庞像笼着月光的白玉兰的花瓣。

“有人告诉过我了。”温澜这么告诉潮生。

潮生看着她：“然后呢？”

“我已经打算不理他了，从明天开始。”温澜眼里蒙了一层失望。少女第一次暗生情愫，又第一次对一个男孩失望，这件事算不上悲伤，但足够令人失落。

顿了顿，潮生站起来，俯视着她，眉宇之间带着淡淡的凉意，但不冷：“好，明早一起去吃李家豆腐脑吧。”这就是他关心的表现。

温澜懂，她莞尔一笑：“你请客。”

“行。”潮生也笑笑，随后拿着空盘子回家了。

第二天潮生和温澜一起去吃了早点，随后又一起去上学。

走到教学楼前面的小花坛时，他们遇见梁森了。那个男孩和其他三个男孩一起拿着笤帚和垃圾桶吊儿郎当地晃，不像在干值日，像在逃晨读。

“温澜。”梁森喊了一声，“一会儿一起去逛逛操场吧？”

温澜攥紧了书包带：“操场上都是体育生在训练，我不想去。”

“那去走廊上站会儿，聊聊天。我这儿有大白兔奶糖，你吃吗？”

“我不吃了。”温澜说，“梁森，我想好好学习了，我先上去了。”说完话，温澜径直进了教学楼，没有仓皇，始终从容。

潮生要跟着她上去，却被梁森拦了下来：“是不是你跟温澜说什么了？”

那会儿潮生对这种不学无术的小混混儿很鄙夷，他有好学生的清高和自傲，连看都懒得看梁森一眼：“温澜看见你和别的女生一起吃冰激凌了。”

话不用说得太复杂，梁森懂了。

后来几天，他开始频繁出现在温澜教室。

送早晨的早餐、午后的奶茶、课间的小零食……这些最简单的哄女孩子的招数都被梁森试了个遍。但是温澜始终不为所动。

后来梁森淡出了他们的视线，再后来，快期末考的时候梁森恋爱了，但不是和那个一起吃冰激凌的女孩。

班里女同学在讨论的时候，古乘凑到潮生跟前说：“他才多大啊，就开始玩这一套。”

潮生对这种行为很是不屑。每个人情窦初开的年纪不同，有人早有人晚，这无可厚非，但是太早去尝试成人的东西多多少少有点不够负责，对自己是这样，对对方亦是。

人家都说男孩晚熟，或许是爱读书的原因，潮生却是早熟的那个。

“不过这样一来，你和温澜就……”古乘又开始不着调。

潮生拿中性笔往他头上敲了一下，不咸不淡地骂了声：“滚。”

古乘摸摸脑袋：“你要是对她没意思，那我就去追了？”

潮生气不打一处来：“谁才刚刚吐槽完梁森？”

“我就是——”

铃声响了，数学老师拿着一个三角板进教室，朝桌子上梆梆敲了两声，打断了古乘的话。古乘忙不迭跑回自己班里去了。

开始上课。

期末考的复习周，老师只讲题不讲课文。数学老师是个很喜欢点人到讲台上做题的人，这节课一上课，他就点了两个人上去做题。

“江潮生。

“温澜。”

两个名字一前一后被念出。

接着班里所有人都开始爆笑。

潮生和温澜对视了一眼，温澜明显有点无语，于是潮生只能装作更无语。

数学老师教书这么多年了，这种调侃，他再熟悉不过，虽然严厉斥责大家安静，却也偷偷笑了笑，笑少年心性，笑青春不老。

回座位之后，潮生才开始回味同学们的揶揄。他低头写字，在草稿纸上写下了温澜的名字，又没有波澜地把那块涂黑了。

期末考结束，发成绩之前那几天，潮生和温澜都挺闲，家长就趁着周末，领他们去海边烧烤。

下午五点钟左右气温降低了，两家人把大包小包的东西放到江大卫那辆SUV上，半个钟头后到了海边。他们去的是游客很少的水域。

下车之后，两个老爸支架子，搬东西，妈妈们就和孩子们去游泳。

妈妈们先换上泳衣，聊着天就去赶海了。

潮生和海生则在车旁等温澜换衣服，她慢得很，海生又热又被蚊子咬，问了好几声“你好了没”。

温澜过了那么一会儿才说“好了好了”。她打开车门走下来。

潮生一愣。

温澜穿着去年那套黑色的泳衣，她和去年一样瘦，腰和胳膊都细细的，腿又长又直，露出的皮肤就像泼了层牛奶似的。然而更显眼的是，她比去年发育了一点，胸脯那儿鼓鼓的。

潮生第一次意识到，温澜真的是大姑娘了。于是他移开了眼，远远地走在前头，很别扭，就像挠痒痒时那种不浅不深却连骨头缝里都不自在的感觉。

温澜还以为他是等急了，偏偏小跑到他旁边，问：“咱俩一会儿比赛谁游得远吧？”

潮生不想表现得太奇怪，就说：“行啊。”

海生在旁边喊：“我也参加！我也参加！”

温澜哼了哼：“先说好，输了不许闹脾气。”

海生就说：“我堂堂男子汉，会和女生闹脾气吗？”

温澜哭笑不得：“什么男子汉！你小学毕业再说吧。”

“……”

趁他们拌嘴的工夫，潮生已经跑到海边。

王冬梅和曲芳在那边大喊：“小心点，别去水太深的地儿。”

潮生说："知道了。"

"知道了，知道了。"温澜和海生也一前一后跑来。

三个人倒数了三个数，就迫不及待往海里钻。

最后是潮生赢了。他上了岸，看到温澜和海生还在海里扑腾着。

他没敢等温澜上岸，脑子里想象她湿漉漉地从海水里走出来就已经够尴尬了。

他走去车旁拿毛巾擦身体，等他擦完，往身上喷花露水的时候，温澜和海生气喘吁吁地走过来了："江潮生，你真不够意思。"

潮生也没看温澜，假装在认真地往腿上喷花露水："我怎么了？"

温澜自如地拿起浴巾把自己裹起来，又拿了块干毛巾擦头发："你居然不等我。"

"你又不是三岁小孩。"

"……好吧，我不和你说了。"温澜一向不擅长争论。

温澜使劲儿擦着头发。潮生喷完花露水，看了在地上坐着大喘气的海生一眼："你们谁赢了？"

海生抹了把寸头，短硬发梢上的水珠前后甩出去好远。"她呗。"他没好气。

潮生笑笑："等明年你就能赢过她。"

"江潮生！"温澜跺脚，"你果然是向着自己亲弟弟啊！"温澜声音细细软软的，少了本地口音的腔调，似江南那一片女生独有的吴侬软语。

潮生忍了忍，还是忍不住看了她一眼。

温澜把自己裹了起来，看起来像刚洗完澡似的，再配上她那擦头发的动作，黄昏金色的光照过来，美得让潮生这个语文常年考年级第一的人想不出合适的形容词。总之，她现在和景色融在一起，很养眼，特满足潮生这个文艺少年的心。

晚上回去之后，潮生就梦见了温澜。场景好像是古乘的卧室，四四方方的屏幕发出暧昧的光，画面里的女人长着温澜的脸，而镜头一扫，男人的脸变成了他自己的。

第二天早晨，他在一片燥热和黏腻中醒来。

窗外下雨了，雨水打在窗玻璃上，模糊了窗外的风景，潮生抽了两张卫生纸，边给自己擦拭边走到窗边。

楼外和温澜家挨着的墙根有棵木瓜树，树下有一块低洼的空地，雨一大就蓄满了泥水。小时候潮生和温澜喜欢叠纸船放在那个水坑里。

他们想象那是一片汪洋。可是现在看，他觉得那好像雷池。

初二的暑假，温澜和潮生都要补课。

为了备战中考，家长们对他们的要求更为严格，潮生看课外书的次数少了，仅有的娱乐项目不过是和古乘到海边游泳，再买根冰棍儿边吃边回家，最后躲进古乘的卧室里看一些他曾经讨厌的片儿。

有时候潮生脑海里会浮现出温澜的脸。她长得温良，书卷气浓，其实他不怎么能幻想出来她浪荡诱人的模样，甚至是洛丽塔似的纯欲表情，可他就是会想起她。

课业最紧的时候，他把自己埋进题海里，说服自己不要多想。

他知道自己喜欢温澜。但他很怕这种喜欢是一种习惯，而不是真正的喜欢。

任何情愫的产生都需要一个契机，一见钟情这种天雷勾了地火的感情注定不可能发生在他和温澜身上，而日久生情……

他从小就把她当老婆疼，而长大后的她又是个过分漂亮的女孩，青春期性意识渐渐觉醒，有些欲望就像野火，不用春风吹，就已经烧不尽了。

当然，那会儿他毕竟年纪小，悸动也只存在于潜意识中。

潮生真正确定自己的心意是在上高中之后。而在此之前，他的人生发生了一次惨烈的转折。

那是他中考第二天，结束之后，他如释重负地走出考场，却见温澜的爷爷焦急地等在门口。看到他之后，温澜爷爷苦着脸说："孩子，你家里出事了，我带你去医院。"

具体的事情，他是在温澜爷爷的老年车里得知的。

“你先别着急，是这样的啊——你爸你妈带着你爷爷奶奶来接你出考场，结果……”老人紧紧地把着方向盘，既要专注于路况，又要组织语言告诉潮生发生了什么事，加上天气又热，他整个汗衫都湿透了，“结果路上出车祸了。”

潮生并没什么很激烈的反应。他甚至是平稳的，稳得有点冷血：“然后呢？”

“现在和平和小芳在医院呢，你先别着急，等到了之后，咱们看看情况。”温澜爷爷趁着等红绿灯的工夫擦了擦汗。

潮生说：“好。”然后他就安安静静地坐在车里，不焦急，不催促，甚至都没怎么流汗。他神情自然，看着窗外路边撑着太阳伞走过的一家三口，竟然还浅浅地笑了笑。

他们在十分钟之后赶到了医院。

潮生和温澜爷爷出电梯的时候，就听到走廊里传来痛哭声。潮生认出那是曲芳阿姨和海生的声音。

温澜爷爷大概也听出来了，攥着潮生的手，放在湿热而枯老的掌心里拍了拍。潮生反手紧紧抓住温澜爷爷的手，缓缓地深呼了一口气，才往里面走。

海生先看到了他，哇哇大哭着扑进了他的怀里，把他撞得后退了两步。

海生哭得上气不接下气，用他那还没变声的稚气童声喊：“我没爸爸了，没爷爷了，也没奶奶了……我怎么喊，他们都不理我……”

潮生的手僵在半空，他想拍拍海生的肩，但不知道为什么落不下手。他看向曲芳和温和平。

温和平抹着泪拽了拽曲芳。曲芳泪眼婆娑地停止了哭泣：“潮生……”

后来，过了很久很久，江潮生都忘不了曲芳叫出他名字这一刻的表情——茫然、不忍、心疼，但更多的是凄怆。

“凄怆”这个词明明是悲伤的意思，却比悲伤多了更多的孤独意味，仿佛看穿了生命和命运，把他那有可能经历的悲苦岁月一眼望到了头。

潮生还是很淡定：“他们怎么样了？”

曲芳脸上浮现出一种要哭不敢哭的表情，嘴唇颤了颤，最终还是转身把头埋进温和平怀里。

温和平拍了拍她，对潮生说：“你妈还活着。”言外之意是，除了王冬梅，剩下的人全都已经不在人世了。

潮生点了点头，松开海生的手。他朝后退了几步，后脚跟抵在墙上，接着整个背也撞到了冰凉的墙面。

他先是仰头看了眼天花板上刺眼的白炽灯，随后重重地垂首，啪嗒啪嗒，泪像断了线的珠子似的砸下来。

人生就是这样，在意外到来之前，你并不知道落在身上的是灰还是山。

江潮生只觉得这种人生巨变就是个体的历史转折，在这样一个平凡的下午，他生命中发生了世界大战……

王冬梅没有死，但她有一条腿被截肢了。这已经是不幸中的万幸。

王冬梅是做会计出身的，她擅长理财，早在几年前就给家里人都买了保险，因此尽管变故巨大，但在钱财上倒是没有负债，只是家里再也没有收入。

潮生外婆那边一直仰仗着王冬梅这个独生女过活，老人年纪大了，大病没有，小病一堆，许多慢性病都是要长期服药的，这一项支出被潮生写进了笔记本。

潮生爷爷奶奶死后，两个叔叔和婶婶闹了好几次。他们在王冬梅的病房外破口大骂："嫂子，虽说这件事苦了你家，但老爹老娘两条命就这么折你们手里了，我们不能不问你们讨个说法。"

"老人家平时大病小病都没有，怎么跟你们出去一趟就没了呢……"

"弟兄三个，大事一向是老大做主的，老大没了，嫂子，以后这个家怎么办，你得有句话吧……"

王冬梅自从醒了后就一直不说话，她总是眼神空洞地看着天花板。医生问她腿的情况，她不配合，潮生和海生和她说话，她也不理，哭也是悄无声息在夜里任凭泪珠掉到鬓角。

外婆抹着泪劝她："你还有两个孩子，别的不想，总得为两个孩子想想。"

曲芳劝她："老天爷没带走你，就说明是想让你好好活着……"

这些劝导都没有用。道理在很多时候都和废话没区别。

但是叔叔婶婶这么一闹，王冬梅有反应了。她喊潮生过来，交代他："你出去告诉他们，爷爷奶奶的财产任凭他们处置，包括之前答应要给咱们家的房子，我也不要了。如果他们要什么额外赔偿……你就告诉他们，门都没有。"

王冬梅暴瘦了四十斤，说话都没力气，通常是说一句便停下来喘一声："如果他们不接受，你别和他们掰扯，告诉他们咱们打官司。"

潮生把王冬梅的话复述过去。第二天，他叔叔婶婶就不再来了。

潮生外婆和曲芳在病房外你一句我一句地捶着胸骂："白眼狼，不就是想要钱。亲嫂子成这样了都不管不问的，还想着趁她还有一口气讹上一笔……"

"不管嫂子，也不管侄儿了，没脸没皮的东西，狗杂碎！"

"……"

女人们气愤不平，而温和平则考虑到更多。有些话还是温和平会劝，他把潮生和海生都拉到病床旁，摁着两兄弟的脑袋让他们靠近王冬梅。

潮生一脸死气沉沉，海生还是哭。

王冬梅不忍看他们的脸，偏开了头，可温和平不允许她逃避："如果你不好起来，往后会有更多人来讹你的儿子们，他们俩要面对更多，可能连学都没法好好上。"

王冬梅眼睫毛颤得很厉害。

温和平趁热打铁："冬梅，我听大卫说过，在你小时候，父亲进了监狱，之后你和你妈母女俩过得挺难的，你还想让潮生和海生也经历一遍吗？"

王冬梅再也忍不住，大哭起来。

海生去拿纸巾给她擦眼泪。潮生看着她哭，默了默，说："妈，有你在，我们就不是孤儿。"

王冬梅转过脸，看着十五岁的潮生。

他的个子已经一米八二了，挺拔得像一棵白杨，面容是清俊的，神情是坦荡的，眼底是坚毅的，而说出口的话却是深沉的——"活下来吧，以后我给你做饭吃"。

那是二〇一二年，传说中的世界末日未来临，太阳落了又升，生活还得继续。

潮生在自己的笔记本里写下很多东西，比如王冬梅的复健要怎么做、身体要怎么养、家里的存款要怎么用、弟弟海生和他的学业要怎么继续……

这些东西区别于他摘抄的小说片段，哪怕《活着》《平凡的世界》之类悲惨的佳作也无法折射出他真实的人生，即便那些句子、用词总是能精妙地传达出让人有共鸣的痛苦和叹息。

王冬梅在八月出院，潮生给王冬梅请了个理疗师，又把外婆接到家里住。这样一来，外婆平时就帮忙照顾他母亲，而他也不用多往外婆家跑，也更方便照顾外婆了。

高一开始之前，潮生在海边的一家串串店找了份工作，还找了一个发传单的兼职，一个月粗算下来能挣两千块钱。

家里有病号、有老人，还有两个要念书的，仅有的一张存款卡不能动，他打工赚的这些钱就用作平时的生活费。

潮生平时饭点在串串店打工，其余的时间就去帮一家儿童餐厅发传单。

这家餐厅不按小时结钱，而是按提成结算。他们每个人发的传单颜色都不一样，潮生发的是红色的传单，但凡有人拿着红色的传单进店，潮生就能有相应的提成，这种提成每单都不一样，按照客人的消费来算。

潮生穿着笨重的大熊玩偶套装，向路过的每一个路人招手卖萌，以求得到更多的青睐。有时候串串店比较忙，温澜就替潮生到街边蹦蹦跳跳地发传单。

温澜是一个润物细无声的人。

潮生还记得他家里刚出事那天，他在走廊上和大人们说完话，随后到停尸房去看爷爷、奶奶和爸爸。屋子里血腥味很重，完全掩盖了消毒水的气味，他们三个人并不体面地躺在那里，衣服上的血把布料浸染得已经看不清楚原本的颜色了，头发也被血凝结成几绺。

因为车子是失控撞到高架桥，剧烈的撞击使他们的脸多多少少有点扭曲变形，爷爷的鼻梁整个错位，爸爸一半的脸被压扁……以前潮生以为这种惨状是上吊或者凶杀才会造成的，他没有心理准备，只看了一眼就移开了目光。

护士在给他们做最后的清理。

潮生就在旁边默默地看着这一切，他想起某个作家提到死亡是凉爽的夜晚，而停尸房的温度与这诗句如此贴合。

然后他忽然就觉得一切都没什么意义。他哭没意义，人没法死而复生；他在这边看着也没意义，看得再久，他们也不会忽然睁开眼，跟他说话。

他转身想走，却在扭过脸的瞬间看到了温澜。

温澜穿着学校的校服、干净的白色帆布鞋，袜子一只长一只短，盖过脚踝，裙子刚刚没过膝盖，收腰的白色衬衫扫着后颈的马尾辫。

潮生的眼睛从下往上移，直到和她对视，看到那安静得像黑夜的一双眼。

“你怎么到这种地方来了？”他记得他这么问她。

她说：“我来陪陪你。”很稀松平常的语调。

他往前走几步：“快出去吧。”

她没推辞：“好。”

他们一前一后走出停尸房。

大人们都在抢救室等王冬梅，于是这边只剩他们俩。

温澜也是从考场赶过来的，她从书包里掏出一瓶矿泉水递给潮生，潮生接过来喝了半瓶，然后坐在左手边的长椅上。

“你来多久了？”

“大概半小时。”

“……”潮生抬脸看着站在对面的温澜，笑了笑，“怎么，你要安慰我？”

温澜摇头：“我只是想陪陪你。”

潮生直到现在也忘不了温澜说这句话时的语气和神态，甚至最后一个字的尾音呵气，他都记得很清楚。她说陪陪他，还就真的是一言不发，默默陪着他。

后来葬礼时，家里来了很多客人，她跟在曲芳后面忙前忙后，端茶倒水，接待客人。平时她要上辅导班学习，下课了就来医院送饭。潮生和外婆基本都待在医院，她偶尔抽空还要给海生弄饭吃和补习功课。

她不太会说什么大道理，也不太擅长邀功卖乖。

潮生感激她的点在于，她对他的好和付出是不会让他有心理负担的。

她从没有丝毫可怜他同情他的姿态，也没表露出“你要感谢我”或“你要还我”的迹象，而是给他一种“我们这关系，都是应该的”的安心。

她不张扬，不煽情，不矫情，不感情绑架，不强迫他振作，不让他分心。所以潮生很依赖她。

这个夏天，他失去了太多爱，于是更加想抓住剩下的爱。

潮生印象最深的一次，是那次串串店有顾客闹事。他值班，走不开，温澜帮他发传单，恰好赶上经期了。

禹山又热又闷，本就容易中暑，等潮生从串串店赶过去，就看见温澜又是肚子疼又是呕吐、打冷战，身上全都被汗浸湿了，整个人像从水里捞出来似的。

潮生吓坏了，抱着她跑了好几条街找诊所。

后来温澜吃了止痛片，在诊所里睡了一会儿，潮生就守在她床边等她醒。屋里冷气开得足，他不知不觉就出凉汗了。等两个小时之后，温澜好起来了，他却打了一路的喷嚏回家。

这样的事还有很多。

升入高中之后，温澜和潮生分到了一个班。

潮生要在周末打工，学习的时间全都挤在周一到周五，温澜自然而然就充当了他的课外辅导老师。

中秋节的时候，温和平和曲芳买了一大桌子菜，最后却到潮生家开伙，两家人在事故发生之后过了一个还算不伤感的团圆节。

平时温家对潮生一家的帮助也很多，比如做了什么好吃的都会送过去，买菜也经常买两份。

之前潮生听王冬梅念叨过，温和平和曲芳原本打算等温澜上了高中就换房子，但是为了能照顾到潮生一家，他们把这个计划搁置了。

潮生总觉得自己欠温家很多很多。这份人情算不上债，但终究是还不清的。

当然，只要生活过得下去，就不可能全然是悲苦。

高中三年是一段更丰富多彩的时光，发生了很多故事，算不上荡气回肠，但总归有酸有甜，值得一生回味。

聊起高中，就无法忽略一个人——黎晚。

“我的名字很好记，黎明的黎，傍晚的晚，一天的开头和结束。”新学期开学，她是这么自我介绍的。

她是第一个走进温澜和潮生世界的人，既是温澜人生中第一个闺密，也是潮生除温澜外第一个女性好友。

学生时代，每一个学生都能找到自己的队伍。有人是勤奋好学那一类，有人是半瓶子晃荡那一类，有人是惹是生非那一类……可黎晚偏偏不属于任何阵营。

她是个我行我素的女生，开学第一天就因为耳朵上那十五个耳洞而被老师当众批评，随后又因为和老师就“审美自由”的问题展开辩论而被教导主任叫走。

军训时，她因为把统一的军训直筒裤改成了收脚的款式而被纪检处查过，她又摆出“穿衣自由”的理论，拒不认错，于是被罚围着操场跳一圈蛙跳。

操场上没有遮蔽物，日光火辣辣地照在身上，烤得人直发晕。这样的天气，就算站军姿，都像被体罚一样，何况蛙跳。

但是黎晚竟然同意了。她的原话很跩："我捍卫自己的想法，但是也尊重学校的规章制度，跳就跳。"于是她边哭边跳，边跳边哭，在众目睽睽之下，跳了小二十分钟才跳完。

然而第二天，她还是乖乖地把裤子改回来了。

班里有女生刺激她："哟，黎晚，怎么不继续穿你的收脚裤啊？"

黎晚也不介意别人拿话呲儿她，大大方方地说："和蛙跳比，穿丑点算什么。"

她说话做事有时候很有江湖气。可要说她是混社会的小太妹也不太对，她不和混混儿玩，甚至会拿话噎班里某些化浓妆的"社会姐"。可她也不算好学生，她是交"借读费"进来的，成绩在班里排倒数，也不打算努力学习，成天在课上看小说。

她好像只是特立独行一些，过早地拥有自己的见解，热衷于各种集体活动，但又不愿意和集体统一，因此她经常因为不穿校服而被批评。

她自成一派，又让人无法把她的派别分门别类。

这种女生放在任何一个学校都是焦点和被讨论的对象。何况黎晚长得还不赖，一米七的大高个儿，肤白貌美，娇艳欲滴，很像王祖贤。

而温澜就不同了。如果非要用某个明星来形容温澜的话，她更像十六七岁的刘亦菲。不是指两人长得多像，而是她身上有金庸小说里小龙女那种出尘脱俗、不食人间烟火的气质。

偏偏这样两个人，在班里第一次分座位的时候就被老师分到了一起，成了同桌。

古乘经常说："哎呀，你们班怎么那么好福气，年级最漂亮的两个人都在你们班了。"

古乘的同学就说："还是同桌呢，你们老师也真会凑。她俩坐第二排，我要是你们班男生，为了多看她俩几眼，也得抬头认真听课。"

潮生对此不发表意见。那会儿他和黎晚还不熟，对她的印象不过和班里那些两耳不闻窗外事的人一样。

和黎晚熟的是温澜。温澜自从和黎晚成为同桌，每天晚上放学都要聊起她。

潮生骑电动车带温澜回家，温澜就坐在后面，抻着脖子和潮生说话：“你知道吗，黎晚还打了肚脐环？上厕所的时候她给我看了，肚脐眼上挂着一颗镶钻的星星，看着是挺好看的，但感觉也挺疼。”

“你知道她为什么要打十五个耳洞吗？因为她今年十五岁。”温澜憋笑，“我说，幸亏她不是三四十岁时想起打耳洞，否则两个耳朵还不够她打的。”

“你知道齐柏林飞艇和空中铁匠吗？”潮生几乎不怎么接话，大多是温澜自问自答，“黎晚很喜欢他们的音乐。她知道的东西好多啊，莎翁的戏剧、博尔赫斯的诗……摇滚乐、韩国女团，还有Hip-hop，真是雅俗共赏。”

一个优秀的女生出现在身边，另一个优秀的女生要么选择无视，要么选择嫉妒。可是温澜选择欣赏和崇拜。

不嫉妒其实是一种并不像想象中那么简单的美德，而温澜拥有它。

这意味着温澜不自卑也不卑劣，当然，也意味着黎晚确实有那么一种魔力。

真正开始相处，潮生才发现黎晚这个女孩和温澜是完全不同的。

赶海的时候，潮生会远远坐在海岸上看落日、听晚风，温澜会踩着浪花把裙摆弄湿，张开双臂引海鸥。可是黎晚，她会后仰着让自己倒进海里，再大叫着把水扑到别人脸上。

这就是他们的差别。

年轻需要碰撞，青春需要叛逆，因此她能进入温澜和潮生的世界，既出人意料，又合乎情理。

后来潮生无数次想，是黎晚的出现开发了温澜思想里从未被开垦过的沃土，让温澜真正意识到自己是个什么样的人、崇拜什么样的人，也正因如此，才会有以后的故事。

温澜对黎晚的崇拜就像女孩羡慕女人的化妆品和高跟鞋。

没过多久，温澜就开始慢慢听起摇滚乐，尽管她一开始只接受得了

Beyond之类的乐队，对重金属的、躁一点的音乐还是听不惯。

她更喜欢的还是民谣，黎晚给她推荐了好多民谣歌手。那时候民谣刚翻红，尧十三、宋冬野、贰佰、张玮玮，还有马頔和李志，都是那段时间最火的。

和温澜一样，潮生也更喜欢民谣。每次晚上放学，温澜打开手机，从《山阴路的夏天》放到《米店》，他就会觉得心很静。他喜欢歌里的故事感，听完一首歌像走了一次天涯、喝了半壶酒似的。

温澜也会跟黎晚分享她的爱好，比如一些电影的台词、日本的纯爱电影、编发的种类、做菜的食谱……

国庆小长假之前的那个下午，教室里只有稀稀拉拉十几个人，温澜和黎晚坐在潮生前面吃肠粉，潮生则戴着眼镜低头写着什么。

两个女生边吃边说着话。

温澜问："你想吃锅包肉吗？东北菜，这边一般不怎么能吃到。"

"啊，你要做给我吃吗？"黎晚问。

"嗯，我手艺还不错，之前去东北找我小姨学的。"温澜笑，"潮生和海生都说那是我的拿手菜。"

"好，那我肯定也得尝尝。"黎晚当然不会拒绝。

过了那么一分钟的样子，黎晚突发奇想："我教你做叶脉书签吧。"

"啊？"

"可漂亮了，而且很容易做。"

"我一般习惯把花和树叶夹在书里，还做过干花，但是没做过叶脉书签。"

"那正好，这次多做几个。"黎晚说着，忽然转过脸："江潮生，你也来吧——"

潮生猛地用手往桌子上一挡，捂住正在写的内容。

黎晚被他这激动的动作搞得话说到一半，怔住了。她瞟了一眼，看到了桌上没被潮生盖住的"资助申请表"这五个字。

她很快抬起眼，和潮生对视了一眼："一起去呗，到时候我们多做几张。”她语气自然，是那种刻意想化解尴尬的自然。

潮生睫毛敛住又翘起，反复两下，他才不咸不淡地说了声：“嗯。”

黎晚明媚地一笑，扭头对温澜说：“你俩到时候一块儿来我家吃午饭吧！”

温澜嘴里还含着食物，转身看了眼潮生，才说：“看他吧。”

“……”

潮生不记得她俩后来又叽叽喳喳说了些什么，他的注意力全在这张贫困生资助申请表上。

他知道黎晚看见了。

他刚才不该挡住的，这样显得他很虚荣，不肯面对自己真实人生的人多多少少都有点虚荣。

当然，比起虚荣，他更多是自尊心作祟。他不知道他现在这种情况自尊心太强是不是一件好事。

国庆假很快就到了。

潮生中午要去串串店打工。下午三点多，温澜拎着一袋子冒着热气的锅包肉，过来找他一起去黎晚家。

黎晚家的地址是禹山人都不陌生的，她住在城市南边有名的芳汀别墅区，从海边可以直接坐地铁过去。

黎晚早早就在门口等着他们了。

不知道她是不是和温澜商量好的，潮生注意到她们两个女生都穿了白裙子。

温澜的裙子更淑女，方领泡泡袖，蓬蓬裙，帆布鞋，青春气逼人。而黎晚穿着白色吊带长裙，她介绍说这是她妈妈的衣服。她身材很好，前凸后翘，并没有偷穿大人衣服的不伦不类感，反倒让人觉得蜜桃将熟。

潮生夹在两个把自己收拾得干干净净、漂漂亮亮的人身边，多少有点不伦不类。他穿着打工时的衣服——牛仔裤、白T恤，不邋遢，但算不上多板正。

黎晚揽着温澜的手臂进了小区，走了一会儿来到自己家门口。

她家院子很大，草坪修整得很利落，墙沿种着各种树，但现在开着的就只有桂花，香气飘飘，往人鼻腔里钻。

黎晚先是带着温澜和潮生把家里参观了一遍。后院有泳池，地下还有一层下沉式庭院，她家车库里停着两辆宝马，不算是贵得令人惊讶的车，但还是让温澜发出“哇”的由衷的惊呼。

参观完这些，潮生就对做叶脉书签不怎么有兴致了。他倒不是仇富，只是更深刻地理解了命运是如此不公，从生下来的那一刻，人就分三六九等。

当然，他不悲观。路是人走出来的。往上坡路走，往康庄大道走，哪怕到不了罗马，也一定能到达一个又一个彼岸。

潮生那会儿总是这样，先是悲观，再自我开导，悟出来的道理能写成一本薄薄的书。

黎晚早就准备好做书签用的东西了。她选择的是桂花叶、玉兰叶这种叶脉清晰的叶子，桌子上摆着氢氧化钠、烧杯、玻璃杯、牙刷等需要用到的工具。

黎晚先给他俩示范怎么操作，她先是用10%的氢氧化钠溶液煮叶片，其间还得不停地用镊子轻轻翻动，防止叶片叠压。

这时候黎晚的爸爸妈妈从楼上下来，两个人和温澜及潮生打了招呼，但并没有像一般的家长那样客套，只对黎晚交代了一句“我和你爸去看电影，你招呼好你同学”就出门了。

等大人走后，温澜问：“你爸妈气质很好欸，他们是做什么工作的？”

“他俩都是演话剧的，我爸闲得没事还帮别人写写歌。”

“哈哈，怪不得你日子过得那么潇洒……”温澜总是这样，真心实意地欣赏别人，不嫉妒，也不自卑。

潮生总是在温澜发现黎晚的美好时，捕捉到温澜更多的美好。

当黎晚把叶子捞出来，尝试用旧牙刷轻轻顺着叶脉的方向刷掉叶片两面已烂的叶肉时，家里来人了。

“丸子，我说今天怎么没动静呢，敢情是有约啊！”

潮生循声转脸。那是他第一次见到李微印。

这个男生白白净净的，头发蓬蓬的，碎碎软软的刘海儿搭在前额，眼睛狭长，有种干净的少年感和凌厉的破碎感结合的感觉。

他个子没那么高，一米七五多一点点的样子，讲起话来嘴角扬起，露出一个酒窝。

他是黎晚的发小儿，就像温澜和潮生一样，青梅竹马，两小无猜。但是与温澜和潮生之间默契又温情的相处模式不同，黎晚和李微印几乎见面就掐。

黎晚讨厌“丸子”这个外号，从李微印一进门就一直在让他滚。

李微印偏不顺她的意，熟门熟路地从冰箱里拿出一桶冰激凌，又很熟稔地挖了三个球，放在三个碟子里——温澜一个、潮生一个、他自己一个。黎晚家的东西，他偏偏不给黎晚吃，惹得黎晚举着椅子要砸他，把温澜笑得肚子疼。

因为书签要浸泡二十四小时才能取出，所以温澜和黎晚约好第二天再来进行接下来的制作，吃完冰激凌，她就和潮生一起告辞了。

回家的路上，温澜想起李微印，便问潮生：“他那种类型在你们男生堆里吃香吗？”

潮生不知道为什么眼皮突突跳了两下：“什么意思？”

温澜摇头：“我早就知道他了，他是十五班的。班里女生都觉得他挺帅的，经常讨论他。对了，他有个朋友叫王绪，和黎晚也是一起长大的，体育型的男生，挺高挺壮，但就是没李微印好看。”

温澜第一次在潮生面前夸奖别的男生，尽管潮生知道，温澜肯定和其他女孩子一起谈论过这些话题，但他不知道为什么亲耳听到就是有点不太舒服。

“李微印太矮了吧。”潮生接了句话。

温澜好像不这么觉得：“还好吧，努努力没准能长到一米八呢。”温澜的语气很自然。

这让潮生不舒服的感觉减轻了很多。一个女生能不假思索地谈论起一个男生，就说明她对那个男生没意思。

拐过一个路口，潮生要往东去坐地铁，继续到串串店打工，而温澜则要乘公交车回家。

恰好这时候路边有野猫从车底蹿出。这些野猫就爱到人家车底下睡觉，可能是觉得暖和吧，总之，小区里经常有被车轱辘轧死的猫咪。温澜骂了声“笨蛋”，跑过去把小猫抱起来。

潮生提醒她：“你小心它挠你。”

温澜左右看了看，看到路边有便利店，就说：“可不可以去给它买点吃的？”

潮生点头说“好”，去便利店买了几根烤肠，拿给温澜喂猫。

他们蹲在路口，把烤肠掰成几小段，放到地上，任由小猫一口口吃完。

从他们的角度往前看，能斜斜地看到一条巷子。巷子口的路灯下站着一对男女，男生一身黑，女生也是，他们两个人抱在一起。

天色还没有暗到要开路灯的程度，男女相拥的身影在暮色下像被裁出的一段剪影。

傍晚的风是温热的，不烧灼不黏腻，就像男生女生的拥抱，热烈又缠绵，真是有股青春荷尔蒙下爱欲纠缠的浪漫。

潮生看着看着，不由得转眼去瞥温澜。

温澜则一动不动地看着那对纠缠的身影，浅红色的霞光把她的脸庞照得有点发红。

察觉到潮生在看她，她转脸和他对视，随后很不自然地干咳了一声，把脸又转过去，去看正在吃食的小猫咪。

她撸了两下猫，喃喃自语：“慢慢吃吧，姐姐也要回家吃饭了。”她站起来，潮生也跟着她站起来。

潮生对她说：“我送你上了公交车再走。”

温澜说：“行吧。”

于是他们等在路边。那对相拥的男女终于放开了彼此，也过来坐公交车。

潮生这才看清男女生穿的衣服很像——一件印着小熊却不显得可爱的黑色T恤。女生下半身穿牛仔裙和黑色的网状袜，而男生下半身穿着黑色破膝盖的牛仔裤。

从刚才他们的行为，潮生判断出这两个人的性格就像他们穿的衣服一样。他们是一个圈子的人。

他们走近的时候，潮生去看温澜的表情，他捕捉到，她在盯着那男生看，但很快移开了眼。

那时候他还不知道，后来的无数个瞬间，她都是这么看向那个人的。而他也会一直这么看着她。

国庆小长假很快就过去了。

老师们发的试卷，班里只有一个人做完了。老师好像也知道大家做不完，最后干脆没有收试卷，只是在开学第二天就安排了一场考试。

晚自习放学之前，大家拉桌子的拉桌子，收拾书的收拾书，把考场布置完才离校。

第二天下了雨，温澜和潮生都没回家吃饭，加上黎晚，三个人一起去教职工小食堂吃炒菜。结果，在他们选菜的时候，外头相继有熟人进来。

先是李微印和一个高个子男生，那男生应该就是温澜提到过的王绪，他个子得有一米九，腿长肩宽，穿着运动服也能看出他倒三角的体形。

不得不说，身材和身高有时候能给一个人加分好多，李微印虽然长得不赖，但还是被王绪的气场压制得死死的，至少潮生一直盯着王绪看。

李微印和王绪进门之后，黎晚就眼尖地看到了他们。

“老王，王哥，绪哥哥，过来……”黎晚站起来夸张地招手，“和我们一起吃吧，我请了。”

王绪和李微印一前一后走过来，王绪走在前面，笑哈哈地喊了声：

“晚姐，今天怎么有空光临食堂了？”

他跨腿坐在潮生旁边，把伞放在没人的那一边，李微印自然而然地在黎晚身边坐下。

“丸子，你请客的话，我想吃丸子——四喜丸子。”一听这话就知李微印是故意的。

黎晚毫不留情地掐了他胳膊一下：“吃你个头。”

“……”

大家在这边你一嘴我一嘴地说着话，门口又有人进来。一男一女顶着校服跑进大门，随后在门口跺脚抖雨。男生收起校服，揉了揉女生的头顶，女生也拍了拍男生身上的水渍。

大胆而自然的关心，把一桌人的目光都吸引了过去，尤其是温澜。

她钩钩黎晚的胳膊：“喂，那男的，你认识吗？”

黎晚瞥了一眼：“不认识。”

李微印举手：“这题我知道！”他扭着身子看着那对男女，那姿态就像要说很多八卦一样，结果只嚷嚷了一句，“他叫唐未，剩下的，王绪补充。”

王绪无奈地瞥了眼李微印，很自然地接话说：“他以前和我一起学过游泳，不过那都是小学时候的事了，现在我俩一个班，但是我们圈子不一样，并不熟。”

王绪说完，又问温澜：“咋了，这位同学，觉得他帅啊？”

温澜咽了口唾沫，目光闪躲：“我可没说。”

黎晚看看温澜，眼珠一转，打圆场说：“他哪儿帅了？”说着她又看了江潮生一眼，“还没江潮生帅呢。”

王绪和李微印都看向一直沉默寡言的潮生。

王绪抬了抬下巴，说了句“嘿，哥们儿”，李微印则笑：“咱俩见过的，我叫李微印。”

潮生点了点头，不热情，但也不冷漠：“你们好，我叫江潮生，和黎晚一个班。”

“以后都是哥们儿。”王绪用肩膀撞了潮生一下。

男生们在这儿互相自我介绍，女生们还在讨论上一个问题。

黎晚毫不避讳地对在场的三位男同学评头论足："你看印子，他长得是好看，但是个儿矮啊，绪哥个儿高，但是丑点，江潮生综合起来没短板欸。"

李微印瞬间奓毛："有吗？！"

温澜憋着笑，看着潮生，温柔地笑了笑："有吗？"

"咳，老娘的审美，你们还需要有异议吗？"黎晚一拍大腿，"别的不说，绪哥这人个子高，人又壮，比较吸引眼球，但是刚才他坐在江潮生旁边，我真的只被江潮生吸引过去了！模仿一下我奶奶的语气，就是说：'潮生这孩子，要人有人，要个儿有个儿的。'"

"哈哈哈……"黎晚还真模仿了一下老太太的语调，把大家都逗笑了。

潮生也没忍住，笑了笑。

菜很快炒好了，王绪和潮生在这边比较方便出去，就一起去端菜、拿米饭。随后大家都没再聊别的，而是专心吃饭。

王绪是体育生，狼吞虎咽惯了，很快就吃完了。李微印饭量比黎晚的还小，看王绪吃完了，他就没逗留，和王绪一起先走了。

这下只剩温澜、潮生和黎晚三个人。

隔着一条过道，还有一桌人在吃饭，正是唐末和那个女生——李亚男。

温澜时不时往那边瞥一眼，黎晚只顾着啃鸡爪，没有注意，而潮生把一切都尽收眼底。

唐末是挺帅的，他的帅有种野性美，给人天生叛逆、天生狂妄的感觉。更准确点来说，他看起来是那种好像爱上谁就会轰轰烈烈，即便背叛全世界也在所不惜，甚至恨不得把世界都拿到对方面前的人。

学生时代，这种人最吸引女生注意了。潮生心里知道，温澜也不例外。

其实早在之前梁森出现的时候，潮生就隐隐发觉，温澜会被叛逆的气质吸引，而且现在她唯一的好朋友黎晚也是特立独行、张扬肆意的。

温澜是一朵摇曳在春天的小白花，但她向往的是夏日的曝晒和暴雨。

温澜说："那男的很像古惑仔。"

黎晚吞下最后一口饭，轻呵了一声，说："就是流氓呗。"

"你别这么说别人。"温澜笑。

黎晚逗她："你今天很奇怪欸，怎么，看上了……"

"黎晚！"温澜小声吼道，"我……我怎么……怎么可能？"

"哎呀，我逗逗你嘛。"

"以后不许说了。"

"行行行……"黎晚拿她没办法，话锋一转，又问，"不过，说真的，要是真喜欢上一个有女朋友的或者心里有别人的人，你会怎么办啊？"

温澜想了想，说："那我就谁也不让知道，也绝不打扰。"

黎晚沉吟着点了点头："还真像你的作风。"她又问潮生："那你呢，江潮生？男的和女的想法会不一样吧？"

"……"潮生没想到自己会忽然被黎晚提问，一时没反应过来。

温澜也抬头看过来，在等潮生的答案。

潮生想了想，淡淡地说："这种情况下，默默喜欢再渐渐放下是最正确的做法。但是人无完人，如果万一被爱情冲昏头脑，谁又能保证会做出什么？"

这个回答让温澜沉默了。

黎晚挠挠头发："说实话，我和你们想的都不一样。要是我，我就直接表白。表白又不代表要抢人，我就是不能憋着，管他呢！"

所以黎晚是黎晚，而温澜、潮生是温澜、潮生。他们是朋友，但并不一样。

这顿饭很快吃完了。之后，黎晚去找李微印玩，温澜和潮生到教学楼二楼的连廊站了站。

十月份的雨淅淅沥沥，南方秋不深，叶不黄，风不急，给人一种春季的错觉。实际上上个春季和下个春季一样都很遥远。

站了一会儿，温澜忽然喊了声："潮生。"

潮生偏脸看她："嗯？"

温澜歪歪脑袋："其实黎晚说得没错，你挺帅的。"

潮生失神了一秒："你怎么忽然说这个？"

温澜摇摇头，又转脸看雨："你就像一棵树，而且是挺拔的大乔木——木质有香味、枝叶浓密、树姿壮丽的那种树。"

潮生愣了愣，他第一次听见温澜夸他，竟然有点哭笑不得："所以呢？"

"没什么，我只是想说你真的挺好的。"温澜笑笑，"我都能想象到以后你会找个什么样的女朋友，她肯定也是一个特别美好的人。"

潮生莫名觉得一刺。就是这一刺，潮生忽然确定了他对温澜的感觉。

或许是她在停尸间里对他说"我只是想陪陪你"的时候，或许是她频繁跑医院照顾王冬梅的时候，或许是她在潮热的盛夏忍着经痛帮他发传单的时候……或许是这些时刻，他对她动了心。

这个夏天，他太需要爱了，他迫切地想抓住什么，而恰好温澜朝他伸出了手。温澜对他来说是那么熟悉、那么令人安心的存在。

他说过，他依赖她，依赖到很自私，以至当她的目光落在别的男生身上时，他变得嫉妒。

他想起金庸小说里的几句话："江南有杨柳、桃花，有燕子、金鱼……汉人中有的是英俊勇武的少年，倜傥潇洒的少年……'那都是很好很好的，可是我偏不喜欢。'"

那些很好很好的事物和人，固执的姑娘偏偏不喜欢。那么她喜欢什么呢？

潮生陷入迷惘。这种迷惘就像他在做一道从小做到大的题，一直以来都选B，但这次的正确答案偏偏是D。

或许她由衷地赞赏树的挺拔和茁壮，却转眼爱上了一阵虚无缥缈的风。

3

许愿

我希望你的愿望能实现

潮生和温澜没有在外面站太久。

下午还有考试，回班之后，温澜给潮生补习数学，而潮生给温澜补习英语，这是他们许多年的默契。

江潮生彼时的同桌叫张玉洁，是一个短发女生。她在一旁听了一会儿温澜给潮生讲题，等温澜走了，神秘兮兮地对潮生说："我记得她给你讲的题，你昨天才给我讲过。"

"有吗？"潮生并不记得。

"你自己会不会那道题你自己不清楚吗？"张玉洁问。

"哦，那可能是不扎实，温澜给我讲完之后好多了。"

"……"

江潮生不怎么喜欢他这个同桌。明明大家都是十五六岁的人，她却总给他一种她还在上小学的感觉，问题多又爱哭，还喜欢在背后说别人坏话，喜欢跟老师告状。

她还经常会让潮生给她讲一些很简单的题，讲就讲吧，偏偏还没眼色，经常等温澜过来问问题的时候，她才会捏着嗓子说"江潮生，我有道题不会"。潮生打眼一看，那道题，他已经给她讲过两遍。他通常不予理会，每次讲题都会先给温澜讲，还找老师调过位置，把张玉洁气哭好几次。闹了两次，座位就没换成。

江潮生这个人本就不热情，家里突逢变故，遭受亲戚打压，扛起养家的责任之后，他底色更冷。女生们常在私底下说他高冷、面瘫、不近人情。

张玉洁骂他最凶。这事是黎晚告诉他的，但他无所谓，对张玉洁还是爱搭不理。

第一次考试的成绩很快就出来了。

温澜和潮生考得都还不错，潮生考得班里第六，这个成绩已经很难得，毕竟他还要打工。而温澜考得更好，班里第三，女生里的第一名。

当然，黎晚就没那么幸运了，班里除了体育生，就她考得最差劲。但她并不在乎，晚自习照样津津有味地看小说。

周末这天，温澜和黎晚一起去看电影，之后，她俩一起去串串店找江潮生。

江潮生这边的工作结束之后，下午还要去发传单。温澜和黎晚也够意思，陪他一起发。只是黎晚想去滑旱冰，为了把活赶紧干完，她一个电话把李微印叫来帮忙。

李微印其实很听黎晚的话。尽管他偶尔会和黎晚互撵，爱给黎晚起外号，但潮生听得出来，那是李微印在故意逗黎晚，就像小男孩揪小女孩的辫子，实际上是想让小女孩跑来追自己一样。

发完传单才四点钟，潮生有三个小时的时间滑旱冰。

这可把黎晚高兴坏了，她一路上都在说自己之前去北京，在什刹海溜野冰的经历。南方的冬天气温最低也是零上，是不可能溜野冰的，所以大家都安静下来听黎晚一个人说。

李微印偶尔接话，问黎晚："是不是阿姨去北京演出那次？"

"对对对！"

"早知道我也去。"

"就你那破胆，不穿冰鞋，你都不敢站在冰上……"李微印又被黎晚撵。

旱冰场离发传单的地方很近，步行五分钟就到了。

大家拿号进场，去领自己的旱冰鞋，就在大家坐成一排换鞋的时候，门口进来一群人。

"唐未，你给我穿。"

这个名字让潮生猛然抬头。温澜亦是。

唐未和李亚男以及其他几个男男女女就堵在门口。

听见李亚男的要求，同行的男生看不下去了："李亚男，你没手啊？"

"没有。"女生说得理直气壮。

"也就唐未愿意惯着你。"

唐未放荡地笑笑："我乐意，不服单挑。"

"……"

那边的人在胡侃，这边黎晚把脚一伸："李微印，系鞋带。"

李微印根本没领会黎晚的意思，随口说："系鞋带？你怎么那么大脸呢，你怎么不给我系呢？"

黎晚一愣，只见那群人中有人盯着她，其实他们不一定是听见这边的对话了，可能只是单纯觉得她漂亮而已。可在黎晚眼里，他们都是在看她的笑话。

于是她快速系好鞋带，伸手往李微印大腿那儿一掐，当李微印"嗷"地尖叫出声时，她心满意足飞速地滑出门。

李微印疼得龇牙咧嘴，在原地揉了半天的腿。没一会儿，他站起来嚷嚷道："这个死黎晚，男人婆，你们看我一会儿怎么虐她。"

温澜摇摇头，被潮生扶着站起来，一起往门口滑。他们路过门口的长椅时，那个叫唐未的少年正蹲在地上安安静静给女生系鞋带。

潮生这次仔细看了看那个叫李亚男的姑娘。

女生长得很有灵气，齐刘海儿，大眼睛，像个SD娃娃，但是没温澜精致，也没黎晚好看。潮生想。

温澜也看了他们一眼，不动声色地，像只是随意瞥了一眼而已，可是潮生感觉到温澜攥着他的那只手手劲儿大了很多。

这个旱冰场是室内、露天都有场地的，从换鞋室出去，就来到了场馆里面。

黎晚等得不耐烦了，远远地滑过来，问他们："你们怎么回事？磨磨蹭蹭的。"

温澜说："我不擅长玩这个，滑得慢。"

黎晚就问："要不我教你吧？"

温澜说："没事，我和潮生一起滑就行。"

黎晚看了眼潮生，又看了眼温澜，说："那好吧，你俩先玩，我去虐李微印。"说着，黎晚就像风一样滑走了。

潮生则牵着温澜慢慢悠悠地滑到护栏旁。

温澜滑旱冰滑得的确一般，只能保证慢慢滑的时候不摔。潮生牵着她，能感受到她很需要自己的保护。

很快，唐未那帮人就出来了。唐未牵着李亚男，像表演似的从外围绕场一周，才缓缓滑进场地。

随后两个人像表演双人滑似的，唐未先是把李亚男往外一甩，让李亚男滑出自己的怀抱，很快又拉着她的手臂把她拽回来，任由她转了两圈后又扑进自己怀里。

李亚男滑得很舒展，兴致上来了，会秀一秀转圈的能力，但每次转了几圈之后总会晕头转向地倒进唐未怀里。

唐未也爱炫技，滑着滑着离李亚男远了，便一转身单膝跪地滑向李亚男。

现场的人没有不被他们吸引的，连潮生都觉得这场景很美好。没有烦恼的年纪，正值青春的男女，赤诚而坦荡。

可是黎晚不这么想。她从远处滑过来，不满地道："老娘就没见过这么爱抢风头的人！"

李微印就说："要是王绪在就好了，他能扛着你滑。"

黎晚懊恼地拍了拍腿："所以我不该叫你出来，该叫绪哥的。"

温澜听他们这么说，就温和地笑笑，扭脸对潮生说："我自己滑会儿。"

潮生想说"我带你吧"，默了默，又按捺住了，说："那你慢点。"

温澜自己玩去了，黎晚就问："江潮生，你滑得好吗？"

潮生说："还行。"

黎晚洞悉一切："你说还行的话，那就是很好喽。"她笑嘻嘻地拉住潮生胳膊，"江哥，今儿咱们也出出风头吧。"

潮生："……"

李微印不服："那我呢？"

"你？"

"我怎么了我？"

"你是谁啊你，我认识你吗？"黎晚喊了一声，"你自己随便玩去吧。"

黎晚拉住潮生的胳膊滑走了，任由李微印在原地憋得脸通红，一句话都没说出来。

潮生看了眼不远处的温澜，她扶着围栏滑，还算惬意。转过脸，他问黎晚："你想怎么滑？"

黎晚问："你能把我扛起来吗？"

"……"潮生用沉默代替一切。

黎晚笑笑："那咱就艺术点呗。"

"怎么艺术？"

"翩跹起舞，会吗？"他们缓缓地滑着，"就像音乐盒里的两个小人儿一样。"

潮生想了想，能想象到黎晚说的画面，但是……

"滑旱冰和滑冰之间有本质区别，好吗？"

"我管他呢。"黎晚就是想吸引眼球，她一向坦荡，无论是爱还是恨，是野心还是欲望，她都不屑隐藏，"反正咱俩这颜值不比他们差吧。"

潮生只觉得脑门上飞过一串省略号。不过他没拒绝黎晚，内心深处隐隐的念头是，他也想抢了唐未的风头。

潮生牵着黎晚，像跳舞一样滑到场馆中央。

潮生穿着白卫衣，恰好黎晚这天也穿着白色的雪纺上衣，白色是最飘逸的颜色，随着轮滑的动作，四处生风，衣袂飘飘。

唐未和李亚男滑到外场去了，黎晚也牵着潮生的手滑到场馆外。

脚底下的轮子像不存在似的，起飞的感觉让潮生想起夏日游完泳，和温澜在海岸线上追逐时的场景，那时海风很闲，落日很辉煌，仅仅是奔走在风中仿佛就得到了自由。

唐未那边的动静很大，他又拖着李亚男完成了一些危险但是很酷的动作。而潮生只是很淡定地牵着黎晚正常滑动。

黎晚偶尔会转几个圈，故意笑得很明媚，明媚得像在表演，而潮生笑不出来，冰山一样，看着黎晚，面无表情。

他们不知道，一静一闹是多么吸引眼球。

温澜也从场馆里面滑出来了，潮生看到她被李微印保护着，想了想，对黎晚说："等会儿再滑吧。"

恰好，黎晚想学李亚男那样转个圈，动作刚做，潮生却身形一晃，要下场。轮滑速度很快，潮生仅仅是往外迈了一步，就几乎滑出两米远，黎晚没反应过来，圈转了一半想站直，差点摔倒。

潮生下意识地想抓住她，却一不注意把她夹头发的鲨鱼夹抓掉了。

黎晚往后打了个滑，还好眼明手快攥住了旁边的围栏，半扎马步抱着栏杆，诙谐至极。平复了几秒，她边骂"江潮生，你有病啊"边回头，刹那间，长发如瀑，尽数散开。

后来潮生无数次回忆起那一刻，每次都会想起二十世纪香港电影里的某一个镜头，极致张扬。

然而黎晚对她这一刻的美一无所知，竟还微锁眉头，口中念念有词地骂着潮生，从远处滑过来。她的长发就这样飘荡在风中，像一面"引无数英雄竞折腰"的军旗。

都说英雄难过美人关，在场的没有英雄，可多的是男人，成年的、未成年的，但凡是个男的，都被黎晚吸引过去。

潮生想，她也算是因祸得福，出了一次风头。

而沾了她的光，潮生也收获了不少目光。只因这个备受瞩目的女神谁也不看，直直往他这边滑过来："好啊你，江潮生，说不玩就不玩了？"

潮生笑笑，对她说："抱歉喽。"但实在没什么抱歉的意味在里面。

江潮生这人最坏了，他和同年龄段的坏小子们不同，别的男生爱逗女生玩，偶尔说几个段子，撩拨几句，但他从不这样。他表面上比谁都像正人君子，实际上内里是黑的，蔫儿坏，还叫人挑不出错。当然，这个评价，黎晚很久以后才告诉他。

这边他们还没说几句话，就听到身后有动静，转脸一看，温澜差点摔了。

潮生心一揪。

他看到唐未就在温澜左手边。他看得很真切，唐未是第一个发现温澜摔倒的，于是往右一滑，顺势把温澜往上一架，抱了起来。

温澜吓得不轻，任由唐未揽着她转了两圈才稳住，站在原地。

刚才黎晚畅想的“音乐盒里的两个小人儿”的场景此刻就发生在温澜和唐未身上。

顿了一秒，潮生和黎晚都滑到了温澜身边。

潮生攥住温澜的胳膊，把她往自己身边带了带，唐未的手顺势松开，他自如地问温澜：“你没事吧？”

李亚男也滑了过来，问：“怎么了？”

唐未说：“她摔了一下，我给扶起来了。”

李亚男看了看温澜，哦了一声，藏着别扭，也没客套地问一句“没事吧”，就转身滑走了，看样子是吃醋了。

唐未挠挠头：“那我先走了。”

温澜小声说：“谢谢啊。”

唐未跟没听到一样，在她说出这三个字的时候就已经滑走，去找李亚男了。

温澜没有心情再继续玩了，不知道是不是摔疼了的原因。

从旱冰场回去之后，温澜有了一些改变。期中考试之后，温澜剪了个齐刘海儿，她开始穿黑色系的衣服，背带铆钉的黑色书包。

黎晚纳闷：“姐姐，虽然人家都说近墨者黑，可你怎么现在比我还黑？”她以为温澜是受她影响才改变的。

温澜对此没有任何解释，任由黎晚误会。

结果期末考试的时候，温澜成绩下降了，从班里第三名掉到了第十名。

黎晚又叫唤："我的乖乖，这玩意儿，你可不兴学我，反正我考不好就出国……成绩这事还是我近朱者赤比较好。"

温澜恹恹的，没有精神。回家的路上，潮生载着她，她也一句话都不说。

回到家之后，潮生去做饭，在厨房能听到隔壁曲芳的声音，一句句都是在数落温澜，因为她成绩下降。

潮生炒了两道菜——豆芽炒粉条和爆炒海虾。他把菜端上餐桌的时候，曲芳到家里来，又送了一锅汤圆。

潮生拿瓷盆把汤圆倒出来，曲芳则站在一边问他的成绩。

潮生这次考了班里第五名。

曲芳说："寒假时抽空给温澜补补课，她副科太拉分了。"

王冬梅就说："温澜还好，再差也差不到哪儿去，倒是海生，他这次考了三十多名，还跟没事人一样，一点不着急。"

家家有本难念的经，其中一页就是孩子的成绩。

寒假开始，潮生开启了一边打工一边给温澜和海生补习功课的模式。

温澜的学习其实并不需要人操心，潮生看过她的试卷，发现丢分的题基本上都是马虎错的。马虎不代表不会，但是代表不扎实。

潮生告诉温澜："只要你注意力回来了，下次考试就肯定能超过我。"

温澜听潮生这么说，就把演草纸揉成一团，闷闷地扔进垃圾桶。

潮生看到了，演草纸上有一个"唐"字。

温澜说："潮生，放心吧，我决定收心好好学习了。"

潮生好像有一肚子的话要交代她，又好像一句也没有，最终只是说："我相信你。"

真正让他头大的是海生。这小子进入青春期就开始变得叛逆，不爱学习，就喜欢和几个流氓耍浑。有一次他还逃课帮别人站街，正在街上抽烟呢，正巧潮生去街道给贫困生资助申请表盖章，抓他一个正着。

对于海生的管束，是潮生心里的大疙瘩。

爷爷和父亲都不在了，海生还小，家里顶事的男人也就只有他一个，物质上的东西并不能成为他真正的压力，怎么撑起这个家里的人才是他心中的大石头。

俗话说长兄为父，如果教育不好海生，潮生过不了自己心里这关。但是每个人都是独立的个体，海生有了个人意志，潮生是无法干涉的。在后来很长一段时间里，他们兄弟俩的争吵与和解就宛如其他家庭里父与子的争执与言和。

而这个寒假，潮生和海生还处于对彼此都无可奈何的状态。

潮生从网吧里把海生揪出来，海生总能再跑回去，在其他事情上也是一样，总是对着来，一个往东，另一个往西。

很快，春节到了。

无论过去一年发生了什么，除夕夜这一天，大家终归还是要聚在一起的。这是春节最大的魅力。

“过年”这两个字就像跨过了什么似的，好像过了这个年，过去的就真能过去，希望的就真能到来。尽管所有人都知道，过去存在的问题依旧没有解决，过去产生的伤害依旧留着疤痕，而未来……更没人能保证未来一定灿烂、光明，可是大家还是心平气和地坐下来了，在除夕这一天。

年夜饭是王冬梅做的。这是她自车祸之后第一次下厨。

餐桌上摆了七副碗筷、两只酒盅，一家之主的位子空着，两个上首的位子也空着。

王冬梅给酒盅满上酒。她学着江大卫生前那样，把酒倒得溢出一点来，随后再往地上倒几滴酒，既是敬天，也是敬地。

海生虽然顽劣，但是本性不坏，面对这样的母亲，他认真地吃下每一口饭，哪怕外婆反复絮叨着他以往最不想听的学习上的事情，他也没有一丁点不耐烦和忤逆的迹象。

吃了一会儿饭，王冬梅讲了一些话，无非是回顾、缅怀、总结、展望。

最后一句话，她是跟潮生说的：“潮生，妈妈不希望你太累。”没有什么大道理，也不算特别的叮嘱，但是潮生一直记得。

这顿饭吃得不算快乐，但算释怀。

吃完饭，潮生要和温澜一起去外头放烟花。他推开门就能看到温澜家门口贴的大红色福字，而他家门口却贴着黄纸。

他这个人有轻微的强迫症，讨厌在门上、墙上贴东西，感觉像贴补丁。以前连春联他都觉得难看，过完年总要找个机会揭下来。可上午贴黄纸的时候，他才发现春联有多好看。

他想东想西的时候，温澜推门出来了。

温澜这天穿着大红色的风衣，围着白围巾，很像在过圣诞节。

潮生还是中规中矩穿着他以往的衣服，黑色的夹克衫耐脏，黑色牛仔裤耐看。他不算赶时髦，但胜在身材好，不谦虚地说，他穿什么都不难看。

他们一起下楼去。

正巧院子里也有不少邻居在放烟花，楼下的婶婶看到他俩，就笑说："瞧瞧你俩，一年一个样，都是大孩子了呀。"

温澜和潮生都只笑笑，学不会假热情。

那个婶婶又说："哦哟，真是郎才女貌，真配啊！"

其实说实话，每当有邻居或同学开他们玩笑的时候，潮生都觉得挺甜的。然而这句话让温澜身子一僵，她看看潮生，无奈地耸耸肩，说："真没想到咱俩也能闹绯闻。"

潮生听她这么说，原本不明显的笑容很明显地凝滞了一秒。

温澜没有把这个话题放在心上，她借着昏黄的路灯，低头数袋子里的烟花棒，默了默后，问潮生："去海边放吧？"

"好。"

他们骑着曲芳那辆老旧的自行车到海边去。

在路上，温澜已经迫不及待点了一根仙女棒。潮生听得到后面火星子噼里啪啦的声音，抬眼就看到远处大楼后面的烟花，又闻见空气中的硝味……

街上没有什么人，他却感觉很热闹——清冷至极的热闹。

温澜哼歌："你就像烟火的美丽，那么美丽，轻划过无人的天际……"

温澜有着江南女子的温婉，声音里也带着江南水乡的温软，她总有种能让人静下来的能力。

听着听着，潮生跟着轻轻和道：“你就像烟火的神秘，那么神秘，风随着你若即若离……”

远处烟花噼里啪啦地响，近处自行车链吱吱嘎嘎地转，歌和风融在一起……那时候他们还不知道，这就是青春。

他们很快到了海边。

多年以来，他们在一起放烟火，小时候对着月亮许愿希望下雪，长大后发现南方很难有雪，最后改了愿望，希望个子能长高；上学之后，许的愿则是考试能考好；去年的时候愿望更具体，希望中考能考上重点高中。

你看，许愿暴露了人越长大越现实这回事。

温澜问：“你今年最高兴的事情是什么？”

潮生想了想，最终道：“你先说吧。”

温澜仰着脸，长发尽数落在背后。远处是汹涌的海浪，近处是呜咽的海风，她在闹中取静，脸庞被月光照得柔和：“当然是遇见黎晚和……和李微印他们了。”温澜停顿了一下。

潮生为她这个停顿而呼吸漏了一拍。他想起唐未的名字，心不在焉地说：“我好像没什么特别开心的事。”

温澜又问：“那最勇敢的事情呢？”

“……”

温澜先说：“我是滑旱冰，自己滑，没让人扶。”

潮生回想起那一天，敷衍地笑了笑：“我好像也没做什么特别勇敢的事。”一年过去了，没发生开心的事，也没变成一个更勇敢的人，就是这样。

温澜抿了抿唇，顿了半天才说：“那许个愿吧。既然过去不好总结，那展望未来总可以吧。”

潮生无声地一笑：“那很简单，我许万事如意吧。所有人都万事如意，平平安安。”

二〇一二年，玛雅人预言世界末日降临。他江潮生的人生中的确出现了一次世界末日，只不过是在六月十号这一天。

听潮生这么说，温澜转过脸来，看着他，目光很柔和。

默了默，温澜认真地说：“我希望你的愿望能实现。”

潮生只觉得眼睛好像被风眯了一下。抿抿唇，他笑道：“干吗浪费一个许愿的机会啊？”

许愿是一件幸福的事情，潮生一直都这样认为。这无关迷信，而是把美好寄托，仅仅是双手合十的那一刻就已经有了梦想实现的满足感。

新年愿望和生日愿望一样，一年只有一次，因此格外重要。按理说，温澜该许更私人的愿望的，比如关于唐末的。

“怎么能是浪费呢？”温澜一本正经，“我希望你好，希望你能得到想要的圆满，这就是我最真心实意的愿望。”

潮生静了静，然后站起来对着海风大喊：“去他的二〇一二！！！”

温澜也站起来：“去他的生离死别！”

潮生转脸和温澜对视，风吹着他们细碎的刘海儿，他们相视而笑。这一刻，良辰美景好时光。

后来烟火放完了，潮生载温澜回家。

温澜把自己的围巾从脖子上拿了下来，对潮生勾勾手：“低头。”

潮生依言照做。他低下头，温澜拍了拍他脑袋，接着把围巾往他脖子上一套。

潮生弓着腰低着头，由她摆弄。

温澜很温柔，一圈又一圈地把围巾围在潮生的脖子上，又很仔细地系了个结。潮生和她离得很近，能看清她睫毛颤动的频率。

温澜很快就把围巾系好了，仰脸莞尔一笑：“这下暖和了。”

“你把围巾给我，你怎么办？”

“我不怕嘛。”温澜齉声齉气地笑，“有你在前面替我挡风。”

潮生笑笑：“嗯，我给你挡着风。”

他去推车子，慢慢悠悠地带温澜回家。路上，温澜又唱了首歌，但他没有听过，并没有跟着哼。

说来也巧，他们骑到景泰花园的时候，遇到了唐未和李亚男。

他们两个人在小区门口相对站着，李亚男的手臂环抱着唐未的腰，正在亲昵地说着什么。

潮生感到腰间一紧。温澜攥着他衣服的手莫名紧了紧。

潮生顿了一秒，很快便加足了劲儿蹬车，他想赶快路过他们。可是这样一来，自行车吱吱嘎嘎响得更厉害了。

李亚男听到动静，偏头看到了他们。然后潮生看到她下一秒忽然抱紧了唐未。

潮生腰间的手更紧，他感觉衣服都要被扯掉一块似的。

潮生当时想不明白，李亚男为什么要向温澜这样挑衅。在他的记忆里，除了旱冰场那次，温澜和唐未几乎没什么接触，照理说李亚男看不出什么来才是。

时隔几年再回忆，他才明白过来，原来一切都可以用女生的第六感来解释。恋爱中的少女总是骄矜而警觉的。

原本这个除夕夜可以画上一个完美的句号，可是遇见了唐未，气氛便陡然降温了。

回到小区之后，温澜没有等潮生一起上楼，而是先回家了。

潮生停好车子之后，恰好遇见海生，他说："我刚才看见温澜姐脸色不好，你们吵架了吗？"

潮生没回他的话，板着脸回家了。

很快就开学了。

开学第一天，班主任就下通知，说是学校要筹备文化节，希望大家踊跃报名表演节目。

下课的时候，温澜拿着报名表跑到教室后面，问黎晚："你报名吗？"

黎晚这个寒假是跟父母到海南过春节的，也不知道是不是日光浴过头了，整个人黑了一度。她正往脸上挤防晒霜，闻言就笑：“我想上去来段freestyle，但估计校领导不允许啊。”

温澜努努嘴：“你正经点嘛。”

黎晚学她那样努嘴：“我不正经吗？”

温澜一副头大的表情，想了想说：“我报名唱首歌吧。”

“好啊。”黎晚点头，“你唱歌好听。”

温澜抿抿唇笑了，又走到潮生座位旁坐下：“潮生，我要唱歌，你觉得靠谱吗？”

潮生从一堆书本中抬起头，一本正经地说：“你什么时候不靠谱过？”

温澜眼珠转了转，灵动地一笑：“那好吧，我报名了。”

潮生知道，温澜就算不问他们的意见，其实也已经打算报名了。人有时候就是喜欢多此一举。

接下来的一个月，温澜把所有的精力都投入到文化节上。

在三月春分那一天，文化节开幕，要进行文艺会演。

温澜的节目排在第十个出场，她唱的是五月天的《温柔》：“你的眼中藏着什么，我从来都不懂。没有关系，你的世界，就让你拥有，不打扰，是我的温柔……”

学校的音响设备并不算好，每一个字后面都跟着轻微的电流声，慵懒的回音回响在操场上空，而台下还有许多轻轻的合唱声。

看着温澜唱歌，那一刻潮生觉得她是自由的。

很快，一曲终了。

温澜唱完歌，对潮生来说，这场文化节也就结束了。

温澜下场，回到同学中间。班长带头给温澜鼓起掌，温澜腼腆地笑了，低着头走到黎晚旁边坐下。

没一会儿，节目就都表演完了，大家开始列队出操场。走出主席台范围，大家就都散了，三三两两聚成一堆，往教学楼走去。

走到操场铁门旁，他们就看到王绪正站在那儿和同学说话。

黎晚走上前，拍了拍王绪的肩膀：“绪哥，干吗呢？”

王绪闻声转脸，一侧身，正好把挡着的人露出来，正是唐未。

潮生想起来，他和王绪是一个班的。

黎晚看到唐未，很自来熟地打了个招呼："嘿，帅哥。"

唐未也大方地回应："嘿，美女。"

王绪忙说："小心一会儿李亚男来了吃了你啊。"

唐未嘴里叼着根烟，但没点燃，闻言就痞痞地笑了笑："她啊，整个一母老虎。"

黎晚撇嘴："能别秀了吗？"

王绪笑笑，扯开话题对温澜道："温澜，刚才表现不错啊。"

温澜轻轻一笑："谢谢，其实有句词唱错了。"

"我怎么没听出来？"黎晚问。

"就是'如果有，就让你自由'那里，唱成上一段的'不打扰，是我的温柔'了。"

"咳。"唐未把目光扫过去，瞥了眼温澜，说，"这谁会在意？"

"对啊，听不出来的。"王绪说。

听他们这么说，温澜就瞟了一眼潮生。因为刚才解散的时候，潮生过来跟温澜说的第一句话就是："你有一句唱错了。"

谁会在意？潮生在意。温澜放心了，还好只是潮生在意。

唐未忽然问："我们见过吧？"

温澜一怔："啊？"

"想起来了，去年滑旱冰，我还帮了你呢。"唐未把烟点上。

"哦。"温澜恍然大悟，"是你啊。"

唐未抽了口烟，随口说："不留刘海儿适合你。"

温澜笑容一滞，整个人都僵在那儿。

她不是个很会管理自己表情的人，因此黎晚发现了她的尴尬。

黎晚眼皮活，看了看温澜，又看了看唐未，笑着呸了一声，半开玩笑说："一边去吧你，不要随便评价我们女孩子的外貌。"

唐未舌尖顶了顶腮，笑得不羁："好，我的错我的错。"他瞥向温澜："对不起了，同学。"

温澜摇头："没事。"她又转脸看潮生："回班吧，黑板上的作业还没抄呢。"

潮生说"好"，又朝王绪和唐未颔了颔首，才转身离去。

他们转脸的那瞬间，潮生听见唐未问："这俩是一对啊？"

王绪说："不是，人家就是发小儿。"

"……"

潮生余光看见温澜的背挺了挺。

第二天再上学，温澜就把刘海儿用小卡子别起来了。

潮生载温澜上下学，自然是第一个发现她变化的人，他知道她这么做是为什么，可仍然要揣着明白装糊涂，问："天热了，刘海儿闷痘吧？"

温澜愣了愣，扯出一个笑："是啊，我很怕长痘的。"

一问一答，是默契，也是温柔。

其实在晚自习发呆的时候，潮生也干过一些傻事，比如把温澜和唐未的名字并列写在草稿纸上，就像推导化学方程式似的，去捋温澜被唐未吸引的过程。

可有时候人与人之间的关系就是那么微妙，令人难以捉摸。

很快进入四月。

十几年前四月六号这一天，温澜和潮生一前一后出生。

黎晚知道这件事之后特别兴奋，她说她从来没见过同年同月同日生的人，就张罗着大家一起给他们过生日。

于是清明假期的第一天，黎晚把大家聚在郊外的一个水库旁野餐。

黎晚准备了野餐垫、烧烤架、水果、零食和小甜点。到了目的地，男生们去干活，女生们则去放风筝。

风筝是温澜从家里拿的，蝴蝶的样式，还是七年前温和平去潍坊风筝节给她带回来的，除了边缘有一丝磨损，乍一看就像新的一样。

但是这天风不大，风筝很难飞起来，最后两个女生累得够呛，干脆不玩了。

这边李微印和王绪在烧烤，潮生在树与树之间扎了个吊床，那边温澜坐在野餐垫上收风筝，黎晚从车上拿了一捆郁金香下来，坐在她旁边，开始给花插瓶。

“从早市买的吗？”温澜见花外面还包着纸。

黎晚摇头：“我妈妈喜欢鲜花，在一家花店订了一年的花，他们每隔三天就会送花过来。昨天送的郁金香，我没让我妈打理，心想正好拿来送给你呀。”

温澜笑：“谢谢，黎晚，你真好。”

黎晚挑眉：“真羡慕你们这些生在春天的孩子。”

“这有什么可羡慕的，每个季节有每个季节的好。”

“春天啊，有郁金香、车厘子和草莓。”黎晚抱着瓶子站起来，“都是我爱的。”

黎晚走去河边，弯腰舀了一瓶水，又走回来：“可是夏天呢，除了热，还是热。”

“可是我感觉你就应该生在盛夏。”温澜说，“你就像夏天一样。”

“八月十八号，的确是盛夏。”黎晚把花插进瓶子里，又撩了把头发，笑道，“唉，管他呢，反正我也不能把自己再塞进我妈肚子里重新出生一回。”

温澜怔了怔，然后明媚地笑了：“黎晚啊黎晚，你长大了可以去当脱口秀演员。”

“不要吧。”黎晚故意做了一个鬼脸，“我这么漂亮，做谐星多可惜。”

“……”温澜无语，小声吐槽，“说你胖你就喘。”

黎晚吐吐舌头，去找李微印了。

五颜六色的郁金香在花瓶里恣意开放，温澜拿起花瓶，把它摆在一旁的桌子上。

潮生走过来，把刚洗好的水果摆上桌。

温澜看着远处和李微印一起扇火的黎晚，对潮生说：“这么看，他俩还挺配的。”

潮生偏脸看了他们一眼。黎晚和李微印都是长得顶漂亮的那类人，明艳少女和“撕漫少年”待在一起，除了养眼，还是养眼。

潮生由衷地说：“挺配的。”

温澜又说：“我感觉李微印应该是有点喜欢黎晚的。”

潮生问：“为什么这么说？”

温澜笑：“有句话说得好，男生欺负一个女生就代表他喜欢她。”

潮生失笑：“可是怎么看都是黎晚欺负李微印。”

“我还没说完呢。”温澜笑，“我觉得那句话应该改成，男生欺负一个女生不代表他喜欢她，但要是任由一个女生欺负，就一定是喜欢她了。”

潮生想了想，说不上哪里奇怪，但又莫名觉得有道理。

那边三个人正在忙活，潮生没有闲着，也过去帮忙烤肉。

后来这顿饭吃得很开心。

黎晚给温澜和潮生准备了一个郁金香款式的蛋糕，像模像样地点了蜡烛，唱了歌，许了愿，又吹蜡烛。

潮生不是很习惯这种热络，但也并不排斥。

最后的环节是赠送礼物。

温澜和潮生从来没有给对方送过礼物，因为他们从小到大生日都是一起过的，太亲近，反而省去了一些有仪式感的部分。

李微印送给温澜一条手链，王绪则送了配套的项链。王绪送给潮生一支派克钢笔，李微印则送了一本某书店限量的笔记本。两个人真是图省事。

还是黎晚用心一些。黎晚送给温澜一张李志的签名专辑，送给潮生一本余华的签名书。这两份礼物送到他们心坎上了，两个人回去这一路上，就像一年级小孩第一次领奖状似的，板板正正地拿在手里，唯恐弄坏了。

后来潮生想过，他真正接纳黎晚这个朋友应该就是从这次开始的。没办法，有时候人就是这么肤浅，一份礼物就能收买人心。

潮生和黎晚的关系从这个四月开始变好。契机是那本签名书，而真正的转折是一次罚站。

4

深藏

乖乖女偏爱浪子

小长假一过，学校就组织了一次月考。

考完试之后那两天，一般是集中讲试卷。数学老师偏偏不走寻常路，非要把这个单元剩下的课讲完才开始讲试卷。

五天之后，他把这单元最后一道课后练习题讲完，忽然把课本合上，说要讲试卷。那会儿距离下课还剩下十分钟的时间，全班同学都措手不及，很多人压根找不到试卷。

于是数学老师发话让没带试卷的人全都到后面罚站。

下节数学课上课之前，同学们都去隔壁班借试卷，温澜和黎晚去厕所了，而温澜的试卷偏偏被隔壁班的借走了，打上课铃之后，她才发现试卷没有被还回来。

那会儿班里刚调了位置，温澜坐第三排，潮生坐第二排她斜前方。数学老师进班，拿教杆一拍桌子，说："没拿试卷的站起来。"

潮生听到温澜和她同桌小声的讨论声了，趁数学老师不注意，转脸把自己的试卷给了温澜，随后不急不躁地站了起来。

全班只有两个没试卷的，一个是潮生，另一个是黎晚。

数学老师一视同仁，让他们去走廊罚站。

黎晚装模作样地拿着数学书从教室后门走出来，见潮生从前门出来，她笑道："啧啧，好学生也罚站了？"

潮生不咸不淡地回了一句："比不上你有经验。"

黎晚一顿，嘴唇动了动，最终只是说："江潮生，除了对温澜温柔，你还对谁有过好脸？"

潮生眼角溢出一抹不深不浅的笑，没有接话。

教室里数学老师夹杂着禹山口音的普通话声音洪亮，听得人心里烦躁。黎晚站着站着就闲不住了，她从兜里拿出一副无线耳机，不管潮生愿不愿意，直接塞他耳朵里一只。

然后她开始哼歌。

Prendimi così, prendimi così dal niente.

（请你就这样带我走，一无所有地，就这样带我走。）

Tienimi così, tienimi così per sempre.

（请你就这样抱着我，永远这样抱着我。）

这首*E L'alba Verrà*（《黎明前请带我走》），潮生第一次听到是在法国电影《沉静如海》的一段剪辑视频里。

走廊外的风干燥而暖和，阳光透过窗玻璃斜斜地照到身上，空气中弥漫着春夏交接时草木蓬勃的香气。

黎晚微闭着眼睛，沉浸在歌声里。她耳朵上缀满了星星耳钉，在太阳底下闪着细碎的光，像在给她营造氛围。

Fammi guardare le mie rose,

（让我观看我的玫瑰花，）

Arrampicarsi fino al sole,ora che piove...

（在下雨之际，它们直向太阳延伸……）

黎晚缓缓睁开眼，偏脸看向潮生。

潮生在唱歌。

那一刻万籁俱寂，唯有潮生低沉的声音萦绕在耳边，他微垂着眼眸，沉静而孤独，让黎晚几乎忘记了呼吸。

她没想到她哼的歌，他竟然也会唱，而且每一个单词发音都很好听。

察觉到黎晚在看自己，潮生停住了，也偏头望向她，疏疏淡淡的眉眼藏着桀骜和清高。

黎晚静了静，咧嘴扬起一个明媚的笑。

潮生顿了三四秒，微微勾唇，回以淡淡的一笑。

春日的木棉花开得如火如荼，杨絮被风卷着乱飞。他们在春光里烂漫，因为没有爱情，少了悸动，多了纯粹。

从那以后，潮生和黎晚的关系才渐渐好了起来。

五月份的时候，潮生工作的串串店因为经营不善而裁员，潮生是学生，自然先被纳入了裁员的名单。

而恰好黎晚那会儿和她老爸有一个约定——如果她能在期末考试时考进班级前三十，暑假就可以去法国玩。

黎晚在桌子上贴了张便利贴，写着“真君子，敢为五斗米折腰”。她决定好好读书，家里给她找了各科目的家教，她想着，正好潮生丢了工作，就问他愿不愿意当她的数学和理综的家教。

她是这么劝潮生的：“一来呢，那些名师的课太枯燥，我不愿意上，咱们是同学嘛，比较放松，我学起来也舒坦。二来嘛，你平时在教我的时候还能复习一遍，多好啊。”

温澜也劝他：“潮生，我觉得挺好的。”

潮生想了想，说：“那好吧。”

这份工作无论从哪个方面考虑，潮生都没有拒绝的理由。他和黎晚平时作业量一样，学习进度一样，放假时间也一样，给她补习，完全就是把之前打工的时间挪过来学习，还白赚一些薪水。

他想了想，又说：“不过，还是先去你家讲一下课，等你爸妈同意再说吧。”

黎晚摇头，说潮生：“你可真是个形式主义者。”话虽如此，但她还是尊重了潮生的“形式主义”。

在一个周六的下午，潮生去芳汀别墅区找黎晚。他给她讲了一节课，黎晚的妈妈陈柔对他很满意，同意聘请他当黎晚的补习老师。

陈柔走了之后，黎晚就和潮生商量工资的事。

她小口啃着西瓜："其他老师一小时两百块钱。我妈说，你是我同学，要给你三百。"

黎晚有些话没有直说，其实她跟父母聊过潮生家的情况，得知他没有父亲，母亲残疾，陈柔就提议多给他一点工资。

"绝对不行。"潮生的声音冷冽如冰，他想也没想便脱口拒绝，"如果是这样的话，那我没法教你。"

黎晚一怔。

潮生意识到自己刚才太疾言厉色，缓了缓，语气轻了几分，只是眉眼还是清冷的："我只是觉得一码归一码。"

"我还没说完，我跟我妈说了，你是学生嘛，就还是按照两百块一小时给你，行不？"黎晚其实早就拒绝陈柔的提议了。她不想给她的朋友任何意义上的施舍。

"我基础太差了，万一拿了钱，你再教不会我，我怕你有负担。"

听黎晚这么说，潮生也多多少少懂了一点——她在保护他的自尊心。

想了想，潮生说："这个月先欠着，如果六月的月考你没进步，我就不收钱了。"

"啊？"黎晚呛了一口，西瓜汁溅到白T恤上，"大哥，你慎重啊，我这水平，你这一个月很可能就白干了。"

潮生云淡风轻："嗯，就这么办。"

黎晚简直要昏厥，几秒后她痛心疾首道："江潮生，你在道德绑架我。"

"我怎么你了？"

"我黎晚行走江湖靠的是一个'义'字。你是我叫来的，想让你领薪水，我就肯定要努力学习，你这不是道德绑架我是什么？"

潮生噙着一抹笑，不近人情地说："有耍贫嘴的工夫，不如多做两道题。"

"……"

从此以后，黎晚开始了艰苦奋斗的生活。

她的基础实在是差，要从初中课本开始捋，但她本人又实在是聪明，一个知识点基本不用讲第二遍。

每个星期六的下午，潮生都会来到黎晚家。黎晚做卷子，他也做卷子，他的进度比黎晚快，学完之后就从黎晚的书橱上拿书看。

潮生平时不打球不上网，除了爱看书，也没别的爱好，而黎晚家的书偏偏特别多。

这天下午潮生和黎晚在她家的花园里上课，黎晚为几道数学题而抓耳挠腮，小声和潮生商量："能不做了吗？"

潮生很严厉："不行。"

黎晚卖乖："江老师——"

"不行。"

潮生不等她说完，就已然制止了她。

黎晚挥了挥拳，嘴里嘟囔着"去死吧，江潮生"，最后还是乖乖地趴在桌子上继续演算。

"也就只有你能制住她了。"黎晚的爸爸黎晋东这天没去工作，估计是看他们有一会儿了，这会儿才笑着走过来。

黎晚忙说："黎晋东，你别在这儿打扰我学习。"

潮生则站起来，礼貌地喊了声："叔叔好。"

黎晋东看了一眼潮生手里的书——《卡拉马佐夫兄弟》，陀思妥耶夫斯基的著作："这种书能看进心里吗？"

潮生愣了一秒，才说："好作品永远不枯燥。"

黎晋东点了点头："之前看过他别的书吗？"

潮生摇头："这是第一本。"

"博尔赫斯说过，发现陀思妥耶夫斯基就像发现爱情。发现大海那样，是我们生活中一个值得纪念的日子。"黎晋东笑，"恭喜你拥有了一个纪念日。"

潮生怔了片刻，忽然由衷地生出谦虚之情。他笑了笑，但不热络："我会好好读的。"

黎晋东点头，又瞥了眼黎晚："这丫头也爱看书，你们或许可以聊聊。"

“谁要和他聊？”黎晚呛声道，“除非他不给我布置那么多习题。”

“那不可能。”潮生不给面子。

黎晋东顿时大笑起来：“你们这些孩子啊……”

讲课的时间总是匆匆而过。黎晚很用心，没让潮生费多大事。

六月份的考试，黎晚一下子前进了十五名，位列班级第三十二名。

还差两个名次到三十名，可把黎晚郁闷坏了。

温澜笑：“这下你知道为什么我总因为一两分就气得吃不下饭了吧。”

黎晚唉声叹气：“好吧，或许我慢慢也要变成一个眼里只有分数的人了。”

“晚晚，你不要觉得盯着分数就是丧失灵气。”温澜耐心地告诉她，“我一直都觉得人有目标是一件很好的事情。”

“这一点我就比不上你。”黎晚说，“我总希望自己是特别的，不想泯然众人。”

“我们学习，有了思考的能力，为的不就是不要成为一个泯然众人的人吗？”温澜说，“所以加油吧，要么不做，要做就全力以赴。”

黎晚听完，朝温澜投去赞许的目光：“温温，怪不得……”

“怪不得什么？”

黎晚看了一眼江潮生，没说什么。

等温澜转过头去，她才用唇语对潮生说：“怪不得你喜欢她。”

潮生瞪了她一眼，示意她别乱说。

黎晚乖乖地闭嘴，没再说什么。

晚上放学的时候，潮生照例要带温澜回家。走到车棚的时候，他们恰好碰见王绪和唐未在路口抽烟。

因为黎晚，他们和王绪还算熟，连带着和唐未也成了点头之交，平时要是在路上遇见，也会点点头打个招呼。

王绪看到潮生，离老远就喊了声：“兄弟。”

潮生推着车子走过去，温澜紧紧跟在他身后。

离得近了，王绪笑着说：“温澜今天的衬衣很好看欸。”

温澜穿了一件黑色衬衣，腰间有系带，大方又显瘦。

唐未看了一眼："亚男也有一件差不多的，这衣服就适合你们瘦高个儿穿。"

温澜抿抿唇，说："我这个是旧衣服。"

潮生看了温澜一眼，他很清楚这衣服是旧是新。顿了一秒，他对王绪说："我们先走了啊。"

唐未懒散地一笑："哥们儿不错啊，好男人，每天都送回家。"

王绪叹了一声，说："你还说别人，你自己不也眼巴巴地等着你家那位吗？"

唐未呼了口烟圈："她那脾气，我不送，她又要闹了。"语气并不像往日般给人宠溺的感觉。

潮生眼皮一跳，隐隐感觉到了什么。

王绪问："怎么，还谈不谈得下去啊？"

唐未轻呵一声，说："随她去吧。"

潮生不自觉地看向温澜。

温澜似乎对他们的谈话并不感兴趣，只是将书包带攥得很紧，她找到时机插到男生们的对话里，轻声说："我们先走了。"

"好，再见啊，路上慢点。"王绪说。

"……"

寒暄几声，潮生带温澜出校。

等出了校门，温澜忽然问了潮生一个问题："江潮生，以男生的角度来看，我怎么样？"她强调，"不是以哥哥的角度啊，是以男生的角度。"

潮生看似自如地在前面骑着车，闻言微微偏了偏脸，说："你很漂亮。"

"就这个吗？"

这个还不够吗？潮生是男生，他最了解男生了，对十七八岁的男孩子来说，一个女生拥有一张漂亮的脸蛋就已经代表她拥有吸引男生的能力。

"漂亮不是一种能力吗？"

潮生这么问，温澜就不说话了。

晚上潮生回到家，洗完澡，吹干头发，开始学习的时候，温澜端着一碗酒酿圆子来找他。

她也刚洗完澡，穿印着小熊的睡衣睡裤，头发还滴着水。潮生坐在那儿吃圆子，她则手撑着桌子，低头看他刚解好的习题。

她头发上散发着橙花的香气，在初夏的夜晚格外怡人。

潮湿的长发把衣襟打湿大半，潮生隐隐看得到她从不示人的那一处肌肤，心跳不由得开始加快。然后他猛地把碗一放：“温澜，你不回家吗？”

温澜被他搞蒙了：“你撵我？”

“我等会儿要和古乘打个电话，说点事。”

“哦，好吧。”温澜把搭在前胸的湿发撩到身后去，“我妈说明天给我炖排骨，你明天过去一起吃吧。”

“好。”潮生站起来，把温澜朝外面推。温澜走出他房间后，他二话不说把门关上，插上插销。

外头王冬梅问“怎么也不送送你”，温澜说：“我还用送啊，我又不是外人……”

潮生背靠着门，感受胯间一团火越烧越硬。

漂亮就是一种能力。他仅仅想着她漂亮的脸，就已经做尽了荒唐事。

这一切让他纠结又快慰，莫名有一种被道德鞭笞的羞耻感，却越背德，越情难自抑。

不得不说，高一下学期的日子过得很平淡，他们每天都是按部就班地上学、回家，没有发生什么特别的事情。

黎晚照样过着风风火火的日子。温澜的刘海儿长长了一点，成绩从第十名回到了班里前五。李微印和王绪貌似吵了一架，但具体原因大家都不太清楚。

唐未和李亚男貌似还如胶似漆，温澜几人几次在课间操时见到他们，两个人都是黏在一起的。

高一期末考之前发生了一段小插曲——温澜和潮生那个矫情的同桌张玉洁生了龃龉。准确来说，是张玉洁没事找事。

温澜和张玉洁一组干值日，有一块卫生区域扣分了，明明那一部分是张玉洁负责，温澜却要和她一起写检查。温澜就告诉张玉洁，希望以后干完活两个人都再检查一遍。

这原本是个再正常不过的要求，张玉洁却觉得温澜是在拐弯抹角地怪她，于是就和温澜吵吵起来了。

温澜虽然性子柔，但不弱，见张玉洁不讲理，就要去找老师评理。

张玉洁自知理亏，耍赖，不肯去找老师，又咬定温澜欺负人，哭哭啼啼半天。

黎晚在一旁看着，白眼都要翻上天了，故意阴阳怪气地说："别跟这种人一般见识啊。"

潮生当然是维护温澜了，就跟着黎晚的话说："别跟她一般见识。"

张玉洁一听，哭得更厉害了。

黎晚听着就烦，问温澜："放学之后去散散心吧？"

温澜也烦，就问潮生："去海边吗？"

潮生想了想，说："请你吃东西。"

半小时后，他们三个人来到海边的鱿鱼摊前，温澜和潮生站在车前点餐，黎晚离他们远远的。

温澜点完餐，去找黎晚："晚晚，你吃别的吧。"

黎晚不吃海鲜。一个在海边长大的孩子竟然对海鲜过敏，说来也是够惨。

"你想吃别的吗？我请你。"潮生问。

黎晚撇撇嘴："你就不能挑一个我们仨都能吃的？"

"温澜喜欢吃烤鱿鱼，她好久没吃了。"潮生很自然地说。

黎晚喊了一声，说："果然只有温澜是你的宝贝，我们这些人都是草。"

温澜一听，忍不住笑了："是因为今天我受气了，他才迁就我的。"

黎晚洞悉一切，想了想说：“算了，李微印找我有事，我去找他吧。”

“晚晚，你不会生气了吧？”温澜问。

“我？生气？”黎晚瞪大眼，“我怎么可能为一串烤鱿鱼生气啊？再说了，我要是生气，肯定早就说出来了，你以为我是你啊，还憋着！”

温澜耸耸肩，说：“好吧。”

黎晚摆手：“不说了，走了。”说着，她拍了拍潮生的背，趁着温澜转身，挤眉弄眼了一下，用唇语说“江老师，加油”。

潮生无奈，淡淡地说：“赶紧走吧。”

黎晚哼了一声，背着书包风风火火地跑走了。

黎晚走后，温澜和潮生一起吃了烤鱿鱼，之后又一起去赶海。

温澜的刘海儿已经很长，中分挂在额头两边，更显她的脸小。只是海风吹过来，显得头发很乱，像没有梳头似的。

温澜对张玉洁的事始终没有释怀，她对潮生说：“那女生好像不喜欢我。”

潮生就回答她：“我喜欢你……”他顿了一下，“还有黎晚，她也喜欢你啊，很多人都喜欢你。”

温澜听完就笑了笑，她想到什么，思绪很辽远的样子：“可是我最希望喜欢我的那个人却不喜欢我。”

潮生默了默，问她：“谁？”

温澜回过神，说：“没谁。”

她不肯说，潮生就不会多问，然而温澜心里装着事，大概是怕尴尬，很刻意地扯开话题，问：“张玉洁会不会喜欢你？”

潮生想都没想，道：“你想多了。”

事实上，还真不是温澜多想。期末考试之后，张玉洁竟然跟潮生表白了。

那是一个闷热而潮湿的傍晚，禹山早已入梅，外面哗啦啦地下着雨。大家刚考完试，教室里乱作一团，对答案的、聊天的、收拾书的，还有光明正大玩手机的。

潮生正站在走廊的柜子前取书，张玉洁走到他旁边，什么预兆都没有，直接来了一句："江潮生，我喜欢你。"

潮生如遭雷劈，手上动作停了，一时竟不知道该如何接话，甚至不知道该如何看她。

张玉洁倒大方，告白也告得不耐烦："我知道你不喜欢我，没事，我就是觉得反正高二要分班了，说出来才不留遗憾。"

在她说话的这几秒里，潮生的情绪已经稳定下来。想了想，他看着她的眼睛，说："谢谢。"这已经是他最大限度的善意。

张玉洁顿了顿，轻呼了一口气，笑着转身离去。

她走了，黎晚从一边走过来，朝她离开的方向抬抬下巴："江老师，又拒绝一个纯情少女啊？"自从他做她家教，她就很爱用"老师"称呼他，话里有揶揄的成分。

潮生看她一眼，被她的耳朵吸引。考试又没人查仪容仪表，她哪会错过臭美的机会，戴了那种很吸睛的珍珠耳环，很不符合学校规定，但很符合她的气质。

他问："你都听见了？"

"其实不意外。"黎晚说，"她总是说你坏话，调位之后你俩一个第一排，一个第四排，她都要过去找你讲题，这就是少女心啊，太矛盾了。"

潮生把柜子里的书一本本地往怀里塞，闻言讽笑："你倒是有经验。"

黎晚扬眉："没见过猪跑，但是吃过猪肉啊。"她笑，"话说，你是不是一点都没看出来她对你有意思？"

柜子已经被清空，潮生把柜门阖上，靠着柜子看黎晚："你以为我像你啊，闲得没事观察这些。"

黎晚被噎了一下，努努嘴，说："我还观察出别的呢，比如温澜——"话说一半，做人留一线。

潮生眉头微蹙："你少在她面前说闲话。"

"你胆小不胆小啊？"黎晚白眼翻上天，"听过一句话吗，近水楼台先得月，你守着月亮，还能让月亮跑了？"

潮生呼吸凝滞了一秒。既然是月亮，谁又能摘下它呢？除非它心甘情愿地降落。

“你是怎么看出来的？”潮生还真有点想知道。

黎晚一副头大的表情：“你不知道你这个人很难相处吗？”她嗤笑，“除了对温澜温柔，你还对谁有过好脸？一起去吃东西，连她吃微微辣还是微辣、喝奶茶微糖还是半糖，你都记得清楚。”

潮生沉默了一下，笑了。

不知道为什么，黎晚把这些小事说出来的时候，他觉得心里甜甜的，像个怀春的小女孩似的。原来会爱就已经让人如此幸福。

“当然，最重要的一点是你爱穿黑色了。”

黎晚这么说，潮生的思绪被拉了回来，他看了眼身上的黑色T恤，对一切都不置可否。

“是不是见温澜穿黑的，所以跟着她穿的？”

这一点黎晚倒是猜错了。温澜穿黑色是模仿李亚男，而潮生则是在学唐未。

“好了，别乱说，否则连朋友都没的做，很尴尬的。”面对黎晚，他终究还是要摆出冷淡的样子，让她不要乱讲话。

“也是，你们又不是普通的朋友，从出生就认识，要是表白失败了，那岂不是很尴尬……”

潮生心一沉，没有接话，转身回教室了。

暑假很快到了。这个暑假过得平淡无奇。

潮生找了份在奶茶店打工的工作。温澜先是上辅导班，后来辅导班结课了，她又去外婆家住了半个月。而黎晚则因为考到了班里第二十六名，如愿地飞到法国过暑假。

潮湿的雨季偶尔放晴，王冬梅的腿每逢潮湿天气总是疼得厉害一点，后来雨季过了，空气不再湿答答的，她整个人都精神了不少。

高二要进行文理分班，温澜选择理科，潮生和黎晚选文科，他们将不在一个班了。

而巧的是，温澜和唐未分到了一个班。这个安排还真是戏剧化，而更戏剧化的是，高二开学后没一个月，唐未和李亚男分手了。

这件事是潮生在黎晚家得知的。那会儿他正给她补习数学，李微印也在她家，不知道是怎么扯到这件事上去的。总之，李微印告诉他们："唐未和李亚男从暑假之前就开始闹矛盾了，李亚男管唐未太紧，感情好的时候这是情趣，时间长了，男生就受不了了……"

黎晚问："你怎么知道那么多事？"

李微印说："王绪说的。"

黎晚就笑："哎呀，绪哥真是什么都告诉你哦。"

李微印顿了一秒，嘁了一声，笑道："我不是和他在学校附近一起租房子住嘛，有些事，他不告诉我，也没法说给别人听啊。"

"……"

黎晚和李微印你一言我一语，潮生始终沉默。因为他隐隐预感有什么事会发生。但是他没有想到，事情的转折竟然发生在海生身上。

海生自从上了初中，一直都有点叛逆，但是一直以来还在可控的范围内，没有出太大的乱子。

直到十月的某一天，李微印过生日，大家都在KTV聚会。

没一会儿，黎晚上厕所回来，着急忙慌地说："潮生，我好像看见你弟了。"黎晚只见过海生一面，不太确定，"他好像和唐未他们在对峙呢。"

潮生猛地从沙发上站起来，朝外面走去。

包厢里几个人都跟着黎晚走，浩浩荡荡地来到另一个包厢，推开门，果然看到唐未一行人和海生他们。

唐未先站起来："你们怎么来了？"

这边没人说话。

潮生板着脸走近海生，海生吊儿郎当地站在点歌台那儿，耷拉着脑袋，叫了声"哥"。

"这是你弟啊？"唐未叼着烟走过来，"早知道是你弟，这事不就好办了嘛。”

潮生不理会唐未的话，甚至不屑看他一眼，只盯着海生，问：“怎么回事？”

海生抬头瞥潮生一眼，又飞快地低下头。

潮生眼眸一黯，看到他嘴角的瘀青，知道他挨了打。

王绪拨开人群走出来，问：“怎么回事啊，未哥？”

唐未哼笑：“其实和我没什么关系，主要是我弟弟和他闹了点矛盾，都是小孩的事，我早说了，犯不上动那么大干戈。”

“那有什么让他们说开就行了，要真是还过不去，两个人打一架完事，别闹大了。”王绪一直都是他们这拨人里最沉稳的一个，“今儿是印子生日，正好咱一块儿去吃蛋糕啊？”王绪很快转了话锋。

潮生却不领情，他又把话锋转回来，问海生：“你为什么和人家置气？”

海生吊儿郎当，不想回答。

温澜走出来，说：“海生，你哥问你话呢，你怎么不说话？”

唐未不动声色地看了眼温澜，而温澜始终不瞥他一眼，径直走到海生面前：“趁着大家都在，把事情解决了。”

海生也算是温澜看着长大的，还是很听温澜的话的，犹豫了几秒，也就松口了：“我干值日，他往楼下泼水，泼我一身，老子不捶他捶谁？”

“那我不是说了不是故意的吗？”唐未身后一个瘦高个儿男生站了起来。

“你那是道歉的态度吗？”海生的火噌噌地往上冒。

潮生冷声道：“谁打的他？”

瘦高个儿盛气凌人：“我打的，怎么——啊！”

男孩大叫，因为话音未落，潮生就一拳头砸到他脸上。男孩反应倒快，紧接着回击过去，他手上戴着戒指，剐伤了潮生的眉角。

潮生拳头未停，又是一拳过去。

身边几个人眼明手快地过来拉架，唐未把弟弟拉开，一巴掌呼他后脑勺上：“你往人家身上泼水还有理了？！”

男孩被唐未训斥，心里有气，也只能粗喘着气忍下来。

潮生摸了摸眉梢的血迹，冷眉冷眼地说："下次再让我知道你动江海生一根手指头，别怪我不客气。"

最后，潮生被一群人推搡着出了门。

回到包厢，温澜仔细看了眼潮生脸上的伤，还好只是破皮，她要出去买创可贴和碘伏。

刚走出包厢门，迎面撞上唐未，她整个人颤了一下，很快偏脸低头，说："让一下。"

唐未结结实实地堵住她："干什么去？"

"给潮生买药。"

"我和你一起吧，事是我弟搞的，药钱我付。"

温澜抬脸看了他一眼，没同意，也没拒绝，侧了侧身出去了。唐未很快跟上去。

这一切都被原本想追出来和温澜一起去药店的黎晚看了个真切。黎晚见他们一起往外走，顿了顿，把门关上，又回来了。

过了大概十分钟的样子，温澜回来了。她打开碘伏，取出棉签，小心翼翼地给潮生上药："回到家，要是阿姨问起来，我就说有流氓欺负我，你们帮我出头才搞伤的。"

温澜真是很温柔，给潮生上药的时候还不忘往伤口上轻轻吹气，这要是黎晚，胡乱擦擦血就完事了。

随后，温澜又把海生嘴角的伤处理了一番，像模像样地教育海生："你现在也老大不小了，能不能别让你哥担心了？"

海生点头，说："我知道了，温澜姐。"

说着话的工夫，药就上好了。

李微印这个生日过得也是够糟心的，最后，大家随便分了蛋糕，潦草地收场。

那会儿潮生还以为这不过是一个稀松平常的小插曲。直到几天之后，他中午去温澜班里等温澜一起去车棚的时候，却见唐未和温澜一起从班里出来。

唐未一直笑着跟温澜说些什么，温澜抿唇笑，不怎么接话。

这一幕刺痛了潮生的眼。他站在原地，不知道该不该走上前打扰他们。

温澜看到潮生，很自然地走过来，又对唐未说："再见。"

唐未懒懒散散地笑说："再见。"他又看了潮生一眼，说："拜，兄弟。"

潮生没理他，转身下楼。

回家的路上，温澜忽然聊起唐未："今天唐未要请我吃饭。"

潮生掌车把的手一顿，他问："怎么不去？"

"近乡情怯啊。"温澜很小声地说，又大声地回了句，"就感觉还不熟，会很尴尬。"

潮生闷了半晌，憋出一个"嗯"字。

很快又到周末了。

潮生照例去黎晚家给她补课。这时候黎晚的成绩已经稳定在中上游了，越是名次高，进步就越是慢。这和减肥是一个道理，大基数减肥和小基数减肥比起来，总是掉秤更快。所以黎晚渐渐失去了耐心。一节课下来，她半张卷子都没做完。

潮生板起脸说她："你觉得你现在的态度好吗？"

黎晚不以为意："我觉得挺好的。"

话不投机半句多。

潮生想了想，道："我看你最近都没有学习的心思，这样吧，今天就上到这儿，等你静下心来，我再给你补课。"潮生说完话就收拾东西离开。黎晚并没留他。

这个点恰好是温澜辅导班下课的时间，潮生顺路去接她。

他下公交车的时候，就已经过了温澜下课的点。他抱着温澜可能已经走了的心情往辅导班走，拐过一个路口，在一众路边摊里看见了温澜的背影。

他目光沉沉，停了步子。

温澜对面还有别人。那个男生穿着墨蓝色的肥大牛仔外套、黑裤子，脚踩耐克运动鞋，头发被风吹成张扬的弧度。他对着温澜笑，一只手懒懒散散地夹着烟，正说着什么。温澜低下头，也无声地笑了。

那么肆意狂妄，那么气焰嚣张，除了唐未，还能是谁？

潮生站在原地好久，才迈步走向他们。

恰好有个孩子从妈妈电动车上下来，举着两张一块钱的纸币，激动地想穿过马路买烤肠，结果因为太冒失，一下子撞到了潮生。

潮生踉跄了几下，差点一头栽到旁边烤地瓜的炉子上。温澜大喊“潮生”，扑上来把他推开。

潮生只觉得被人扑了一下，顺势倒在马路中央，再回头，只见温澜倒在烤地瓜车旁，手腕被烫得通红一片。

唐未比潮生先一步扶起温澜。

温澜疼得咬着唇，半天没说出一个字。

潮生急切地过去，把温澜揽进自己怀里，问她：“你没事吧？”

唐未对着那个做错事的孩子大吼：“这是谁家的孩子，能不能看好啊？”

潮生顾不得去追究那么多，打横把温澜抱起来，四顾望了望，接着跑向不远处的卫生室。

卫生室不过两百米远，然而潮生每一步都走得很艰难。

这种被人保护的感觉很好，但保护他的人受伤的感觉又很差，冰与火在胸腔里激烈地碰撞，他喘息声很重，呼吸困难，但不是累的。伤在她身，痛在他心。

还好温澜只是受了皮外伤，拿了涂抹的药膏和消炎药就可以走了。他们走出卫生室的时候，潮生才发现唐未正抽着烟在门口等。

见温澜出来，唐未问：“没事吧？”

温澜晃晃缠了绷带的手：“真没事。”

唐未嗤笑：“看不出你柔柔弱弱的还会见义勇为。”

“下意识反应。”温澜说，又看了眼潮生，“谁让他是江潮生呢？”

潮生愣了，心里被一种巨大的满足感填满。温澜当着唐末的面，光明正大地在乎他。

可是狂喜只有一秒，很快他就意识到，她之所以能这么光明磊落，恰恰是因为她对他没有别的私心。

唐末听温澜这么说，啧啧了两声，然后对潮生一扬眉："兄弟，艳福不浅啊。"

温澜顿时僵硬了，潮生扶着她，感受很明显。

"你怎么在这儿？"想了想，潮生只好扯开话题。

唐末说："兄弟在那边过生日，刚好下公交车时遇见温澜了，聊了两句。"

"你快去吧，你朋友别再等急了。"温澜说。

唐末用眼尾淡淡地扫了温澜一眼，似笑非笑道："撵我啊？"

温澜一怔，很快说："哪有？"

唐末一笑："得了，你不赶我，我也得走了，不然等会儿要被罚酒的。"

"……"

最后又闲扯了几句，他们才互道再见。

唐末先走，温澜站在原地看着他的背影好一会儿，最后才转脸对潮生一笑："走吧。"

那是十一月，南方初冬的气息尚不浓。大家看起来相安无事，实际上各自的人生都迎来了新的转折，只是当时他们身在其中并没察觉。

潮生是在下学期的时候才发现唐末跟温澜走得近的。

唐末和李亚男在高二上学期十月时就没有什么关系了。两个月之后，潮生无意间看到李亚男和别的男生走得很近，而唐末身边一直没出现其他女孩。潮生对此很不放心，一直若有似无地留意着唐末的动静。

四月份的时候，朋友们照例聚在一起给温澜和潮生过生日。

这次唐末也被邀请过来。他是最晚到的，到的时候，大家都要切蛋糕了。

唐末远远地站着，喊了声"温澜"。

大家扭头去看，只见他踿踿地站在那儿，扬了扬手里的礼物，对温澜笑说："想要？自己过来拿。"

温澜顿了一秒，紧接着扯出一个无比明媚的笑，小跑着过去接下他手上的袋子。

唐未给温澜买了一只桃花水母。透明的水母晶莹透亮，柔软如绸，一敛一收，像一个精灵在水中徜徉。这份礼物够好看，也够特别。

而潮生和往年一样，没有给温澜准备任何礼物。

温澜很高兴，喊唐未一起来吃蛋糕。

王绪切好两块蛋糕，先给了寿星温澜和潮生。温澜把自己那块给了唐未。

黎晚眼尖，就笑："哎呀，多偏心哪。"

王绪又切了一块蛋糕给李微印。李微印接过来，又转脸把蛋糕给了黎晚："大梨，瞧，我也对你偏心。"

黎晚看了眼王绪，又看了眼李微印，最后把目光落在蛋糕上面："喊，少拿绪哥对你的偏爱来装好人。"

"瞧瞧你，温柔点会死？"

"还有，别给我起外号了，神经病……"

热闹是他们的，潮生什么都没有。

他拿了蛋糕到海边坐着。溽暑的时节，放眼望去，远处青山连绵。绿草、绿藤、绿树，所有的绿色植被都披在山头，远远看去，像绿雾一样。

海水则是一碧万顷，深蓝色的海，潮声呜咽。

很快，有个人影罩下来。他抬头看，是黎晚。

"潮声好汹涌啊，闹得人心里难以平静。"她一语双关。

潮生心中了然，却没有心情和她拌嘴。

黎晚眼珠一转，坐下来，沉吟一会儿，说："不对不对，应该是潮生无声，爱意藏在晚风里。"

"黎晚。"潮生喊她。

“嗯？”

“她和你聊过吗，他们是什么时候走得这么近的？”潮生和温澜不在一个班后，对她的很多事情都不清楚。

黎晚抿抿唇，回忆了一番，才说：“圣诞节的时候，我和温澜又去旱冰场滑旱冰。那次叫你来着，但你说要带阿姨去医院复查，就没去。那天唐未在。

“温澜滑得不是很好，要从场馆里面滑到外面去的时候，一个不稳撞到唐未怀里了。

“你猜唐未怎么着，他张开双臂任由温澜撞进来，笑得那叫一个坏呀。其实他俩本来倒不了的，唐未却故意抱住温澜倒了下去。”

说到这儿，黎晚看了眼潮生，叹了口气，说：“不得不说，人家就是比你会撩。温澜倒在他身上，他就用那种漫不经心的语气笑说：‘把老子的心给撞掉了。’温澜那个脸呀，从发际线开始红，一直红到脖子根。”

潮生静静地听黎晚说完，感觉就像在自虐。

黎晚没打算停下来，又继续说：“然后当时好多人起哄，我就把温澜拉走了。后来我听温澜讲，他们俩自从分到一个班之后倒有不少交集。

“温澜这种女孩子很招男生喜欢的，也难怪唐未上心。”

黎晚讲到这儿，眼里都冒星星：“这年头，乖乖女偏爱浪子，坏男孩专爱采撷小白花。”

黎晚的话被晚风吹散，落日余晖下，潮生往远处看去——

只见唐未往温澜的鼻尖抹了一点蛋糕，温澜肩膀一缩，显然呼吸凝滞了一瞬。而唐未就是这时候忽然凑近她，盯着她的眼睛笑，又说了句什么。温澜往后仰了仰，急切地偏过脸。

这一幕就像烙印一般烫在脑海。这晚回家之后，潮生做了个梦，梦见他在学校围墙外凤凰花恣意开放的路口，看到唐未把温澜搂在怀里亲。

他满头大汗地惊醒，之后再也睡不着了。

5

疏远

"是不能表白。"

后来温澜开始频繁地提起唐未，提的频率太高了，有些细节潮生不想记住，但也记住不少。

比如唐未会在课间她上厕所的时候，将她水杯接满水再去抽烟。比如体育课上，唐未跑完一千米之后又带着温澜跑完了八百米。再比如，那次他们几个人一起去餐厅吃饭，唐未和一帮兄弟走过去，大家故意把唐未推到温澜身上，然后再哄然大笑……

大家都知道，唐未对温澜很不一般。

某天下晚自习之后，潮生载温澜回家，终于问出他埋在心底很久的问题："你和唐未是怎么回事？"

温澜好一会儿没有说话。潮生感觉得到，她在认真思考该怎么回答他。

直到快到家的时候，温澜才说："潮生，我告诉你，你可千万别告诉我妈。"

"你说。"

"我注意他很久了。"温澜讲这句话的时候，潮生并没有看到她的表情，但只听声音就察觉得到她的小心翼翼和满心欢喜。

"你不知道，以前我每次在学校遇见他和李亚男在一起时都多难过，可是还要装作若无其事，就像从没把他放在心上那样……"温澜轻轻叹了口气，"我知道他有多浪荡，他单手抱着李亚男转圈、和她拥抱的样子，我都见过，所以即便他现在和我走得近，我也不敢……"

"不敢什么？"潮生觉得好像有点喘不过气来。

“以前，我作为旁观者来看，他和李亚男太亲近了，我以为他们会一直这样……可是李亚男很快就开始与别人亲近，他也开始接近我，但我总觉得心里不安。”温澜的声音好轻，那种怕失去的感觉，像手捧绚丽的泡沫，哪怕呵口气，都怕它被吹散了。

“你怕他是花花公子？”

“我怕他是为了气李亚男才接近我，也怕他就像雷阵雨一样，轰轰烈烈一阵也就散了。”

潮生懂，但他实在没有心情安慰她。

沉默了一瞬，温澜大概是怕尴尬，笑了笑，说：“你知道吗？李亚男现在亲近的人是她发小儿欸，就像咱俩的关系。我实在不理解，和发小儿太亲密，多奇怪……”

潮生急刹车。

温澜毫无预兆地撞到他背上：“怎么了？”

“红灯。”

温澜偏头看了眼，果然是红灯，就继续和潮生聊天：“你不知道，之前唐未还问我喜不喜欢你。”

“哦。”

“我说，怎么可能？你就是我哥嘛。然后他特别坏，忽然从后座趴过来，我吓死了，整个人都仰靠在墙上，糗死了。然后他就吊儿郎当地看着我笑，问我：‘那你喜不喜欢我？’……”温澜聊起这些，话语间都藏不住悸动。

“他是什么时候开始关注你的？”潮生沉默了很久，才用稀松平常的口气问出来。

温澜的书包背在身前，她抱着书包，把玩着钥匙扣：“我还真问过他。”

潮生听温澜回忆：“他说，其实分班之后就注意到我了，觉得我长得好看。”说到这儿，她有些害羞，“后来海生那件事你受伤了，他见我给你买药嘛，就觉得‘这小姑娘知道疼人’。”她用唐未的语气讲出这句话，“后来在辅导班门口我摔那一下，让他觉得我好像很勇敢，然后就对我上心了……”温澜聊起唐未总有说不完的话。

潮生听在耳中，却只能沉默。

这一路上并不平静。

回到家之后，潮生家里发生了一件不大不小的事情——他那个之前一直蹲监狱的外公出狱了。

蹲了这么些年监狱，外公也老了。看到姑爷没了，女儿少了条腿，外孙都长这么大了，他才心生感慨，抹了抹眼泪，决定不折腾了。但是外婆没有接纳他。这一年外婆六十二岁，她向外公提出离婚。

外公和外婆谈论这件事的时候，潮生和温澜正在他的卧室里写作业。外头的动静，他听得一清二楚。

外公说："都这么大年纪了，还折腾什么，不怕别人笑话？"

外婆很强硬，说："我这辈子被人家笑话得还不够吗？"

"我现在都变好了，不再闹了。"

"哦，谁规定浪子回头就得被原谅？"

"我们都不年轻了，离开我，谁和你做伴啊？"

"是啊，我们不年轻了，遭了冬梅这一难我才发现，人啊，就得为自己活。以前我认为，无论你做了什么，我都该原谅你、等着你，但现在我发现不是。我是你老婆，但不是你的老婆，我不是你的附属品，懂不懂？"

"……"

潮生无法忘记那天下午外公和外婆说的每一句话，包括外婆的每一个语调、每一下停顿，更无法忘记温澜的评论："潮生，你看，有自我意识的人是多么有力量。"

潮生把笔扔在桌子上，问了温澜一个问题："能说出这句话的人也是一个有自我意识的人，对不对？"

温澜一怔，整个人愣在那儿。

后来，潮生无数次想，他要是不多嘴问这一句就好了。

他这一问，就像一记警钟，把温澜一下子敲醒了。第二天早晨，她告诉他："潮生，我想好了，我要和唐未在一起。"

潮生只觉得挨了当头一棒。

温澜自顾自地解释起来："你外婆这件事给了我很大的启发，只要能对自己的决定负责任，那么无论什么年纪，都可以顺从自己的心意办事。"十六七岁的初恋和六七十岁的和离一样，只要能为自己负责，又有什么不可以？

温澜彻底想通了。她说："潮生，毕竟我们只有一次青春。"

所以她愿意赌一次，无论如何都不会后悔。

所以，以此为界，温澜的青春开始了，而潮生的青春至此终结。

温澜和唐未亲近，这就意味着，潮生注定要和温澜保持一定的距离。

异性朋友就是这点麻烦，无论两人的关系多纯洁，有时候保持距离是最基本的礼貌。

那是六月末，高二即将结束，温澜开始不让潮生接送。唐未也够宠温澜，每天都起大早，绕大半个城接送温澜。

期末考试之后的那个下午，黎晚请大家吃饭。她提早就说好，等放学之后，大家在车棚见。

因为黎晚和潮生都在文科班，两个班在一层楼上，所以潮生就等黎晚一起下楼。两个人一起去车棚。

学校的车棚是建在乒乓球场下面的，要么从乒乓球场下去，要么从老师的办公楼坐电梯到地下一层。黎晚班级挨着连廊，所以他们就直接从二楼连廊去老师办公楼，坐电梯去车棚。

原本两个人有说有笑的，然而等电梯门一打开，潮生和黎晚都愣在了原地。

唐未和温澜就在高三车棚的区域站着，两个人正在争执什么。

唐未肩膀上背着温澜的书包："能不能离江潮生远点？"

"他就是我发小儿啊，像哥哥一样。"

"李亚男和她发小儿很亲密。"唐未心里不舒服，多少也是受这件事影响。

"再说，江潮生可比李亚男那发小儿帅多了，成绩也好多了，我嫉妒，我小心眼，行吗？”

温澜哭笑不得：“你真的想多了。”

唐未不高兴地道：“反正你离他远点。”

“我现在都不和他一起走了，还不够呀？”温澜哄他，“再说了，我要是和潮生来电，那早就在一起了，还有你什么事？”

唐未撇嘴，道：“知道是一回事，心里难受又是另一回事。”

“你怎么这么爱撒娇啊？”温澜失笑，“哪怕这世界上只剩下一男一女，我和潮生都绝不可能在一起。要是今天潮生对我说他喜欢我，我肯定不用你说，早就吓跑了。反过来，我要是这么对他，结果也一样。”

唐未听完，心情好了一点。

温澜理了理头发，正色道：“阿未，我必须告诉你，潮生对我很重要，像我亲哥哥一样。但我也理解你的心情，所以我愿意离他远一点。但是如果你要我一句话都不跟他说，那我不想骗你，我做不到。”温澜给这段谈话画上句号，“所以，我答应你，绝对保持界限，那你也要答应我，不要多心，好吗？”

温澜这么真挚，唐未什么都愿意依着她。他迫不及待地伸手钩住温澜的腰，暧昧地说：“好，那先盖个章啊，宝贝。”然后他抱住了温澜。

地下车棚光线很暗，潮生和黎晚又站在最靠里的电梯口，所以温澜和唐未对他们的到来一无所知。

黎晚看了看潮生，潮生正一动不动地盯着温澜和唐未看。

静了几秒，黎晚扯了扯潮生的袖子，转身摁了电梯键，把潮生拉进电梯里。

电梯门阖上，潮生似乎才回过神来：“干什么去？”

“我改主意了，不请他们吃饭了，就请你一人。”边说话，黎晚边打开QQ，在群聊里发了条消息：“改天约。”

潮生的心情是真的低落，也就任由黎晚带他去任何地方。半小时后，他们到达一段僻静的海岸。

黎晚去买了啤酒，一共四瓶，笑说，不够再买，只要开心，喝多少都管够。

潮生用钥匙打开一瓶，仰脸咕咚咕咚喝了半瓶。黎晚看得瞠目结舌，连连摇头："男的失恋这么可怕。"

潮生冷冷地扫她一眼。

黎晚嘁声，到他旁边坐下，自作主张地碰了碰他的酒瓶："江老师，听学生我一句劝，放下吧。"

潮生目光很沉，静了静，他又仰头把剩下半瓶酒喝进肚。

太阳已经完全没入海岸线了，苍穹被分成两半，一半早已暗黑，另一半却弥漫着万顷霞光，落霞把海面染成了橘红色，只有海边的黄昏才能拥有这般壮阔盛大的浪漫。这样的景色很容易让人变得安静。

潮生喝完一瓶酒，很久不说话。

黎晚一时不知道该不该说话，于是也闭嘴不言。

等天边的云彩彻底变为墨蓝色的时候，潮生才说："说实话，以局外人的角度来看，他俩很甜。"

"怎么忽然这么说？"黎晚不懂。

温澜默默地暗恋唐未很久，在唐未还在宠溺另一个女孩的时候，她就喜欢他。

她知道这份喜欢是不合时宜的，所以就一直保持沉默，沉默地看着他把另一个女孩宠上天，沉默地看着他不顾任何眼光轰轰烈烈地爱着那个女孩。她憧憬，也失落，可无论有什么感觉，她都表现得云淡风轻。

她没想到唐未有一天能注意到她，甚至打算要把自己的心意瞒一辈子。可偏偏唐未与那个女孩分手了，而他们还被分到一个班了。

她更没想到他会喜欢上她，把她曾经羡慕的宠和爱都给她一个人。

温澜的暗恋是如何从一粒种子慢慢开花的，潮生都看在眼里。

"没什么，我只是实话实说。"潮生回答黎晚的问题。

黎晚喝了口酒，低声笑了笑："唉，温温也算是守得云开见月明了，毕竟亲眼看着自己喜欢的人全心全意对另一个人好真的很不容易。"

潮生又去开第二瓶酒："有时候我觉得我很变态。"

"嗯？"

“温澜对我好，我也需要温澜对我好，所以我希望她只对我一个人好，恨不得她永远在我身边，这不是变态是什么？”

黎晚抱着酒瓶，眉头微蹙，久久不语。她好像在认真思考潮生话中的意思，所以接话接得慎重：“喂，那你对她到底是占有欲还是爱啊？”

从潮生记事的时候开始，家里人就念叨“把温澜娶回来做老婆吧”，那时候他就知道他要对她好。长大后，他性子清冷，不善言辞，身边别说女性朋友，连男性朋友也只有古乘一个，因此他更是全心全意对温澜好。

再后来家里突逢变故，是她陪伴他走过最难挨的时光。她从不强迫他振作，不要求他坚强，却用自己的力量托起他。

他直到现在还记得，那个夏天热得令人心发慌，他每天医院、家里两头跑，除了王冬梅的病情和江大卫的后事，他无暇顾及太多。但那时候家里一直都是干干净净的，阳台上的花没有一朵开得不好，她替他照料着他力所不及的一切。

最让他感动的是，无论他是夜里十二点还是凌晨五点从医院回家，她总会从对门过来，给他做消夜或做早点。

她做这些都是润物细无声的，没有让他有任何的心理负担。而越是这样，他越是依赖她，他需要她对他好，很需要。

那时候他想过和她的未来。他不希望人生再有什么太大的变化，不求飞黄腾达，也不要再生波折，只愿和她吃一辈子的饭，看一辈子的星星，岁岁长相见。

如果她也喜欢他，那么他们也会很甜的。

他们具备了所有相爱的因素，同年同月同日生，青梅竹马，名字是一个成语——寓意好的成语。可只有一个环节出了错，那就是她不喜欢他。

“是占有欲，也是爱。”潮生这么回答黎晚。除了日常生活里相濡以沫的依赖，还有许多荷尔蒙碰撞的碎片。

温澜坐在他车座后面，偶尔急刹车，她会撞到他身上，就像一颗石子投湖，荡漾起久久不停的涟漪。

阳光大好的午后，她坐在餐桌上写字，外头木棉花橙红如火，连同阳光一起映在她的脸上，漂亮得让他在夜里梦到她。

夏日傍晚，她洗完澡披散着半湿的头发过来找他，发梢的水珠会落在他的手背上，凉得他浑身战栗。

他表面清冷、孤高，实则火热、重欲。

男孩子的暗恋就像不自知的梦呓和羞于见人的梦遗、呼之欲出的惦念和忍耐着的欲望。

以前他允许这些发生，可现在她有唐未了，他再梦到她，便会深深责怪自己。可是，梦，谁又控制得了？

永不停歇的海浪拍打着亘古不变的礁石，潮湿的海风带来太平洋的水汽，入夜了，浪潮声和夜色一起掩盖一切。

黎晚沉沉地叹了口气："我是不理解你们这些情情爱爱的。"

潮生笑，淡淡地看向她："珍惜你现在还没被七情六欲折磨的时候吧。"

黎晚顿了顿，咳了一声，问他："那你现在打算怎么办？"

"得过且过吧。"潮生第二瓶酒已经喝得快见底，"有可能时间一长也就放下了。"

黎晚笑："你真没想过表白？"

潮生失笑。黎晚一直是张扬肆意的性格，或许很难懂他的沉默，所以他解释给她听："是不能表白。"

"温澜的态度很明确，我表白只会让她手足无措，无比尴尬，最后搞不好连普通朋友都没的做。"潮生看着黎晚，"你也别告诉她，听到没？"

黎晚不耐烦潮生总是提醒她一些不需要提醒的事情："哎呀，知道了，你俩的事，我不掺和。"

潮生打开第三瓶酒。

他喝了这么多，黎晚才喝了小半瓶。

黎晚眼睛亮亮的，带着微醺的娇憨："喂，江潮生，你听过没，别人说忘记一个人最好的办法是和另一个人在一起，要不你也谈一个得了？"

潮生想都没想就摇头："不可能。"

"怎么不可能？万一真的能忘记温澜呢？"

"这对那个女孩不公平，哪怕她是心甘情愿的，也不公平。"潮生说，"自己一个人的苦，何必要两个人尝？"

黎晚沉默了。

过了一会儿，她才说："可能你只是太喜欢她了，所以，哪怕找个替身也不愿意。"

"或许吧。"潮生说。

喝完三瓶酒，他又恢复以往那种清贵、疏离的模样。他站起来，对黎晚说："送你回家。"

"得嘞。"黎晚摇摇晃晃地站起来，她看着性子野，酒量却很差。

他们走出这片海域，恰好在附近的咖啡馆门口看到了王绪和李微印，两个人正说着什么，笑意畅快。

两年过去了，王绪从一米九长到了一米九五，而李微印还是一米七五的个子。

可是李微印真的比王绪好看太多，王绪的长相很普通，他个子高，男子气概重，所以加了不少分，而五官真是很一般。李微印不一样，他长得青春气逼人，因为瘦且白，气质里带有一丝破碎感，像典型的日韩电视剧里的花美男。

黎晚眼尖，看到他们，隔着马路就挥手喊："绪哥，印子！"

王绪先看到她，对李微印说了什么。李微印转头看过来，眼睛一亮："晚！潮生！"

潮生朝他们摆摆手。

黎晚转脸对潮生说："要不你先回去吧，我去找他俩。"

潮生想了想，说："那好，你帮我跟他俩问个好。"

"好。"

他们在这条路上分开。

…………

暑假来临，黎晚飞去国外看伊瓜苏瀑布去了，而温澜忙着补课，忙着偷偷和唐未见面。

潮生自觉地和温澜保持着距离，把假期所有的时间都放在打工和学习上。

这个夏天，潮生外婆终究和外公离了婚。外公大概是感念外婆为他吃苦受罪了一辈子，最后把财产全都给了外婆，净身出户，到步行街上租了个店面，给人家修皮鞋，但那都是后话了。

很快，高三学生开学。高一新生的军训声响彻操场，下课偶尔透过窗户看他们，会生出自己才刚刚上高中的错觉。

然而转眼间，高中生活只剩最后一年了。

忘了说，唐未在高二下学期转了文科。

重点高中，除了小部分关系户，大部分人都是凭本事考进来的。据说，唐未进校的时候成绩不算差，但是高中内容难，他又坐不住，不爱努力，学业才荒废了。

但他家里人不这么想，还以为他是不适合学理，总之就是找了学校，强行给他换了文科。

正因如此，高三时，唐未和潮生分到了一个班。

温澜偶尔会到班里来找唐未，比如晚自习下课，她偶尔会到班外等他。还有一次他在外面打架受了伤，课间操的时候，她到班里帮他处理伤口……

哪怕温澜不在，唐未那帮兄弟偶尔也会开唐未和温澜的玩笑。唐未通常会骂他们滚，他占有欲强，不肯让别人说温澜一句。

潮生很多次决定放下，可又不自觉地惦念着，如此反复，每一天都在经历西西弗斯之痛。

还好这会儿是高三。潮生无数次想，他感谢高三。他没有了爱情，就只剩下梦想，而具体的梦想，他并没有想过，眼前的目标就是考一所好大学，然后再拼一个未来给自己。所以他把大把的精力都放在了学习上。

正巧海生上初三，也要中考了。这小子混惯了，成绩在班里不上不下，能不能考上普通高中都是问题。

高三开学不久，潮生发现海生竟然偷家里的钱，给朋友买了双一千多块钱的鞋当生日礼物。

那天他让海生跪在爷爷奶奶和爸爸的灵牌前，拿出爸爸生前的一根皮带，把海生暴揍了一顿。

他板着脸，严厉地问海生："别说对不对得起爸妈，你对得起你自己吗？"

他一下一下狠狠地挥着皮带："咱和别人一样早起上学，抹黑回家，刮风下雨也得去，真正喜欢学习的有几个？既然都是吃苦，为什么不能苦得有价值？！

"学习不好也就算了，你小小年纪就知道偷钱？你以为你偷的是一件生日礼物的钱吗？你错了，你偷的是外婆降压药的钱、我上大学的钱、妈妈换假肢的钱！

"你能不能活得像个人样？"

"……"

海生本性并不坏，想起从前爸爸对他的好，又想起家里的变故，最后在王冬梅痛哭流涕的劝说中流下了热泪。

折腾了一夜，最后他保证一定好好学习。

当然，这个保证不过是当下的痛定思痛，过了几个月，海生就又开始翘课了。

懒惰是人之本性。潮生不怪海生没有定力，他能做的只不过是一次次地把海生从变坏的边缘拉回来，至于海生的人生道路，终究还是需要他自己去走。

高三这一年，好像没有什么特别的事情发生，连有意思的小事也没有。潮生每天都过得像复制、粘贴一样，在做不完的卷子和考不完的试中燃烧着青春。

高三下学期的四月，潮生和温澜迎来了十八岁的生日。

生日当天是在家里过的。曲芳和王冬梅做了一大桌子菜，买了双层的蛋糕，两家人聚在一起，连带着温澜的爷爷奶奶，还有潮生的外婆，人多得一个桌子都坐不下。

从一岁到十八岁，他们两个人经历过太多被一起祝福的时刻。当然，只有一岁和十八岁的祝福是最热烈的。

他们一同吹了蜡烛，爷爷奶奶和外婆分别给了他们零花钱，曲芳和王冬梅则分别给温澜和潮生写了一封信。

大家的礼物不一样，但各有意义。

潮生也给温澜准备了礼物，是一本书——波伏娃的《第二性》。

温澜看到书名，便知道潮生的祝福有何意义——要成为独立、清醒、爱人爱己的女性。

温澜接过书，感觉很抱歉，因为她没有给潮生准备任何礼物。他们从小到大也没送过对方什么，她以为哪怕十八岁也是一样。

吃完蛋糕，大人们在聊天，海生觉得无聊便先回家了，温澜则和潮生一人拿一罐可乐，在阳台上聊天。

自从温澜和唐未在一起，他们很少——哦，不，是再也没有谈过心了。

难受是难受，但潮生很理解他们的疏远，因为如果换作他是唐未，他也做不到一点都不介意。为了不让温澜夹在两头为难，他干脆主动疏远温澜。

他们平时不在一起上下学，但是为了避免大人们看出来，他还是会在单元楼下等温澜一起上楼。

曲芳偶尔会叫潮生到家里吃饭，潮生过去，温澜会和他聊几句新出的好歌、好电影。

黎晚他们平时会叫大家在学校食堂聚一聚，唐未终究不是他们圈子里的人，不会过去。他们在一起聊天，倒也自然，什么都说，就像高一刚认识的时候那样。

…………

以上这些，是他们高三一年最靠近彼此的时候。

“潮生，你可真不够意思。”温澜跟潮生碰杯，“准备礼物也不提前告诉我。”

潮生的语调没有起伏：“你不用不好意思，礼物本来就是心意，不是需要偿还的东西。”

温澜想了想，说：“好吧，那我就谢谢你，那本书，我会好好读的。”

潮生点了点头。顿了一会儿，他问：“学习还好吧？”

“放心吧，谈恋爱之后，害怕成绩下降，反而更是一点都不敢松懈。”温澜想起什么，“对了，听说黎晚最近很努力。”

“她成绩进步得快。”潮生说，“刷题嘛，做完就找老师讲，讲完接着做题，接着背书，提分最快了。”

“果然，这就是高考的魅力。”温澜感叹，“成年以后，人还会这么全力以赴去做一件事吗？”温澜一直都是个有自己见解和想法的女孩。

“对了，潮生，你打算考去哪里？”

“你呢？”

“我想去北京或者上海，具体还要看唐未能考到哪里去。”

提起唐未，潮生呼吸微滞。顿了一秒，他忍不住问出来：“对了，唐未送你什么了？”

“哎呀，他还没告诉我。”提起唐未，温澜的语气不自觉变得娇嗔，“他说要在明天的生日派对上给我。”

潮生压住心底翻涌的情绪，哦了一声，很自然地说：“期待明天。”

这天他们在阳台聊了很久，温澜很放松，潮生也装作很放松。

后来唐未打电话给温澜，潮生没有打扰她，先回家了。

回家之后，王冬梅给潮生做了一碗长寿面。

潮生接过筷子坐下来，王冬梅把拐杖放在一旁，也坐了下来。

王冬梅的假肢就放在沙发上，空了一截的裤管在潮生面前晃荡着。

潮生夹着面大口吞咽，却食不知味。

王冬梅看了他一会儿，才道："转眼都十八了，真是快。"

潮生没有接话，他知道，王冬梅有一肚子话等着说。

果然，王冬梅顿了顿，又缓缓地开口道："其实早在你十五岁那年，你爸走的时候，你就成年了。

"潮生，别的我就不说了，你高考一定要加油。咱们家的情况，你最清楚，这两年为了我的腿，老本已经花得差不多了，以后的车子房子都需要你自己去赚。

"以后你长大了，遇到合适的女孩，到了谈婚论嫁那一步，如果连最基本的物质都保证不了，娶了谁也是拖累谁。人家女孩嫁给你，不是为了陪你吃苦，感受什么叫情比金坚的。

"我看温澜出落得越来越好了，别的不说，就算娶温澜，我看曲芳都未必愿意把姑娘嫁给你……唉，你心里都有数，我说得再多，也不过是把你知道的道理复述一遍。"

"……"

这个晚上王冬梅说了很多很多话。

木棉花的枝丫伸进窗子里，晚风微凉，电灯昏黄，潮生细细体会着母亲的家常话，这一夜的时光格外长。

6

相见

晚风呜咽，潮水无声

潮生一夜没睡。

第二天一早，温澜过来找他，送给他一条桃仁红绳手链。

温澜昨晚翻来覆去睡不着，想到没送潮生十八岁生日礼物就感觉不是那么回事，于是翻箱倒柜好久，她找了书籍、明信片、上千块的夜灯，还有一些手办，但是感觉都不合适。

最后她把过年的时候去寺庙买的手链拿了出来。虽然是五块钱一根的便宜货，但是桃木一直是辟邪消灾、平安纳福的大吉之物。

潮生说不要回礼，她不是回礼，她是祝福。

潮生把那条红绳接了过来，想也没想就戴在了手上，心里是起起落落的欢喜，因为温澜临走前说的最后一句话是："等会儿生日派对见。"

是的，他今天还要去参加唐未给温澜办的生日派对。

唐未把地点定在全市最贵的香格里拉酒店，包了一个包厢，里面摆满了各种寓意美好的鲜花，还有数不清的气球。单看这些，连黎晚这个见过世面的女孩子都忍不住眼冒星光。

而唐未给温澜准备的生日礼物则让男生们都忍不住议论纷纷。

他送给温澜一处文身——"W""L"两个字母就文在手腕上，一掀袖子就能看到。

温澜感动得热泪盈眶。

高三和唐未分到一个班之后，潮生对这个男孩了解得更深了。

他是一个天生热烈的人。对于温澜，他毫不掩饰地关心爱护着。只要是他在乎的人，他就会毫无保留为她付出，绝不会管外界的任何评价。

不得不说，潮生嫉妒他，却也欣赏他。

黎晚拿着饮料走到潮生跟前："某人好淡定哦。"

潮生知道她在故意刺激自己，懒懒地瞥她一眼，没说什么。

黎晚笑："张爱玲说，爱会让一个人低到尘埃里，我觉得这句话不对。"

潮生睨她。

黎晚莞尔一笑："我永远不会低到尘埃里。"

潮生怔了怔，随即拿杯子碰了下黎晚的饮料罐："希望你永远骄傲。"他是真心的，真心地祝福他唯一纯粹的异性好友。

黎晚仰头喝下一口饮料，回道："这还用你说？"

李微印拿着蛋糕走过来，凑到黎晚跟前："晚，等会儿我送你回家呗。"

黎晚眯起眼："有事就说。"

李微印看了眼潮生。

潮生识趣地离开。

满屋那么多人，唐未陪着温澜，李微印陪着黎晚，王绪不在，潮生只好径自找个角落坐下，看他们热闹。

坐了一会儿，温澜同班的一个女生过来和潮生搭讪。那女孩明显对他有意思，潮生听出来了，不想给她任何希望，干脆借口上厕所出去了。

他从厕所出来之后，要进盥洗池的时候，忽然听到了唐未的声音。

"你说江潮生啊？"唐未问。

男生A说："我今天第一次近距离和他见面，说实话，长得不比你差。"

"我俩类型不同，温澜喜欢我这款。"唐未笑。

"你个醋王这次倒大方？"男生B接话。

"你知道个屁。"唐未嗤了一声，"他俩是一起长大的，人家有感情，咱得理解。再说，江潮生也够安分，我不管他对温澜是什么意思，只要他老老实实的，我犯不着让温澜为难。"

男生A："行啊，未哥，好男人。"

"你知道啥啊，未哥老狐狸了，当着江潮生的面和温澜亲昵，他最会敲打人了……"男生B哼笑。

唐未轻咳了一声，笑骂："你俩少贫，不上厕所就赶紧滚。"

“去去去。”男生A说着话就要进厕所。

潮生慌了一秒，很快整理好自己，从厕所里出来。

几个人一看见他，愣了一下。

潮生很自然，不咸不淡地打了个招呼：“你们也出来了？”

唐未叼着烟，从镜子里看了潮生一眼：“我身上让几个狗东西砸蛋糕了，出来洗洗。”

男生B迫切地想远离战场：“我俩去投雷。”

两个男生进去了，潮生过来拧开水龙头洗手。

唐未笑：“对了，哥们儿，你也生日快乐啊。”

潮生表情自然：“谢谢。”

他撸起袖子洗手，唐未也洗，袖口被卷上去，恰好露出那一截手腕，上面文着温澜名字拼音首字母。

潮生心里一刺痛，想到他刚才的话，不动声色地把手上的手链摘了下来，放到洗手池一边。

唐未看到他的动作，瞥了眼手链，问：“怎么戴小孩戴的东西？”

潮生无比自然地说：“都是温澜，非要我戴。”

他关掉水龙头，很快甩甩手，抽了两张擦手纸，边擦手边说：“好像是什么辟邪纳福的玩意儿，我也不懂。”

他清清冷冷的，好像没把这条手链放在心上，擦干净手，又拿起手链，问：“走吗？”

唐未顿了顿，很快嘴角歪了歪，笑道：“走呗。”

洗完手，唐未等他一起进包厢。

潮生佯装自然，对他说：“生日会办得不错。”

唐未微愣，接着笑了：“那必须的，得让温澜开心啊。”

潮生就笑笑，没再接话。

回到宴会厅之后，唐未二话没说，径直走到温澜那边。

当时温澜还在和黎晚说话，唐未忽然从身后抱住她，下巴抵着她的肩窝，撒着娇把她身子扳过来，抱住她。

潮生一动不动地看着他们。刚开始他面无表情，几秒后不由得勾唇自嘲地一笑，然后佯装和大家一样激动，表演痕迹很重地大笑起哄，朝他们吹了个口哨。

黎晚摇头，走近他，轻声说："你何必呢？"

他冷淡地瞟她一眼，说："我是真高兴。"高兴他欲说还休的阴暗面终究被光明正大的挑衅打败。

那以后他再没戴过那条手链。

很快，生活又恢复正常。温澜谈她的恋爱，潮生专心学习。

高考如期而至。

考试之前的那个上午，整个教室里都笼罩着离别的感伤。潮生一点都不伤心，他只想赶快上大学，逃到一个没有温澜的世界。

那天离校之后，下午，他到黎晚家给她进行考前最后一次补习。那会儿黎晚的成绩已经稳定在班里前五了，说是补习，其实就是临考之前两个人交流一下，互相押个题，基本一个多小时就完事了。

上完课，黎晋东说什么也要留潮生吃下午茶。

潮生这两年帮黎晚补习，和黎晋东谈过不少文学和戏剧方面的事情，他一直把黎晋东当作敬佩的长者，所以很难拒绝黎晋东的盛情邀请。

陈柔给大家烤饼干、做蛋糕吃。她做的提拉米苏和在外面甜品店买的没什么两样，拿来招待潮生的百香果柠檬茶也是她自己做的。

黎晋东毫不吝啬对自己妻子的夸奖，对潮生说："这些平常我都吃不够，一般人想吃，我还真不舍得给。"

潮生微微颔首："谢谢叔叔。"

黎晋东很欣赏潮生的沉稳，对他说："我见你喜欢看书，有没有打算自己写点什么？"

潮生没想到黎晋东会对他说这个，有点吃惊。

"这个暑假我看有一个平台办了一个征文活动，等你考完，我把报名链接发给你，你可以试试。"

"……"

黎晋东不知道，他的这个提议会给潮生的人生带来多么重大的变化。

当时潮生也不知道，他只是很谦虚地说：“可我从没写过什么，只能说打个酱油。”

“打酱油不怕，”黎晋东笑起来和黎晚很像，“怕的是你连打酱油都不敢。”

潮生听罢，敛了敛眸，打算无论如何都要参加这个比赛。

于是高考之后，在成绩出来之前，他把时间全都用在写稿上。他打算写一个三万字的短篇——一个男女主相爱但最终没有在一起的故事。

写完之后，他才出门去和朋友们聚会。

当晚是李微印请客撸串。快吃完的时候，他忽然牵起黎晚的手，宣告他们在一起了。

温澜简直要尖叫：“我的天，你俩是什么时候的事？”

李微印腼腆地笑笑：“我不是要去留学了嘛，再不表白，怕她被别人拐了。”

黎晚也笑，却比李微印大方多了：“老娘的初恋！在十八岁这一年如期而至！”说着她张开双臂，给了李微印一个大熊抱。

唐未起哄：“光抱算什么啊，亲一个。”

李微印闻言，竟迟疑了一秒，才和黎晚对视。

他的表情不是很自然：“黎晚，我亲你你会打我吗？”

这话一出，大家忍不住都笑了。

“敢情是怕婆娘。”唐未吐了个烟圈。

王绪干咳了一声，说：“得了，都坐好吃饭，少虐狗啊。”

王绪就像老大哥一样，他发话了，大家也就不闹了。

等散场了，李微印去结账，王绪去上厕所，唐未和温澜亲昵着，潮生和黎晚成了两个无所事事的人。

潮生想了想，说：“恭喜你。”

黎晚挑眉笑：“江老师羡慕了？”

潮生微愣。

黎晚笑：“你知道吗？我和印子在一起，我爸我妈和他爸他妈都可开心了。”

“嗯，听你说过你们两家感情不错。”

“是啊，就像你们家和温澜家一样——”说到这儿，黎晚猛地顿住，“抱歉啊，我真是哪壶不开提哪壶。”

潮生目光沉了沉，随即笑道：“这有什么，天底下青梅竹马的那么多，有成的，也有不成的。”他顿了顿，“不过，你俩在一起，我有点意外。”

“啊？”黎晚表情僵了。

潮生瞥她一眼，清清冷冷的，语调没有起伏：“就感觉平常更像哥们儿。”

黎晚微张着唇，几秒后才说：“你这么一说，我觉得是有点突然欸，李微印这个狗东西都没追我，只表个白，我就答应了。”

潮生抿抿唇：“不过你喜欢就好，没人规定爱情一定要经过什么步骤。”

黎晚始终看着潮生的下巴：“感觉我和印子是水到渠成的关系，就是自然而然地在一起了。和印子在一起，我总是很放松，很快乐。平时我看到什么好玩的，也总是第一个就想分享给他，让他和我一起笑。”

潮生笑了笑。

黎晚忽然叹了口气：“不过烦的是相恋即异地。”

李微印和王绪从高三起就一直准备去留学，这是朋友们都知道的事情。潮生问：“我记得之前一个班的时候你还说过要出国，现在没这个想法了？”

黎晚耸肩：“每年暑假都去国外，觉得外面也没什么意思。再说了，我可不是那种为了爱会改自己志愿的女孩。”

潮生点头：“好，按你的想法来吧。”

“潮生，晚晚，咱们去海边吧！”温澜从远处走过来，“现在才八点多，回去太早了。”

黎晚嘁了一声，说：“我看是你和我未哥亲昵不够。”

温澜吐吐舌头：“去不去啊？”

“……”

最后他们一行人又来到海边。这是他们这一年最后一次完整的聚会。这晚过后，李微印飞去英国，黎晚去送他。又过了半个月，王绪也去英国，准备开学事宜。

那晚李微印牵着黎晚的手，温澜揽着唐未的胳膊，分别站在潮生和王绪的两边。

潮生和王绪先是对视一眼，给对方安慰的一笑，接着王绪偏脸去看黎晚那一边的风景，而潮生则把视线落在温澜那边。

海水那么汹涌，晚风呜咽，潮水无声。

他的暗恋不允许有痕迹，尽数藏在晚风里。

潮生想，放下吧，他们毕竟都要奔向未来的日子。

那晚聚会之后的第二天就是填写志愿的日子。那个下午，黎晚在微信群里问大家都打算报哪里。

大家把自己的志愿学院一个个发在群里。温澜要报武汉大学，唐未没考那么好，分数只够上二本院校，但是也打算和温澜一起去武汉。

潮生则把志愿报了比禹山还要往南的厦门。

温澜在群里问黎晚她报哪里。

黎晚当时在准备去英国的行李，在群里匆匆发了段语音："第一志愿去上海，如果报不上就再说吧。"

后来，黎晚和潮生一起去了厦门。

开学第一天，黎晚被父母送去学校，而潮生独自一人赶往这个城市。他们在下高铁的时候相遇，又一起打车去学校报到。

路上，黎晚说："复旦没去成，来了厦大也挺好的，我喜欢温暖且有海的地方。"

后来陈柔去女生宿舍帮黎晚整理床褥，黎晋东则到男生宿舍帮潮生铺被褥、打水、办水卡饭卡。

之前黎晋东让潮生参加的比赛已经进入最后的决赛，潮生没进决赛圈，却因这次比赛而被几位编辑联系，陆陆续续写短篇小说。

黎晋东知道这件事之后很高兴，他说，读书破万卷，下笔如有神，但最重要的还是下笔。

很多时候，潮生都觉得，黎晋东就像他人生中的贵人，准确地说，更像他的第二个父亲一样，正如黎晚就像他人生中第二个温澜。

大学的生活多姿多彩。

军训过后，黎晚就把头发染成了蓝色；每天变着花样穿露脐装，只为露出她肚脐上亮闪闪的肚脐环；耳朵上十五个耳洞，恨不得戴十五个样式的耳饰。这段时间，她是怎么夸张怎么来，加上每天游走在各个社团和学生会中间，日子过得风风火火，在全校都小有名气。

比起高中，显然大学才是黎晚的乌托邦。她有更多的时间去做高中时想做却不敢做的事情，比如坐飞机去西安听一场地下说唱歌手们的比赛，翘课去机场接当红偶像的机，和学校舞社的人在街上跳舞募捐。

潮生的生活远不如黎晚生活的一半有意思。

他把自己埋在书堆里，每天都要写上一会儿字，除此之外，就是去打工。

他渐渐爱上打工，同样是做服务员，在西餐厅里和在中餐馆里气氛完全不一样，在咖啡店打工和在奶茶店打工体验感也完全不一样。接触到不同的人和行业对他写小说很有帮助。

而温澜和唐未在另一个城市生活着，唐未不经常发朋友圈，但是每次发朋友圈必定发他和温澜的合照。

那些照片里有他们一起打卡新开的餐厅的，有在学校操场上随意拍的，还有搞怪的。最新的一张是他们夜晚在街边，两个人并肩站着，唐未把手搭在温澜的肩膀上，温澜笑得岁月静好。

温澜一身白裙，还是那么清冷、干净，像高中生似的，而唐未还是痞坏痞坏的样子，叼着烟，头发微乱，笑意懒散。

潮生给那张照片点了赞。

他不知道自己有没有放下，但是他很清楚，他早已接受唐未和温澜在一起的事实，这二者并不相悖。

大一寒假之前，温澜和唐未第一次吵架了。

温澜打电话跟黎晚哭了半宿。第二天早晨，黎晚到男生宿舍楼下等潮生，那会儿她的头发已经染成橘黄色，特别显眼。

潮生出去见她，舍友们故意咳嗽得很大声，朝他们挤眉弄眼。

黎晚素来大方，不理会这些起哄，反而挑着眉对潮生笑："看来咱俩挺配的。"

潮生淡淡地扫她一眼："我可配不上你。"他有时候讲话很噎人，又不爱笑，要不是黎晚脾气好，早骂他了。

黎晚只是开玩笑说："天底下配得上我的没几个，便宜李微印那小子了。"

潮生问："找我什么事？"

"你家温澜和唐未吵架了，说是下周考完试来厦门找咱们。"

黎晚这句话的每一个字眼都让潮生不自在，他问："吵什么架？"

"唐未小心眼呗，看温澜和一个学长走得近，他心里不舒服。"黎晚叹气，"我之前看过一句话，如果你的男友是醋精，其实是因为他知道你值得更好的。"

高中的时候，虽然大家成绩好坏不一，但好歹在一个学校里，没有很明显的三六九等之别。上了大学就不一样了，双一流一本院校与普通一本院校明显有高低之分，一本院校又与二本院校差距悬殊，而偏偏温澜和唐未就是双一流大学和二本院校的差别。

唐未在高中大小也算个人物，被追捧惯了，也狂妄惯了，有点大男子主义。

温澜比他考得好，他高兴。但温澜要和一群比他考得好的人朝夕相处，他心里就不是滋味了，毕竟温澜多招男生喜欢呀……

黎晚给潮生分析这一切。

潮生想了想，说："连他都会患得患失了。"

黎晚微顿，随即笑说："以前吃醋多少有调情的成分，现在可能是真的紧张了。"

潮生对此不发表意见。

温澜如期来到厦门。

潮生和黎晚一起到机场去接她。大半年没见，潮生竟生出一种近乡情怯的感觉，毕竟他俩以前基本上天天都能见。

温澜把头发剪短了一些，留在肩膀靠下一点的位置，很像《那些年，我们一起追过的女孩》里沈佳宜的造型，一副乖乖女的样子。她穿着一件牛仔外套，让人感觉青春气扑面而来。

温澜跟潮生说的第一句话是："江潮生，你变帅了。"

潮生的气质已经逐渐向成年男人靠近，他眉眼疏离，身形单薄，不近人情的气息很浓。他清清冷冷地看着温澜，但语气是温柔的："你也变漂亮了。"

黎晚听他们俩这么说，就撇嘴："你俩认识快二十年了，怎么像刚认识二十天似的，假惺惺地商业互捧。"

她这句话让气氛一下子变得欢快起来。

随后他们先是和温澜一起去酒店放行李，随后又去闹市找了家店吃饭，之后又到一家酒吧坐了坐。

这期间，唐未给温澜打了不下二十个电话。温澜闹脾气，一个都没有接。

黎晚喝长岛冰茶，温澜喝红粉佳人，潮生喝血腥玛丽。三个人三杯酒，浅浅地啜饮。

台上有人唱歌，女生欧美腔很浓，唱"霉女"（美国著名女歌手泰勒·斯威夫特），也唱"日婆"（欧美明星蕾哈娜）。后来上去一个男生，开始唱粤语，从陈奕迅唱到梁汉文。

后来，他们的鸡尾酒喝光了，又一人开了一瓶啤酒，黎晚和潮生对瓶吹，温澜拿酒杯倒着喝。

酒喝多了，有些话就可以说了。黎晚问："你和未哥还好吧？"

温澜闷声说："我也不知道。"

说完这话，她喝了一大口酒，皱着眉咽下去，又问黎晚："你和李微印是怎么维持感情的？我感觉我和唐未异校都很困难了，更别说异国了。"

黎晚微顿，显然是没想到温澜会忽然向她提问。想了想，她说："不在一起，想念的感觉会更深吧？"

"这倒是，我们一般周六周天见一次，唐未就跟饿狼似的——"讲到这儿，她顿住了，察觉到潮生也在，说一些事情有些不妥，就很快转了话锋，"但是时间一长，他就变得疑神疑鬼，他真的很爱吃醋。"

嗡……温澜的手机又振动了。

黎晚脖子一抻，看到了来电显示："你对象。"

温澜不知道该不该接，指尖在绿键和红键间迟疑着。

"这边声音这么大，接了唐未更会多想……"黎晚想了一下，"要不咱去楼上开个小包吧，安静，完了还能唱会儿歌，老听人家唱多没意思。"

温澜觉得这主意不错，而潮生对这些事一向没有意见，于是他们上了三楼的KTV，包了间小包。

关上门之后，潮生去点歌台点歌，黎晚和温澜窝在沙发上，温澜给唐未打电话。

温澜把电话拨过去，那边的人秒接，却迟迟没有说话。

温澜"喂"了一声。

唐未问："温澜，能不能好好的？"

温澜顿时落了泪："那你能不能别闹？"

唐未说："好，我不闹。"他一向狂妄，少见这么服软，只有真正喜欢温澜才会这样，声音里的在乎浓到化不开，"我乖乖的，好不好？你别不理我，我很想你。"

温澜停顿了几秒，吸吸鼻涕："我也想你。"

唐未大喜过望："见面吧，温澜，你在哪儿？我现在就去找你。"

温澜看了眼黎晚，黎晚用唇语告诉她"说你在家"，温澜点点头说："我回家了。"

唐未低声骂了句，又说："那等我后天考完试立刻回家找你。"

"嗯，不许挂科，好好考。"说这句话的时候，温澜的声音就已经很甜了。

唐未说好，又说："宝贝，别挂电话，我有好多话想对你讲。"

温澜抿抿唇："今天不行，我……我外婆来家里了，我得陪她睡。"

唐未那边静了好一会儿，才说："温澜，你真是拿捏我拿捏得死死的，就是想要老子想着你、念着你是不是……"

温澜瞥瞥黎晚和潮生，有点不好意思了，忙说："好啦，我明天打给你。"她挂断了电话。

见黎晚好整以暇地看着她，而潮生目光沉沉，她挠挠下巴："那个，唱歌吧。"

黎晚笑："一分四十七秒，你俩和好的速度。"

温澜垂首笑笑："唱歌吧。"

第一首歌是潮生点的，他先拿话筒唱。

以前朋友们聚会的时候，他总是安静地坐在角落，从来都不热情，更别提和大家一起唱歌一起玩游戏了。但他唱歌很好听，温澜以前和他一起上下学的时候经常能听见他哼歌，而黎晚则是在那次被数学老师罚站时第一次听到他的歌声。

潮生唱的是一首非主流的老歌——《迷人的危险》："当你的泪水滑过侧脸，我只能像朋友地体贴，想揍他一拳，更想叫他滚远。他不配站在你眼前，你的痛怎能看不见……"

这歌词让黎晚心头一刺痛，而温澜毫无察觉，还好心情地轻轻跟着唱。

潮生紧握话筒，面无表情地盯着屏幕。

黎晚想，以他这种表情管理，要是当明星，黑粉一准儿天天带他大名骂他不敬业和面瘫。不过……粉丝绝对会觉得他又禁欲又清贵。

其实潮生心里真的在自嘲。这首歌的歌词就像在讲一个站在朋友立场爱而不得的冤头鬼。

他点这首歌前，温澜喝了一晚上酒，紧锁了一晚上眉头，一路长吁短叹进了包厢。可他唱这首歌的时候，温澜已然欢喜如初，眼角眉梢都藏着甜。

“我的心已经等你好多年，爱不说满到自己快淹灭，那是无法解释，矛盾的死结——”他唱到一半，忽然有一个女声加进来，是黎晚的声音。

潮生转脸看她一眼，她和他对视一秒，不动声色，随后盘腿坐在桌子上，盯着屏幕上的歌词，很投入地唱。

潮生试图理解，体会到她应该是在安慰他，并且提醒他，不要泄露太多异样情绪。

后来潮生表现得轻松不少，还和温澜合唱了一首许嵩的《素颜》，气氛变得很好，大家好像都很开心。

之后，潮生和黎晚带温澜去看厦门的海。

温澜和黎晚喝得有点多，说是在海岸边的长椅上眯一会儿，结果躺着躺就睡着了。潮生把自己的外套脱了给她俩盖上。

后半夜，大概四点钟的样子，黎晚被冻醒了。

她睡眼惺忪地看了眼四周，发现潮生的外套掉在地上，而温澜靠在潮生的肩膀上睡着了，潮生则抱着胸，正襟危坐在长椅的最边缘，脑袋微微垂着，也在睡觉。

黎晚明白了，外套是给温澜盖的。于是她把潮生的外套拾起来，掸了掸灰，给温澜盖了上去。

之后再也睡不着，她把屏幕亮度调成最低，开始刷手机。英国那边晚上八点多，李微印发了条关于晚饭的推特，黎晚给他点了个赞，然后微信就有消息进来。

李微印问：“晚，怎么这个点还在线？”

黎晚说：“失眠。”她又问，“吃牛排啊，那么爽？”

李微印发了个笑眯眯的表情包，说：“绪做的。”

黎晚不由得失笑：“好男人。”

这条消息没发出去，屏幕忽然一黑，她的手机没电了。她站了起来，想走去沙滩上等日出。

迈步子之前，她下意识地转脸看了潮生他们一眼，却忽然对上潮生的眼睛。他醒了，正沉沉地看着她。

黎晚骤然屏息，很快就小声说："我去沙滩上坐会儿，等日出。"

潮生顿了顿，说："帮我个忙。"

"嗯？"

"把温澜从我身上挪开。"

黎晚微愣。

潮生解释："不然她醒了会尴尬。"

黎晚抿抿唇，点了点头，然后小心翼翼地托着温澜的脑袋，把温澜的头移到自己原先坐的那一边。

她就要把温澜的脑袋放在椅背上的时候，潮生忽然喊了声"别动"。

黎晚定住了，见潮生把自己的卫衣脱掉，随意地叠成枕头状，给温澜垫在脑袋下面。

潮生向来对温澜细心。只是这么一来，他衣服里面就只有一件短袖了。

黎晚摇摇头，幸灾乐祸地笑说："冻死你活该。"

潮生木着脸，什么话也没说。

黎晚去等日出了。

潮生就坐在椅子上，吹着一月份冰凉的海风，慢慢地等温澜醒过来。

第二天一早，温澜飞去禹山。她抱着和唐未和好如初的心情离开，结果飞机落地之后，又给黎晚打来电话，哭了起来。

那会儿潮生和黎晚正在学校食堂一起吃面，所以潮生对温澜情绪崩溃的原因知道得一清二楚。

原来，在送机的时候，唐未的一个好兄弟看到了温澜，就打电话问唐未在不在厦门。唐未发现温澜根本不在禹山，偏偏又是在潮生所在的厦门，一时气急，就打电话和温澜吵了起来。

温澜跟黎晚说这些的时候，黎晚也挺抱歉的：“都怪我让你骗他，要不我给唐未打电话解释？”

温澜叹了口气，道：“晚，给你打电话是因为我心里憋得慌，又没人可以说，但不是想让你掺和进我和唐未之间，处理这些让人头疼的事。解铃还须系铃人，我得和他好好聊聊了。”

黎晚听完，也就点头了：“好吧，你不是没主见的人，怎么处理，你好好想想。”

挂了电话，黎晚看向潮生：“冲冠一怒为蓝颜。”

潮生冻了一早晨，讲话有些鼻音：“和我没关系。”

想到什么，他笑：“要吃醋也该李微印吃醋，温澜离我十万八千里，你却和我面对面吃饭。”

黎晚一怔，很快牙尖嘴利地回过去：“江老师，话可不能这么说，温澜在你心里，我才是那个离你十万八千里的人。”

潮生的笑意一滞。

黎晚轻嗤道：“再说，李微印不是那种拎不清的人，他知道我黎晚要是喜欢谁，绝对会毫不犹豫地和他直接分手。劈腿？我不屑。”

“事实上温澜也不屑。”黎晚笑，“我们能是朋友，是因为性格里多多少少有一部分是相似的，我黎晚坦荡，温澜也一样。”

潮生听完黎晚的话，眼里有笑意。

黎晚不知道他为什么笑，自顾自地说：“所以唐未就这一点傻，以前他紧张温澜，纯粹是因为喜欢。可现在……温澜心里也知道，那是唐未对自己不自信了。

“你们男人对自己不自信，那就去提升自己啊，现在的男人有几个是真正能接受女强男弱的？你们管着女人有什么用？自己垃圾，是留不住女人的。”

“这倒没错。”潮生冷不丁地插话。

黎晚一怔：“你这是认同我这句话，还是认同我骂唐未？”

“都认同。”潮生噙着笑。

黎晚不明白，他今天怎么这么爱笑，而且笑得故作高深，让人讨厌。

其实潮生只是觉得黎晚生气的样子挺可爱的，大概是因为没有男女之情，所以欣赏也欣赏得更纯粹。

当然，他也有不愿意承认的东西，比如，她骂唐未骂到他心坎里了。

这些年，潮生心里也有气。

他不是傻子，他知道，唐未吃他的醋大多数时候都是在和温澜调情。有时候酸一下，让对方感觉自己在乎，增进感情，是天底下的情侣都爱用的伎俩。

可他江潮生凭什么被唐未当成“情趣用具”？想黏温澜了，唐未就把他甩出来，让温澜哄和亲。

当工具也就罢了，这回唐未真吃醋了，根本原因如黎晚所说，是唐未感受到和温澜的差距了，唐未不自信。今天没有江潮生，也会有李潮生、王潮生……干吗把他拉出来当借口？

他气，但没表露过。黎晚这次开骂，他心里舒坦。

黎晚扒拉着碗里快坨了的面：“江潮生，你就笑吧，回禹山之后，看唐未怎么往你心里扎刺。”

这话还真让潮生笑不出来了。

他知道，有时候，一段感情中，外人最容易当牺牲品。就像帮闺密痛骂渣男的女生，到最后人家两个和好了，就她里外不是人。潮生夹在唐未和温澜中间，在某种程度上，和这种女生的境况是一样的。

学校这周期末考，考完就直接放寒假了。潮生和黎晚一起坐高铁回禹山。

这期间，他对温澜那边的动静多少知道一些。

唐未没考期末考就直接回禹山找温澜了，温澜听说他没考试，气上加气，连句好话都不想和他讲。

唐未偏偏是那种强取豪夺的人。他半夜从楼底下的木瓜树爬到温澜卧室里，在温澜一片惊慌时，把她压在床头强吻，边亲手边往她衣裳里探。

温澜怕吵醒家里人，小声地抗拒他：“你要是敢，我就喊我爸妈了。”

唐未笑得漫不经心：“乖孩子，你知道我的，这一秒能抱你，我会想下一秒的事吗？”他边在她脖子上吸吮，边问，“不见我，能解决问题吗？”

温澜推他：“现在见了，解决了吗？”

“你听你喘得多勾人，听你这么喘，老子什么不依着你来？”唐未把她睡衣脱掉了，手描着内裤边，要探不探，坏得要死。

温澜就说：“你够了，唐未。我算是想明白了，以前每次有小矛盾，我们都是这么糊弄过去的。”

唐未终究是把手探了下去，温澜低哼，他就笑：“那是因为你不舍得让我不疼你。”

温澜还是推他：“你能不能放开我？”

“不能。”唐未想都没想。

他笑：“这就是我和江潮生的区别。”

“你怎么又扯潮生？”

“潮生潮生，真烦你这么叫他。”唐未惩罚似的加大手劲儿，温澜一个劲儿地缩，他被搞得要疯，忽然从她身上起来，扬手脱了上衣，裸着身子压住她，“我和他最大的区别就是我比他坏，你就爱我的坏。”

温澜挠他的肩：“所以你会欺负我，潮生从来不会。”

唐未用嘴撕了个安全套，讲话含糊：“我承认这次是我小心眼，和你吵架，你心里也不好受。但是你去厦门找他，我很介意。我告诉你，没人比男人更懂男人。”他动起来，“他心里有你，我心里一直都清楚，以前没表态是想给他时间放下。现在咱俩谈了这么久了，他还没放下，那我不可能无动于衷，把定时炸弹埋在身边。”

温澜神情已经涣散，她只说：“你真的误会了。”

“不信你等着……”

这夜之后，温澜和唐未不冷战了，但也没完全和好，唐未厚着脸皮，每天半夜爬窗户，软硬兼施。

当然，这些具体的细节，温澜只拣了一半告诉黎晚，那些温存的片段，她当然是不好意思讲的，但是唐未如何怀疑潮生，她全都对黎晚说了。

黎晚又去繁就简地告诉了潮生。

潮生回到禹山之后，连着两天都没去对门见温澜，搞得王冬梅还问他："怎么年纪大了，你俩倒疏远了？"

他只能说："男生和女生总待在一起不方便。"

王冬梅点了点头："这倒也是。唉，反正你们玩过家家的日子是远了，我们大人闹笑话要你们定娃娃亲的日子也早过去喽。"她说着话，又拿出一张请柬，"你堂哥要结婚了。"

潮生心里瞬间闪过一丝厌烦："不是说没来往了吗？"

他依然记得，之前他上大学，要办升学宴，王冬梅和外婆因为要不要请叔叔他们来吃饭商量到半夜。王冬梅总觉得，这是正儿八经的近亲，如果连升学都不告诉，怕对方觉得她不会办事。

第二天一早，王冬梅给他们一家一家打电话，喊他们来吃饭，结果却遭到两个婶婶上门来骂。

骂什么？骂他们一家子想钱想疯了。

"这么多年没来往，忽然喊吃席，不就是想要我们随份子？想要我们随多少啊，百八千的？"

"我们没吃过饭哪，不知道的还以为你家又死人了呢。"

"……"

总之，这些话，潮生一刻都不敢忘。

"我们家有事，他们不过来，他们家有事，就开始论亲戚了？"潮生冷笑，"我看，要不你也上门骂他们一顿吧，让他们街坊四邻也看看热闹。"

"你这孩子……"王冬梅苦笑，"跟谁学的说话这么刻薄？"

潮生抿抿唇，他现在的性格有一半都拜人情冷暖所赐。当然，更重要的原因是，他最近为唐未和温澜的事心里憋屈、难受。

"你爸不在了，现在你是这个家里当家的男人。"王冬梅是很传统的女性，"你说说怎么办，我听你的。"

潮生笑："请柬送到您手上，喊您'嫂子'的时候，您心里不硌硬？"

王冬梅叹了叹："说实话，那真是跟吞了苍蝇一样。"

"那就是了。"潮生说，"不去。"他把请柬拿过来撕了个粉碎，"要是他们再来闹，我就再报一次警。"

当年婶婶们找上门的时候，海生拿拖把要赶人，潮生一句话没有，直接报了警，继续看他的书，最后让她们被拘留了五天。

这事说定了，潮生又要继续为他自己的事烦恼。

黎晚攒了个局，就在下周，邀请的人，除了他，还有温澜和唐未。

有些事报警就能解决，但是还有一些事必须他亲自面对。

聚会当天，潮生起了个大早，换了好几身衣服，最后选了看上去帅得最随意的一身。

临走之前，他照了照镜子，眼里有嘲弄。很多时候他都会这么盯着自己，与自己对视。他会自我讥讽，骂自己懦弱，骂自己阴暗，可每次又都是一边嘲笑自己一边原谅自己，然后更加强烈地谴责自己……

"潮生，走吗？"温澜来敲门喊他。

他俩住得这么近，又没矛盾，自然是一起坐地铁过去。

等他们进饭店包厢的时候，才发现大家都已经到了，而唐未就坐在里面有一搭没一搭地摁着打火机和旁边的男生说话。

见潮生和温澜一起来，他眼睛扫过来，目光顿时变得犀利。

温澜察觉到了，不动声色地和潮生拉开了距离，又很快笑着去和女生们说话。

潮生佯装不知道温澜在避嫌，走到黎晚身边坐下，不咸不淡地打了个招呼。

唐未站起来，走到温澜身后，抱住她的肩，问其他女生："你们聊什么呢，这么热闹？"

温澜有点尴尬。当然，这种尴尬只有当事人明白。

黎晚看人到齐了，就让服务员上菜。

吃到一半，有人说："干吃没意思，不如玩玩游戏。"

唐未就说："真心话大冒险呗，谁都会玩，还有意思。"

黎晚看了看潮生，又看了看唐未，笑说："好啊，就玩这个吧。"

她去找东西"击鼓传花"，传到的人真心话、大冒险二选一。

第一个传到的人是黎晚高三的同桌，这个女生爽快，选择玩大冒险。有人提议让她去隔壁包厢大喊一声"我是傻×"。

大家听完笑成一团，小姑娘也跟着笑，笑完，一点都没含糊，直接跑到隔壁大喊了一声，声音大到这边都听得着。

完了她跑回来，脸却红得不行，直说："完蛋了，在隔壁吃饭的有我小姨夫。"

大家又笑成一团。

很快进行第二轮、第三轮……到第四轮的时候，东西传到唐未那儿。

唐未选真心话，大家都嚷嚷要选个厉害点的问题问他。

大家七嘴八舌地商量一通，最后有人问："未哥和温澜进行到哪一步了？"

这话一出口，温澜脸红成了番茄："你们几个是在整我吧？"

唐未笑得蔫儿坏："你们商量半天就问老子这个？你们是觉得温澜魅力不够，还是觉得老子不是男人？"

黎晚左右看了一眼，笑："好了好了，未哥，我换个问题。"她扯开话题，"你有没有做过什么对不起温澜的事情？"

"一件都没有。"唐未想都没想。他看向黎晚，眼里是对这问题的不屑。

温澜忙说："好了，快，下一轮。"

下一轮"击鼓"声又起，这次东西传到了潮生那里。

大家玩的大冒险都很疯，让大家看看内裤颜色，去隔壁大喊"傻×"，还有男男亲嘴之类的……潮生做不来这种事，想也没想就选了真心话。

"有喜欢的人吗？"有人立刻问。

潮生顿了一下，眼睛看向桌子上的一道菜，很平静地说："没有。"

"先说好啊，哥们儿，谁说谎谁孤独终老。"

唐未指尖夹着烟，懒懒散散地抽着："暗恋也算啊，曾经喜欢也算啊，真没有吗？"

7

暗火

偏要勾手把她揽怀里

潮生沉默了一下。他和唐未对视，两个人眼底的情绪很浓。

其他人看出他们之间暗火四溅，却不明白他们之间发生了什么，一时间没人说话。

而温澜似乎是被唐未洗脑太多次了，也一言不发，等着潮生的答案。

过了十几秒，还是黎晚出来打圆场："得了吧，江潮生，你就别瞒着了。"

有人问："有情况啊？"

黎晚撩了把她那橘黄色的头发，妩媚地一笑："他和我舍友谈着呢。"

大家顿时默契地啊了一声。

黎晚很快又说："别激动，别激动，他们现在还在试谈阶段，所以没公开。"黎晚看了潮生一眼，"你不会怪我吧？"

潮生很快接话："不会，但她会怪你。"

温澜就笑："潮生，你怎么连我都瞒着，那人是谁啊，漂不漂亮？"

"我有照片！"黎晚特激动，就像掌握了一手八卦那样，问潮生，"能给他们看照片吗？"

潮生浅笑："我怕试用期没过，我俩就分了，你们看了反而白看。"

"江潮生，这就是你和我的不同。"唐未笑，"哪怕只谈一天，但是只要确定关系，我就会公开。"

潮生看向他，两个人眼里的敌意并没减少。

其实潮生只是编不下去了，他不知道黎晚能不能找到所谓的照片给他们看，所以才那么说，但现在看来照片已经不是关键点了。

潮生想了想，说："爱是勇敢者的游戏，所以，你和温澜，我很看好。"他又转脸对其他朋友笑侃道："但我脾气太烂了，你们也知道，人家不一定受得了我。”

黎晚脑子转得快：“就是啊，其实我听我舍友吐槽他好几回了。”

大家很配合地笑起来。

潮生问：“你怎么不告诉我？”

黎晚就说：“你也没问啊。”

两个人一唱一和，把戏做到底。

…………

这顿饭，潮生吃得味同嚼蜡。

黎晚给他发来一条微信：“配合你演出的我，没演视而不见。”

潮生回道：“多谢，这顿我请了。”

黎晚过了一会儿才回：“我笑得脸都僵了，那就让你补偿一下吧，等会儿你付钱。”

潮生失笑，站起来，准备去外面结账，刚走到前台那儿，就见唐未也跟了出来。

潮生在这儿付钱，唐未就站在旁边，一边抽烟一边等他。

等潮生付完钱，唐未站直了，挡住他的路。

潮生没等唐未开口，就知道他想干什么，干脆先一步说：“我知道你心里在想什么，但是我很明确地告诉你，我不喜欢温澜。”说出这句话，潮生的眼皮开始狂跳。

唐未愣了愣，胸腔里闷出一声笑：“咱俩都把这事拿明面上说了，你还这样就没意思了。”

潮生忽然觉得唐未的表情很刺人。他淡漠地一笑，冷声说：“唐未，你要是聪明人就该知道，就算我喜欢温澜，今天我既然不打算挑明，就说明我以后也不打算挑明。你要是再作，就更没意思了。”

唐未一顿，抽烟的动作停了，他把烟从嘴上拿掉，眯眼看向潮生。

潮生凉薄地扫他一眼，随后越过他，进了包厢。没一会儿，唐未也进去了。

大家都吃得差不多了，准备各回各家。走出饭店，大家三三两两做伴离开，在门口告别了好一会儿，最后只剩下唐未、温澜，还有潮生、黎晚。

黎晚问："你们仨怎么走？"

每次提问，无论问的是什么，潮生总是最后一个回答，可这次他第一个开口，对黎晚淡淡地说："我送你。"

黎晚一愣，很快反应过来，他是为了消除唐未的顾虑。

唐未自然也了然，笑说："那我送温澜。"

温澜看了唐未一眼，一言不发地转身离开。

唐未很快追上去。

黎晚看着他们的背影，摇摇头，说："好了，我走了。"

潮生沉声说："我说了，送你。"

"温澜已经走了，你还演什么？"黎晚问。

潮生目光沉沉地看着她，想说"送你是因为你是我朋友"，但又无法抵赖他刚才开口那么说确实是因为温澜，默了两秒，说："那你路上慢点。"

黎晚一怔，眉头微蹙："你还真是卸磨杀驴啊，江潮生。"

潮生看着她。

她嗤笑一声，说："陪你演一天戏，你演十秒钟，撒个谎骗骗我都不行？"

"我——"

"我呸！"黎晚语气不是很好，"下次再也不给你解围了。"

"不是你说不要演的吗……"潮生眉头微蹙。

黎晚嘴唇张着，一副有话说不出的样子："所以你送我真是在演戏喽？"

潮生冷声道："你不要闹了，我送你。"

黎晚难以置信地看着他，眼里有莫名其妙的怒气在翻滚："我不需要，谢谢！"说完，黎晚抬脚离开，头也不回。

潮生想了想，并没有追上去。他又把视线移到温澜和唐未身上。

温澜老老实实地走着路，唐未偏要勾手把她揽进怀里，温澜侧身躲他，他耍无赖，把她身子拧过来，对唇亲了一口。

温澜先是微怔，随后用力擦了擦嘴唇，擦完，唐未还是亲，比前一次亲得还猛烈。温澜被他放开之后，朝他小腿狠狠地踢了一脚，又转身快步走开。唐未笑着跟上去，说了些什么，温澜又抬手打他，却是带着娇嗔意味。

果然，唐未和温澜虽然闹矛盾，但两个人的感情没出现问题，分手是分不了的，左右不过是爱恨纠缠之后，两个人又拧到一起，更加离不开彼此。

潮生收回目光，决定不想了，他不想把自己原本已经渐渐平静的心再勾得起波澜。他从另一条路回家。

回到家之后，潮生给海生补课。

海生上高一了，半年没见，个子蹿得比他还高——原本潮生一米八五的个子，比唐未还高上两厘米，结果海生直接长到一米八八了。

可海生是光长个子，没长肉，整个人瘦得穿衣服都没型。成绩到高中之后也不算太好，他中考考了四榜，交了几千块钱借读费才进了重点高中。

潮生给他补课，明显感觉到他的心思不在学习上。补习了一会儿，他干脆停下，正色问道："你以后有想干的事吗？"

海生说："没有。"

"既然没有，那能先把学上完吗？"潮生严厉地问。

海生就问："如果我找到自己想做的事，哪怕不上学，你也不会拦着我？"

"不可能。"潮生说，"无论你有没有想做的事，都必须上学。"

"呵。"海生轻嗤，"那你还问什么？"

潮生顿了顿，告诉他："海生，我不会拿咱妈那些话教育你。你也不要觉得爸走了之后，自己就要背负什么责任，就算有，也是我背。

"但是你必须上学，因为大学对一个人的人生很重要，哪怕你觉得不重要，也是得了大学文凭之后再说重不重要。如果你努力考到自己喜欢的大学之后觉得不合适想退学，那我没有二话，你的人生，我不能干涉。"

潮生言尽于此。

海生想了想，才说："行，我上，先这么上着，以后再说。"

潮生正想说什么，正巧有人敲门，他顿了顿，去开门。

曲芳阿姨做了炸丸子，温澜端了一碗送过来。

潮生看着她，问："怎么这么快就回来了？"

温澜笑笑："我和唐未聊完了，这回是真的没事了，所以就回家了。"

从饭店离开之后，温澜正儿八经地和唐未聊了聊最近两个人的矛盾。

唐未心里很清楚他们之间的结是什么，但他浑浑噩噩惯了，家里也有几个闲钱，所以不怎么求上进。他知道温澜很会念书，不是那种愿意依附男人的女人，他欣赏她的自强自立，可是他不知道她是否接纳他的闲散。

当学历差异存在的时候，当她身边优秀的男人越来越多的时候，他开始乱想，想让温澜给自己安全感，但他忘了，安全感只能自己给自己。

他跟温澜保证，以后不会再拿江潮生说事，也不会瞎吃醋了。这句话是真心实意的，只是里面有一半哄的成分。

温澜心里明白，但她也知道，唐未这个人很少向谁低头，他能一次次向她服软，说明他在意她。她是真的很喜欢他，之前的暗恋让她很苦，简直低到尘埃里，后来得到了这份爱，她更加珍惜。

吵架吵到这个地步，基本到瓶颈了，既然唐未跟她做过保证，她也就不再继续和他置气了。

"再喜欢也耐不住消耗，我们说好了，以后尽量不为小事生气。"温澜对潮生笑了笑。

潮生让她进屋，自己到厨房拿了筐子过来，开始倒丸子："好好的吧，我看好你们。"

温澜始终温和地笑着："嗯，我们会的。"

潮生倒丸子的手一顿，两颗丸子滚了出来。

温澜俯身去拾，在手上吹了吹，往自己嘴里丢了一颗，又给潮生一颗。

潮生接过来，吃进肚子里。

温澜问："对了，你是什么情况啊？有女朋友也不告诉我。"

潮生想起这事，觉得头大，就说："没有确定的事，我不愿意说。"

温澜想了想，点点头，说："那要是确定了，要告诉我啊。"

潮生艰难地扯出一个笑："绝对第一个告诉你。"

温澜撇撇嘴："我看第一个知道的绝对是黎晚，你俩现在关系可是越来越好了。"她叹气，"连我都要被比下去了。"

潮生一愣，看了温澜一眼，只见她低眉顺眼地笑着，话里虽然嗔怪，但眼底很澄澈。他回过神来，知道她说这些话并没有吃味的成分。

他的声音很轻，但每个字都很清晰："咱们是亲人，和任何人都不一样。"

温澜微顿，扬了个露齿笑："嗯！"

…………

打发完温澜，潮生把自己关在屋里。

他脑子里好像塞满了事，又好像空空的，什么内容都没有。他就这么干坐着看着外面的木瓜树树枝和枝丫上蹲着的麻雀，发呆了一会儿。

最后是一阵手机铃声把他的思绪中扯了回来。来电的是黎晋东。潮生清了清嗓子才接起来，聊了没几句，黎晋东让他到家里吃顿饭，聊聊天。

黎晋东一直很欣赏潮生，而潮生也很尊敬黎晋东。面对这一邀请，他没有任何理由拒绝。

第二天下午五点多的时候，他拎了两坛王冬梅自己酿的米酒，到黎晚家里去。

他到黎晚家的时候，黎晋东和陈柔正在厨房忙活，说是要一起做一顿饭，等会儿让潮生评一下谁的菜做得好，又让潮生赶快去后院找黎晚玩，别在这边戳着。

于是潮生到后院去见黎晚。

黎晚坐在草坪上，正在摆弄什么。

潮生走过去，离她还有两米远的时候，她听到了动静，转过脸来，看了他一眼，又转回去。

"这是什么？"潮生看到她手里的东西。

"孔明灯。"黎晚说，"我刚做的。"

潮生走近，看到孔明灯的样子，外面是用宣纸糊的，纸上面写了行书——万事如意。

"这字是谁写的？"潮生问。

黎晚把孔明灯拎起来，盯着字看："李微印他妈，很可能也是我未来的婆婆。我夸她一句书法好，她就给我拿了二十多张字。"

潮生点了点头："你坐地上不冷吗？"

黎晚只穿了一件毛衣，今天有风，毛衣最不挡风。

"还好。"黎晚说，"我打算把这玩意儿放了，你和我一起吗？"

潮生想了想，说："行。"

黎晚笑笑，站起来把孔明灯放在潮生手里，然后从裤子前兜掏出一只塑料打火机。

孔明灯下面的托盘上放着一截香熏，潮生笑："这能飞起来？"

黎晚沮丧地叹了口气，好像她从刚才开始就一直是沮丧的："烦死了，我在这儿搞了一下午，天都黑了，结果毁在没有蜡烛上。"

"这个不是用浸了酒精的棉花就可以吗？"

"我上哪儿找酒精和棉花去？"

潮生想了想，说："吃完饭，带你去海边放，在路上买。"

黎晚怔了怔，然后很迟缓地仰头看他。

她小巧的脸只有巴掌大，五官精致地堆在脸上，那双眼睛跟猫眼一样，眼尾微微上挑，妩媚又天真，惹得人移不开眼。

潮生被她盯得有点不自在，问："怎么了？"

黎晚拧眉："太阳打西边出来了？江老师成热心市民了？"

潮生淡淡地扫她一眼："不放拉倒。"

"放！"黎晚跳着举手，就像幼儿园里抢着回答问题的小朋友，把手举得高高的，"老娘辛辛苦苦做了一下午，不放岂不是白做了？"

潮生勾唇一笑，笑意不达眼底："嗯。"

"晚晚，江老师，吃饭了。"保姆喊。

于是他们到餐厅吃饭。

黎晋东和陈柔做了一桌正宗的西餐，烤牛排、鹅肝排、烤比萨、翡翠肉汤……

在他们期待的眼神中，黎晚和潮生分别选了一道自己最喜欢的菜。黎晚选鹅肝，潮生也是。

结果陈柔赢了，黎晋东哭笑不得，说是输给陈柔一款爱马仕的包。

潮生看着他们一家三口幸福的样子，不由得想到爸爸去世之前，妈妈做红烧肉，爸爸和他及海生三个人总是拿着筷子眼巴巴地等着吃，抢晚了根本吃不到。爸爸丝毫不让他和海生，最后总是要妈妈拿筷子打爸爸的手，爸爸才悻悻地放下筷子，用眼神跟妈妈撒娇。

想到这儿，潮生的眼神就不自觉地温柔了。

黎晚看到他的样子，明白他在想什么，很快扯开话题："爸，妈，我和我江老师要出去放孔明灯，能开车出去吗？"黎晚高考后仅用半个月就拿下了驾照。

"路上注意安全。"

潮生没想到黎晋东和陈柔会同意。

黎晚说："放心吧。"

潮生沉稳地说："我等会儿再把她送回来。"

"……"

陈柔又叮嘱了两句，他们就一起出门了。

黎晚开车，潮生坐在副驾驶位，两个人都没说话。

车开到中途的时候，潮生喊停，到药店买了酒精，又去玩具店买了一只棉花公仔。

等他再回到车上的时候，发现黎晚打开了车载音响，连着蓝牙，正在放歌。

二〇一五年的夏天BIGBANG组合发表了专辑*MADE*，在中国火得一塌糊涂，热度到二〇一六年年初还是只增不减。黎晚放了专辑里的一首歌，念着韩文哼唱词。

车里换个人应该都会很尴尬。

黎晚在这边耍嘴炮唱歌，潮生冰山一样坐在一边，不笑，也不闹，抱着比手掌大一点的布娃娃，像在打坐。

很快，黎晚切到专辑里一首节奏比较慢的歌。

黎晚看了潮生怀里的娃娃一眼："你要把小蜜蜂杀了掏棉花？"

潮生被黎晚这句话里的某个字眼搞得迷瞪了一秒，才说："把它脖子拧断掏。"

黎晚皱眉："你好狠的心。"

"你要是喜欢，我把棉花掏出来，你回家再塞点布条什么的。"潮生说。

黎晚嘴巴动了动，没再说什么。

他们听着音乐，很快就到了海边。为了方便停车，黎晚没有去沙滩，而是来到堤岸。

今天风很大，到了晚间尤甚，汹涌的波涛被风卷着，拍打着长长的石堤，一条路上到处有带着水泡的浪头，飞溅着落在人行道上。

为了避免衣裳被沾湿，他们下了车，但离海岸很远。

黎晚抱着她的孔明灯坐在车前盖上。

潮生则在她面前站着，拿钥匙链上的水果刀割开小蜜蜂布娃娃的喉咙，取出一大块棉花。

黎晚不忍看这一幕，偏头不看他。

他把棉花取出来，让她帮忙拿一下娃娃。她从车上跳下来，还是偏着脸不看那边，伸手胡乱地抓，结果很不巧，指尖撞到他还没来得及收回去的刀刃上。

她嘶了一声，倒抽一口气，回神，只见食指破了一点皮，鲜血流了出来。

她大惊小怪："我去，有纸吗？快给我纸！"

潮生也吓了一跳，但见她流的血还没指甲盖大，忙劝她别急，就手把一撮棉花给她摁在指尖上了。

黎晚眉头紧皱："你不知道，我是熊猫血，一滴血比你十滴血都珍贵！"

潮生就说："这么娇贵，那你要不要我给你吹吹？"

黎晚一怔，再看潮生一本正经的脸上流露出几分促狭，就知道他在揶揄她。她摆手："你赶紧给我弄灯！"

潮生无奈又无语，又揪了撮棉花团在手里，拿酒精打湿，然后他问黎晚要灯。

黎晚一只手攥紧，另一只手把受伤的那根手指避开，跷着兰花指把灯撑着，露出托盘。

潮生把湿棉花放在托盘上，黎晚掏出打火机。风很大，要用手护着才能点燃，潮生就用空出来的那一只手挡住风，护住火苗。

黎晚看了他一眼，笑了笑，将火点在棉花上。

火苗先是颤颤巍巍不肯燃，可没过两秒，火势猛地起来了，火苗呼地蹿老高。慢慢地，孔明灯里就被注满了热气，很快就可以放飞了。

黎晚想许愿，潮生把孔明灯放开，让黎晚一个人拿在手里。

黎晚闭上眼，虔诚地默念了什么。

风把火影吹得晃动，像水波一样投射在她脸上，显得她五官尤其立体。她耳朵上十五颗钻就像沉默的星星一样，长长的眼睫毛投在脸庞上，沉静得像电影里的空镜头。

潮生看着她，不自觉地想起温澜去年过生日的时候，屋里关了灯，大家都没有说话，他们一起许愿。

他的愿望很短，也就是高考顺利，他和她高考顺利。

她的愿望却很长，他许完愿，偏脸看着她，她当时的脸庞和黎晚现在一样沉静，烛火映照在她脸上，“岁月静好”四个字都不足以形容那一刻的安然与美好。

他光明正大地盯了她好一会儿，她才睁开眼，然后和他相视一笑，两个人默契地一起吹灭蜡烛。

思绪飘远了，等他再回神，黎晚已经睁开眼睛，把孔明灯放飞。

灯火远行。送行的人仰着脸，在凌乱的风中一直目送它离开。

直到遥远的苍穹只剩下一点火星，黎晚才说：“走吧，我送你回家。”

潮生微愣，说：“我送你回去。”

黎晚走到驾驶室旁要开车门，闻言顿了顿：“大哥，我有车，我送你。”

潮生也打开车门：“对，你开车先回家，然后我从你家坐地铁走。”

“你神经病啊？”黎晚坐进车里，看着正系安全带的潮生说，“绕这么一大圈干吗？”

潮生说：“走吧。”

黎晚半天没拧车钥匙，想了想，问：“你担心我？”

潮生一本正经地看她："这是你拿驾照之后第一次开车吧？"

"所以呢？"

"要是万一出什么事，我没法跟你爸妈交代，也没法跟印子交代。"

黎晚顿了顿，没说什么，从储物盒里拿了一根烟出来，叼在嘴里，点上了火。

潮生拧眉："你什么时候学会抽烟了？"

"抽烟还用学？"黎晚嗤了一声。

"……"

潮生没来得及说什么，李微印就打电话过来了。

"喂，老公。"黎晚启动车子。

李微印那边顿了一下，问："你和谁在一起呢？"

"江潮生。"黎晚说，"你想和他说话吗？"

潮生先打招呼："印子。"

李微印笑："潮生，上次我给你发消息，两天了你还没回我，敢情和黎晚在一起玩呢？"

李微印这话说得坦荡，没有责怪或吃醋的意思，但是潮生经过唐未那件事之后，难免多想，就说："我和黎晚是碰巧遇到的。"

黎晚一怔，听出他是怕李微印误会，就干脆扯开话题："绪哥呢？"

李微印说："他下午有课。"

"……"

后面就是闲聊了。

打了一路的电话，黎晚抽了三根烟，潮生坐在副驾驶位，没玩手机，一直帮黎晚盯着路。

后来到了芳汀，黎晚开车进去，潮生在门口下车，没有往里去。

这一年是二〇一六年，大家都有自己的爱人，唯有他单着。

他往地铁站走，回想这两年的一切，感觉发生了很多，但又好像什么也没发生。可能是因为大家的生活都有变化，而唯有他一成不变吧。

他对温澜的感情不再像发高烧一般强烈，却又始终放不下，就像拖着好不了的咳。没有新的人出现在他的生命里，他也不愿意接纳新的人走进他的生命里，像不肯吃药一样，所以他的咳嗽总是好不了。

心里装着人的孤独和心里没有人的孤独是完全不一样的。前者是城春草木深，繁闹却无人问津的寂寥，后者是寂寞沙洲冷，毫无生机与人烟的荒芜。

他不喜欢孤独的滋味，却深爱着孤独，或许这就是他注定要孑然一身的原因。

潮生独身的日子一直持续到大三开学。他在大三那年的十月份过完十一小长假，真的和黎晚的舍友恋爱了。

而这时候恰逢温澜和唐未第一次复合。

温澜和唐未在这一年的四月分手了。

恋爱谈得时间长了，总会有倦怠期。很多小说和电影不会讲到这一点，大多数爱情作品都把故事集中在恋爱之前的暧昧期和刚恋爱时的激情期，因为那段时光是一段感情最好的时候。

可是现实生活中日子还得过，随着时间的推移，两个人之间越来越多的问题都会暴露出来。

先是唐未大男子主义爱管着温澜这件事，情浓时觉得对方是在乎，可时间长了就觉得是束缚。再是唐未小心眼爱计较，偶尔吃醋无伤大雅，可经常小题大做，就让人厌烦了。

唐未说过改。他那一刻是真心的。可是他看到温澜在和他吃饭的时候还回复学生会主席的消息时，就会忍不住生气。他生起气来总是做一些强迫温澜的事情，比如用身体征服温澜，逼迫她服软。

世界上没有完美男孩，如果有，也只存在于小说和偶像剧里。

温澜渐渐忍受不了他的控制欲，在大二下学期刚开学不久，因为一件小事和他争吵起来，然后提了分手。

这些事的细节，潮生知道得很少，但是他们分手这件事，他是最先知道的那几个人之一。

四月清明节的时候，潮生照例回家上坟。上大一的时候，温澜没有回家，大二这年，她回来了。

两个孩子都回家，大人们高兴，两家又凑到一起吃饭。

餐桌上，温澜的兴致一直不高。等吃完了饭，潮生和她到阳台上站了一会儿，聊了聊。

温澜说：“唐未不是那种会苦苦哀求女生留下的人，我态度坚决，他一开始的时候哄我，后来再没找过我。”

那是三月初，唐未因为那个学生会主席和温澜吵架，她真的生了气。唐未又来哄她，可她没理他，他就不再哄了。

他们之间冷战了五天没有联系。结果温澜周末和朋友去逛街的时候，看到唐未和另一个女生在街上买冰激凌，那女生还揽着唐未的胳膊。她走上前质问。

唐未笑得吊儿郎当：“不是要和我分手吗，老子和谁在一起关你屁事？”

温澜似乎忘了，唐未身边从不缺女人。说什么浪子回头，浪子之所以是浪子，就在于他逍遥人间，永不回头。

潮生问：“你们现在彻底分了？”

“分了。”温澜叹了口气，“之前本来想把我恋爱的事情告诉我妈，但现在看来还好没有。”

潮生看着温澜低垂的眼，眼眸中笼着淡淡的哀愁，想了想，说：“温澜，别太失落。”

温澜静了几秒没说话，很快又淡淡地一笑：“破镜能重圆吗？”

潮生被她这话刺得心里一疼：“你还放不下？”

温澜淡淡地说：“他是我的初恋。”

潮生点了点头，感觉自己忽然就失去了安慰她的资格。

那天夜聊之后，温澜和潮生的关系开始回春了。

温澜又恢复单身了，他们之间也就不用刻意远离对方，所以暑假期间他们几乎是黏在一起过的。

温澜吃胖了一点，所以每天早晨都会喊潮生去海边跑步。他们沿着海岸线，看东方日出，玫瑰红染红大海，光芒洒向大地。

中午的时候，温澜会喊潮生去她家里吃饭。这一年短视频兴起，她喜欢跟着短视频学做菜，而潮生是她的试吃员。

晚上呢，他们会一人一瓶冰汽水，坐在阳台的摇椅上聊天，温澜向潮生推荐她最近喜欢的新歌，潮生跟温澜讲他最近发表的小说。夜晚总是最安宁，所有的一切都是如此。

温澜从家里离开之后，王冬梅偶尔会开潮生的玩笑：“你俩不会真有事吧？”

“没有。”潮生说。

王冬梅就笑：“有了告诉我，别瞒着。”

潮生说：“真没有。”但是心里隐隐有火苗亮起，像是死灰复燃。

然而冷水浇得这么快。

就在大三开学之后不久，十一小长假的时候，李微印因为爷爷去世而回国。他临走之前，大家在一起小聚了一场。

饭吃到一半的时候，唐未和几个人推门进来了。

他们两拨人有交情，热情地打了招呼，李微印就招呼大家坐在一起吃。后来，唐未他们真就添了椅子、筷子，在这边坐下，和大家一起吃。

从见到唐未的那一刻起，潮生的心就跟被揪起来了似的。他下意识地看向温澜，发现温澜别扭地低下了头，并不敢去迎唐未大咧咧的目光。

后来吃饭时，温澜一直不自在。吃着吃着，她起身说要上厕所。没过一会儿，唐未也出去了。

屋内烟雾缭绕，潮生心里有种预感，就像一把烟似的抓不住。想了想，他也跟着他们出去了。

结果在拐去厕所的长廊尽头，他看到唐未把温澜抵在墙上吻。而温澜紧紧攀附着唐未的肩膀，恨不得和他黏在一起。

“她还是喜欢坏男人。”身后有一个声音响起，是黎晚。彼时的黎晚又恢复了黑发，慵懒的法式大卷披在身后，她夹着烟，一副漫不经心的模样。

潮生知道，她在提醒他。

他又看了温澜他们一眼，这一眼却偏偏和唐未对上，然后他看到唐未挑了眉，邪佞一笑，像是挑衅。

他知道，大梦该醒了。

8

喜雾

我替你好好爱她

温澜和唐未复合了。分开了一段时间，他们才发现根本就放不下对方。而之前和唐未在冰激凌店的女生只不过是唐未找来气温澜的。

温澜打电话告诉潮生这个“好消息”的时候，他刚被杂志社连退了两篇稿子。舍友在一边打游戏，那嘈杂的连麦声和温澜欣喜的声音掺杂在一起，让他感觉心口空了一块，可脑子又嗡嗡的，很乱。

挂了电话，他拿了舍友的打火机和烟，出了宿舍。

出了宿舍门，他给自己点上了一根烟。

黎晚说得没错，抽烟不用学。刚开始的时候，他呛了几口，但很快就吞吐自如了。

路上不时遇见牵着手走的男女，操场上恩爱的情侣更多，看着他们，潮生没来由地烦躁。然后他忽然打算谈一场恋爱。

他把这个想法告诉黎晚。

黎晚先是怔了好一会儿，之后又笑说：“你早该这样了。”

她把舍友介绍给他。

那女生叫孙维维，戴着厚重的眼镜，爱穿裙装，长相一般。她喜爱文学，和黎晚住对铺，多少听说过江潮生的大名。

而最让潮生满意的是，她刚分手，心里还念着前男友。

目的一致的人才能走到一起。潮生和孙维维都有想忘记的人，带着不纯的目的靠近对方，再合适不过。

第一次见面，黎晚把他俩带到学校奶茶店，然后她去学生会开会，让他们好好聊。

潮生眉眼疏淡，身上若有似无地流露出不知是清贵还是禁欲的气息，这让孙维维很紧张，捏着奶茶杯的手指头泛白。

潮生不咸不淡，很坦白地告诉她，只是先试试。

孙维维也说："嗯，我刚分手，所以先试试。"

后来那一个星期，潮生带孙维维去逛街，到商场试衣服，在操场上散步，吃新款的冰激凌，下课之后在教室外面等她……

然后他忽然发觉，这一切都让他无比痛苦。这些每对正常恋爱的情侣都会做的小事让他痛苦到无法呼吸。

他想起温澜复合那天自己被毙掉的两篇稿子。其中一篇里，故事的结尾，男主角和不爱的女人在一起过上了平淡而温馨的日子……

现在再回想，他觉得这个情节太扯了。能和自己不爱的人过日子的人，要么是受了伤，早就心死，要么是薄情寡性，不拿自己的一生一世当回事，也不拿别人的一辈子当回事。

可潮生明白，他现在两者都不是。

他决心跟孙维维分手，在他们谈到第七天的时候。

见面之后，潮生才发现，孙维维化了很好看的妆，把带框眼镜摘掉，换成了带金环的美瞳，又穿了一条露肩的裙子，见面之后故作大方地喊潮生去酒吧喝酒。

这意思再明显不过。是的，现在潮生最害怕的事发生了——他想叫停一切，抽身而去，可对方偏偏动情了。

潮生干脆没和孙维维出学校，而是直接在教学楼前就直截了当地告诉她："分手吧。"

孙维维难以置信："什么意思？我没明白。"

潮生知道，他必须快刀斩乱麻，于是他告诉孙维维："本来就说只是试试。其实你很好，这句话不是假客气，你身上有很多优点，但是我们不合适——"

话没说完，孙维维一个耳光把潮生的脸打得偏了过去。

有第一个巴掌就有第二个。孙维维情绪崩溃，哭着打他，骂他是渣男。

潮生没躲没避。

后来孙维维发泄完了，潮生给黎晚打电话，让她照顾好孙维维。随后他独自一人去外头喝酒。

黎晚在两个小时之后赶到潮生所在的酒吧。推门进去，她就看到大门正对的角落，潮生一手夹烟，一手拿酒杯，灯光昏暗、迷离，他白衬衫胸前的扣子解了几颗，有些浪荡，着实禁欲、撩人。

酒吧里什么样的男人都有，可是寂寞的男人最吸引女人。

冷硬的男人要是流露出一点脆弱，女人的圣母心就会泛滥得一发不可收拾。

果然，黎晚在门口站了一分钟，就有个女人上前跟潮生搭讪，被他冷冷地赶走了。

黎晚失笑，她胡乱地撩了把鬓前的碎发，走过去喊："喝够了吗？"

潮生抬脸，黎晚看到了他脸上的巴掌印。

她微愣，反应过来，笑得不行，边说着"所以说，这就是青春啊，青春不就是要犯几次糊涂"边坐下，从桌上拿了根烟，拍拍桌子，伸手问潮生要打火机："给我火。"

潮生把打火机从兜里拿出来，啪嗒一声扔到桌子上。

黎晚紧接着拿起来，用手护着，摁了下打火机，点燃香烟。

她吐了口烟，看起来心情不错。

桌上摆了一列鸡尾酒，黎晚端起一杯一饮而尽。

音乐缓缓流淌，一开始两个人都没说话。

酒过三盏，黎晚才问潮生："你这又是何必呢？"

潮生脑子很乱。

黎晚叹气："既然不想伤人伤己，那就不要谈恋爱，干脆单着等心动的人出现，现在这叫什么事啊？"

"她怎么样了？"

"能怎么样？哭得更厉害了，连带我都里外不是人。"

“……对不起。”潮生看着黎晚，“不该将你扯进来的。”

黎晚伸长胳膊到他面前弹烟灰，手臂上叮叮当当的细镯子顺着她的动作悉数滑到手腕上：“被人讨厌又不会少块肉。”

“再说，她也没有太过分。你们一开始说得很明白，只是试试，是她太傻了，不到一星期就投入了。唉，说到底大多数女生总是比男生傻一点……”她轻蔑地一笑，“不过感情本来就是要赌的，没人规定你爱别人，别人就得爱你。”

潮生轻声说：“我以后不会再谈恋爱了。”

黎晚一顿，摁灭了一根烟，看着他说：“这几年你对温澜的感情，我都清楚，但是，江潮生，痴情不是这么个痴法，如果你一直困住自己，我会看不起你。”

潮生默了默，不知道怎么接话。他只能喝酒，喝很多很多酒。

第二天酒醒，夜正浓，他心血来潮，坐了八个小时的动车去见温澜。就是这么巧，在他坐公交车去温澜学校的路上，在街头远远地看到了温澜和唐未。

他下了车，不远不近地跟在他们后面，看着他们进了一家奶茶店，点完单，温澜扯着唐未的手臂，像树袋熊一样挂在唐未身上，而唐未抽着烟，笑得很宠溺。之后，他们去路口的屈臣氏，又从屈臣氏逛到水果超市，再然后，两个人去电影院看了一场电影，散场出来之后又一起进了酒店。

然后他决定放手，真正地放手。

从那之后，潮生专心写小说。渐渐地，写短篇小说为他积攒了一些名气，也给了他微薄的收入。

大四大家都在实习的时候，他开始写他的第一部长篇小说。

那会儿温澜在上海一家有名的律所实习，唐未陪温澜过去，跟人合伙开了家酒吧。

早在大三刚刚结束的时候，温澜就领唐未到家里见过家长了。唐未长得好，家里条件在禹山当地也算是中上水平，温和平和曲芳都还满意。

而黎晚正为去英国做准备。

王绪和李微印面对毕业的选择截然不同，李微印决定继续留在英国，而王绪因为家里事业的变故决心回国。

大四上学期圣诞节过后，王绪和李微印都回国了。

他们这群老同学在厦门相见。

李微印带来一个叫Claus的英国同学。Claus是个女生，却起了个男孩的名字，打扮得也像个男孩。她个子挺高，和李微印差不多高，中等身材，右耳上打了个耳洞，红色头发。黎晚说她就像《哈利·波特》里的罗恩。

这次重聚，不知道王绪和李微印怎么了，总感觉他们的关系变淡了，两个人几乎不说话，甚至连眼神的交会都没有。反而是李微印和Claus一直在聊天，好得就像从小一起长大似的。

这两年潮生光顾着处理自己感情里的一地鸡毛，对李微印他们的事情了解得不多。最后还是黎晚告诉他，王绪回国之后有联姻的打算，李微印对此嗤之以鼻，他觉得人不应该随意处置自己的爱，无论是为了什么。

黎晚对这事的看法是模糊的，她说，有时候不能简单地用对错来评判一个人的选择。

王绪家里的情况和她身边这些人都略有不同。她父母从事文艺行业，李微印家做生意发家没几年，企业规模算不上很大，而王绪家里，父亲从政，母亲从商，家风甚严。他从小就比较成熟，如果任性追逐自由而弃家庭于不顾，他一辈子都不会安心。

潮生对此无法评价。他只知道，无论发生了什么，李微印和王绪都是他的朋友。

而黎晚……潮生从没对任何人说过，甚至没有对自己剖白过——他把她当作最好的朋友。古乘都要朝后排一下，温澜更是因为他内心深处的别扭而被摆在心里重要却尴尬的位置，无法与黎晚相比。

这几年，他很感谢黎晚。

有时候沉默是一件太可怜的事情。他的世界烈火熊熊，路过的人却以为那不过是一缕烟。他的热烈也好，温柔也罢，满腔的真挚都只能被时光掩埋，没人记得。这多可怜！

幸亏他这段感情还有黎晚这个唯一的观众，而她还恰好懂他的表演。

在李微印和王绪离开的那天下午，他们一起从机场回学校，潮生问黎晚："之前不是说国外也没什么好的吗，为什么又想出国了？"

"人是会变的嘛。"黎晚一笑，想了想，又补充道，"谈了三年多，没正儿八经体会过恋爱的滋味。"

潮生顿了顿，也淡笑："嗯，印子也会很高兴。"

车急速往前开，路过拔地而起的高楼大厦。车水马龙，潮生看着转瞬而逝的一切，竟有一种释怀的感觉。

黎晚说："再说了，我还没找到自己想做的职业，出去转转，说不定会有收获。"

潮生又嗯了一声，他想起他们这帮人分散在天南地北，各自进入新的人生阶段，感慨了一句："知交零落确实是人生常态。"

黎晚顿了顿，笑："干吗这么伤感？"她又开玩笑地问，"你舍不得我？要不我不走了？"

潮生无比真诚地一笑："我总不能阻拦你的幸福。"

黎晚看着潮生，几秒没说话，随后她偏头去看窗外的风景，又过了一会儿，她笑道："你加把劲儿，我还想等你新书出版之后再走呢。"

潮生点了点头："好。"

后来潮生闭关了一段时间，花了五个月写出了一本近三十万字的小说。在大学毕业之后的那个夏天，二十二岁的江潮生出版了他的第一本小说——《喜雾》。

喜欢被掩盖在迷雾之后，无人知晓。这是一个暗恋的故事。

新书预售之后，潮生接受了一次杂志专访。采访者是文娱圈小有名气的记者，名叫欧阳。

他问的第一个问题就是："有原型吗？"

说来也巧，在后来的新书发布会上，也有记者问过他这个问题：

“有原型吗？”

当时台下第一排除了家里人，还坐着温澜、唐未、黎晚和王绪。李微印和古乘都在国外，没赶回来。

潮生不动声色地看了一眼温澜，说：“没有。”

采访和签售会结束之后，大家没能聚餐。

现在不比还在上学的时候了，每个人都有工作要忙，赶会议的赶会议，赶飞机的赶飞机，在书店里匆匆告别。

王绪是第一个走的，温澜和唐未紧随其后。他们走后，潮生收到一条微信，是唐未发来的：“我知道你写的是温澜。”

潮生心一痛，打开键盘，犹豫着打入“你想多了”。

唐未又发来一条消息：“那就一直暗恋吧，就像你书里写的那样。”

掌心传来嗡的振动声。

第三条消息紧接着进来：“我替你好好爱她。”

潮生摁灭屏幕，一瞬间鼻酸。

他知道，最后这句话是唐未淡淡的警告，也是与他和解的信号。只要他和温澜保持距离，唐未就不会再像从前那样抵触他、防备他。

潮生不自觉地想嘲笑自己。

“江老师。”他嘴角刚要上扬，便有人喊他。

黎晚是最后一个离开的。她是和黎晋东、陈柔一起来的，陈柔和王冬梅聊了会儿天，所以耽搁了一些时间。

黎晚拿着潮生的签名书，扬扬手，笑道：“江潮生，我刚看完你写的后记，怎么只写你自己？下次也写写我啊。”

黎晋东就笑：“怎么哪儿都有你？”

黎晚吐吐舌头：“我就随口一说。”

潮生问她：“你什么时候走？”

黎晚说：“下周喽。”

潮生点头：“到时候我送你。”

黎晋东去里面喊陈柔了，只剩下潮生和黎晚两个人，黎晚从兜里掏出一枚纽扣：“对了，我刚才来的时候看书店外面绪哥和温澜他们都给你送花篮了，怪我最近只准备出国的事，太忙了，没顾上这边……”

潮生一动不动地看着她，听她说话。

“我看你后记最后一句话写的是——‘希望万事胜意，平安喜乐’。”黎晚摊开手，把手里的纽扣给他看，“我衣服上正好掉了枚扣子，是香奈儿的呢。都说‘平安扣’‘平安扣’，这个送你了，礼轻情意重。”

潮生往她衣服上看了一眼，她穿了一件T恤，没有扣子。但很快他又想起来，她来的时候好像穿了小外套，可能是觉得热，中途脱掉了。

他把那枚纽扣接过来，拿在手里，圆形的扣子比大拇指指甲还要大一点，外面是金属包边，里面是铜钱形状芙蓉石质地般的样式，中央镶了四颗闪亮的钻，大方、优雅，又漂亮。

他握紧在手里，触手生温，玉似的。

想了想，他对黎晚说：“一路顺风。”

后来，潮生有三年没有见过黎晚。

这三年他又写了两本书，还卖了各种版权，用挣到的钱买了两套房子，一套给海生，另一套给自己。

海生那会儿刚本科毕业，正在家里准备考公考编。

海生这么能念书，是王冬梅和潮生都没想到的，毕竟初中那阵子他厌学厌得不像样。结果上高中之后，他喜欢上班里的女班长，开始为爱奋斗，最后爱没追到，成绩却节节攀升。

这几年因为疫情，海生的学校被封好几次，上网课的时间居多。国外比国内的情况更糟，潮生偶尔给李微印发消息，总要问一问那边的情况。

李微印留长了头发——及肩银灰色长发，打了耳洞，右耳常年戴一枚蓝钻，和Claus耳朵上的那枚是同款，还文了文身——右肩上一朵七色花，这一身打扮配他那副少年感漫画颜，想必走在路上回头率很高。

李微印现在在英国做室内设计师，潮生房子的装修还参考了他的意见。跟他打电话，他偶尔会提到黎晚，但大多数时候都不会。

潮生开始的时候还会给黎晚发消息，但是黎晚总是不回复。时间一长，他们之间的关系就淡了很多。友谊也难逃距离的魔咒。

潮生只能从和黎晋东或李微印的闲聊中及黎晚的INS（照片墙）里看到她的近况，她刚去英国的时候剪短了头发，后来又慢慢留长，她不再染奇奇怪怪的颜色，而是留水墨一样的黑发。

在去英国的第二年，她找到了喜欢的职业——美妆博主。她在各个平台都有号，粉丝百万起，有钱，又不用朝九晚五，让温澜直呼羡慕。

温澜的这三年是喜乐参半的。

毕业之后，她进入一家知名的律师事务所实习，唐未开了一家酒吧，生意还算红火。原本一切都要步入正轨，结果疫情来了，唐未的酒吧生意惨淡。后来，他又被合伙人坑了钱，店铺匆匆倒闭，还留下一堆烂摊子和外债要处理。

在上海这样寸土寸金的地儿开店本来就不是一件容易的事，这涉及的不仅仅是钱，还有人脉等各种复杂的关系。那段时间唐未很颓废，他年轻气盛惯了，从小到大没有吃过苦受过绊，难免焦头烂额。

偏偏祸不单行。唐未家里的生意也出现了问题。疫情首先冲击的就是实体经济，尤其是餐饮业。而唐未家里恰恰是做餐饮的，疫情之前就开始经营不善，疫情之后各种问题都暴露出来。眼看已成强弩之末，唐未的爸爸殚精竭虑，熬病了。

后来唐未还清了酒吧的钱，就回家收拾烂摊子了。温澜为了帮唐未，就放弃了留在上海的机会，回禹山帮他处理法务上的事宜。

但是唐未没有做生意的经验，首先一条左右逢源他就做不到。

生意场上是人是鬼，没人分得清。他要求人办事，除了钱到位，还得觍着脸，低头哈腰，给人伏低做小，酒一杯一杯地喝，笑脸一次一次地赔，而并不是每次谄媚都有效果，很多人纯粹是拿他解闷儿。

唐未的家产虽然不是数以亿计，但好歹也有数千万元傍身，他从小就有头有脸，说是天之骄子也不为过。他性子也野，当惯了男生堆里的头头，被人“未哥”“未哥”地叫着，哪向人低过头？因此这些人际关系的处理最令唐未痛苦。

他回禹山半年之后，家里的产业就彻底完了。家里卖了房子，负债累累。

于是唐未要和温澜分手。温澜没有同意。

后来唐未堕落了一阵子。他泡吧，酗酒，不修边幅，身边围着各种女人。

温澜跟着他到酒吧。他怀里揽着女人，对温澜的坚持嗤之以鼻。朋友有调戏温澜的，他视而不见。

有一次唐未的朋友要灌温澜酒，以往温澜都是不理会的，可那天是他们在一起七周年的纪念日，温澜心里难受，就拿起酒瓶对瓶吹。

温澜喝醉的时候，有个一直对温澜说荤话的小子想对温澜动手动脚，唐未忍不住了，一拳把对方打倒在地。

那男人的朋友都在场，后来唐未被揍得更惨。

当晚，唐未第一次主动给潮生打电话。

潮生赶到的时候，就见温澜和唐未正坐在街头，唐未脸上、身上都是血，温澜干干净净的，除了衣服有点皱，仿佛连头发都没乱。

唐未要潮生把温澜带走。

温澜难以置信：“我以为，这件事之后，我的唐未已经回来了。”

唐未笑得狰狞：“你的唐未？温澜，别不要脸，赶紧给我滚，少给我惹麻烦。”

当着潮生的面被唐未这么骂，温澜简直心如死灰：“我陪你这么久，你就像赶狗一样赶我？”

“谁要你陪了？”唐未始终挂着让人觉得欠揍的笑，“你自己倒贴，掉不掉价？”

温澜哭了起来，问他：“你这么说，知道我有多伤心吗？”

唐未不说话，目光凉薄。

温澜哭得抽噎，讲话都断断续续的："我没想拯救你，我只是想，就算你跌到地狱里，也有我陪你。"

唐未的表情明显变了变，像在忍耐着什么，很快又被掩饰过去了，他喊："江潮生，把她带走。"

潮生在原地表情漠然，他问："温澜，你想让我揍他吗？"

温澜用那种特别凄凉的眼神看着潮生，闭上眼，眼泪滂沱而下。

潮生冷笑，看着唐未，目光如水凉："唐未，你要还是个男人，就给我振作起来，你想看温澜为你伤心死吗？"

"振作？"唐未也冷笑，"怎么振作？再觍着脸哈着腰去转圜生意危机吗，你知道我有多痛苦吗？"

"那你以为逃避有用吗？"潮生冷淡地问，"你想想，从出事到现在，你失去的不过是钱。钱没了还能再挣，但你要是被钱拖垮，其他失去的东西就永远找不回来了。"

唐未耷拉着脑袋，颓丧地坐在那儿。

潮生不近人情，声音很凉："我记得你爸之前动过手术，那个病要是没钱吊着，只会越来越糟糕吧？还有你弟，他大学刚毕业，你想把所有担子都丢给他扛吗……你现在赶温澜，要是她真嫁人了——"说到这儿，潮生顿了顿，"唐未，我赌你会后悔一辈子。"他言尽于此。

唐未没什么表示，静了好一会儿，他再开口，还是赶温澜走。

温澜渐渐平静下来，她望着唐未："人家都说，女人心疼男人会变得不幸，这句话是对的。但是人有感情，感情就是所有事中最大的变数。我们在一起这么久，你遇到困难了，我能不管你吗？那些堕落的人，哪个不是被最亲近的人从泥沼里拉出来的？唐未，我是真的心疼你，但是我不贱，能有几个女人能做到我这一步？我告诉你，以后我不会缠着你了，你好自为之。"

温澜说完话，又转头看向潮生："潮生，你送我回家吧。"

潮生点了点头："走吧。"

潮生带温澜离开，让唐未一个人在街头好好想想这一切。

只有真正的失去到来，一个人眼睁睁地看着自己珍视的东西离开自己，才会改变。

后来大半年，唐未和温澜两个人都没有联系。

潮生的第二本小说在那一年年末出版。

他在全国各地举办了十场签售会，后来又接受了记者欧阳的专访。这次专访区别于之前的纸媒报道，是以纪录片形式呈现的，播出之后，潮生登上了热搜，瞬间从小说圈火到了其他圈。

这两年直播业很火，公司觉得，趁着他火，可以多安排些活动，给新书拉动销量。潮生对于一些适度的对销量有益处的营销动作并不反感，于是年初的时候，他被公司安排直播，提前去一家叫“红播”的传媒公司做准备工作。

结果，潮生去和红播的领导打招呼的时候才发现，这家公司竟然是唐未和他朋友合伙开的。

互联网风口行业从零做到一只需要短短一年。但正因这个行业红利大，付出的时间短，因此竞争更激烈，见不得光的勾当和规矩更多。

那个不可一世的唐未第一次对潮生说：“有时候我挺羡慕你的。”

潮生失神，问他何出此言。

他一笑：“我知道，无论是什么行业，哪怕是你们写作圈，但凡接触到利益，就有许多见不得人的污糟，但你终究是两袖清风、一身清白。”他居然用这种平和的语气说话。

潮生不自觉地就想起曾经那个风华正茂的唐未，想起他因为进球引起全场欢呼而在操场上奔走的风姿，想起他那群小弟把温澜推到他怀里时他浪荡的笑，想起他在旱冰场上意气风发的姿态……再看看现在的他，虽然还是那么张狂恣意，眼里却再也没有莽撞而幼稚的东西。他或许成了一个更好的大人，却再也不是当初的少年。

可是唐未没有叹气，也没有皱眉，他甚至始终是带着一丝笑意的，那笑颇有千帆过尽之感：“以前厌恶的、抵触的东西，我全都逼自己接受了。该低的头，我低了；该算计的，我也算计了；权衡谋划，感觉也不是很难。我合伙人说，这叫置之死地而后生，生活不把你逼到一定份儿上，东西没有真正失去，你是做不出触底反弹的事的。嗯，他说得没错。”

潮生心中酸涩，不知道该怎么接话。

唐未似乎不需要他说什么：“现在事业有了，就差温澜了。以前我总以为自己是特别的，海阔天空任爷飞。”他嗤笑，“现在，老子就想老婆孩子热炕头。”

唐未这么说，潮生心里忽然释怀了，因为他心里明白，唐未不再是那个少年，那是因为唐未必须成为一个合格的大人。为了温澜，他心甘情愿把自己身上那些为之骄傲的、专属于少年的东西丢下了。

好希望他可以永远是少年啊。

潮生敛眸失笑，但他又深知，唐未不成长，注定会和温澜惨淡收场。过日子嘛，正如陀思妥耶夫斯基所说，爱具体的人，不要爱抽象的人。

那天直播结束后，唐未告诉潮生：“如果遇不到温澜，我就是一块扶不上墙的烂泥。失去了少年时的意气风发，我什么都不是。”

潮生回他：“那你就赶快把她追回来。”

唐未的确有钱了，但是他想再把温澜追回来很难。

早几年，他还能翻墙，可如今温澜家已搬到二十层的新房子里了，他想翻墙都难。再说，他早就不是那个毛头小子了。他想光明正大地取得温澜的原谅。

潮生知道，温澜绝对会原谅他，但绝对不会轻易原谅，也就默许唐未吃苦，他乐得看热闹。

看着唐未和温澜纠缠，他有时候会想起高中时期的很多事。他想到那次去滑旱冰，谁都没想到所有故事都是从那时候开始发生的。

然后他忽然一怔，想到黎晚，她被他不小心推出去，转身愠怒地看着他，长发如瀑，尽数散开，美得令所有人晃神。

黎晚……潮生有时候会有点责怪她。

他的朋友不多，黎晚算是与他很要好的一个，加上黎晋东又是他尊敬的长辈，他把她放在心里很重要的位置。可她好像没把他看得那么重要，毕竟她的好朋友太多了。

黎晚一直待在国外，二〇二三年疫情好转很多。这一年春节，她才从英国回来。

她回国当天，黎晋东就邀请潮生来家里吃饭。

潮生没有立刻答应，不知道为什么，他竟然纠结了很久才决定过去。

他打车到芳汀附近。那儿路口有卖花的，他下车进店。老板娘很热情地问："送给谁呀？"

潮生说："朋友。"

"男的、女的？"

"女的。"

"哦，那买玫瑰吧。"老板娘指着玫瑰给潮生看，"什么品种都有。"

潮生拿起一枝蜜桃雪山，又拿了枝卡罗拉，想了想，又都放下了："有没有别的花？"

老板娘说："春天就要来了，郁金香、洋牡丹，各种花都有，就看你喜欢哪种。"

潮生想起了什么，道："郁金香吧，各种颜色都给我放几朵，要二十一朵。"

后来他抱着一大束郁金香步行到黎晚家。

恰好陈柔出去买菜，刚到家，停完车就顺路过来给他开门。看他抱着一束花，她笑问："给晚晚的吗？"

潮生说："嗯。"

陈柔一笑，转身就大喊："黎晚！黎晚！"

"叫什么叫啊？"

他先听到声，循声往楼上看，才在别墅二楼的阳台上看到人。这会儿是冬天，黎晚却穿着一件苍岭绿的吊带连衣裙，大片白皙的皮肤暴露在冰凉的空气里。

离得远，他也看得清她的耳朵上仍然戴着亮晶晶的东西，只是没有那么多了。一只耳朵只有两三件耳饰，样式没有高中时简朴，也没大学时夸张，好看又大方。

她的长发被随意地绾起，后面别着一朵白色的玫瑰，几绺发丝落在锁骨上，慵懒、妩媚至极。

看到潮生，她表情敛起，眼尾向下扫着，又远又淡地看着他。

潮生表情更冷，他本身就是清冷至极的长相，成年之后，这种冷感只增不减。

陈柔看他们对视，便笑："潮生给你买了花来呢。"她又对潮生说："走吧，进屋。"

潮生这才回神，跟着陈柔进了屋。

他们进屋的时候，黎晚恰好从楼梯上下来。屋里暖和，她没有披外套，趿着拖鞋，走路晃晃悠悠的，没有正形。

"江老师来了。"黎晚久违地叫出这三个字，潮生大脑莫名地空白了几秒。

等她走近，一股清甜的香水味顿时飘过来，潮生把花给她："回来了。"

黎晚上下打量了一眼潮生。

他这天穿着一件棕色的羊绒开衫外套，里面搭高领薄款毛衣，穿九分西裤，踩黑白色高帮帆布鞋，是很韩系的穿搭，帅气又温柔。只是这人的眼睛还是冷的，这么多年了，就是学不会热情……

"好久不见啊。"黎晚接过花，对潮生一笑。

潮生点点头："嗯。"

久别重逢，他们之间的寒暄只有十几个字。

随后黎晚去找花瓶醒花，潮生到书房去见黎晋东。晚上吃饭的时候，他们俩也没怎么说话，基本都是顺着黎晋东的话有一搭没一搭地接上一两句，看着是真生分了。

9

暧昧

"我想和你结婚，可以吗？"

吃完饭，黎晋东觉得他们老同学很久没见了，想让他们单独聊聊，就拉着陈柔去外面散步了。

两人走后，黎晚想了想，问："要不一起看个电影吧？"

潮生说："行。"

他们一起到地下一层的影音室看电影。

影音室不大，里面只放了一张沙发和一张玻璃圆桌，黎晚进去之后先开了空调，随后很自如地拿遥控器找电影。

潮生则拘谨多了。太久不见，彼此之间朋友的熟悉感少了点，男女之间的暧昧就悄然被放大不少，共处一室，他不是很自在。

黎晚找了一圈都没有特别喜欢的，就问潮生："你想看什么呀？"

潮生答非所问："你不冷吗？"

黎晚愣了愣，低头看了眼自己的衣裳："不冷啊。"

潮生哦了一声，俯身拿了另一个遥控器，在屏幕上找了一会儿，点开《情书》，看藤井树。然后他问她："怎么想起回来了？还以为你觉得国外的月亮比较圆。"

这话就有些挖苦意味了。

黎晚洒脱地一笑："月亮阴晴圆缺，在哪儿都一样。"她直勾勾地看着他，"月亮虽然只有一个，国内和国外的月光却是不同的。"

潮生回望她一眼，紧抿着唇，轻哼一声。三年多不见，她倒是更伶牙俐齿了。

"……"

气氛说冷不冷，不尴不尬。

静了一会儿，黎晚硬找话题，问他："怎么想起看这么老的片子？"

"经典。"潮生说。

黎晚哦了一声，把脚跷在沙发上，坐到沙发另一头，倚着沙发背看电影。

气氛怪怪的。

看了没一会儿，潮生忽然觉得大腿那儿被戳了一下。

他转脸，看到黎晚那张妖媚横生的脸："喂，江老师，我走了三年，你想我了没？"

潮生定定地看了她几秒，又把头转过去，目不转睛地看着屏幕。

黎晚一怔，坐直了，看着潮生："江潮生，对老朋友就这么冷淡吗？"

潮生静了静，回道："不想。"眼睛始终盯着屏幕。

黎晚不乐意了，拿脚踹江潮生，踹他的腰窝，也踹他的大腿。"江潮生，我早就知道你是这样的，你当不当老娘是朋友？这么久不见也没个笑脸……"她口中振振有词，一下一下地踹他，力道并不大。

就因为力道不大，潮生觉得被她碰到的地方酥酥麻麻的，这让他心生羞愧。他气急，直接抓住她的脚，冷声问："能不能别闹？"

黎晚先是怔了一秒，随后就开始扑腾，闹起脾气，使足了力气踹他。

潮生几乎攥不住她纤细的脚踝，挨了好几下，被她闹得也有点恼了，就抓着她的脚，起身把她往身下一拉，下一秒膝盖压住她的腿，双手摁住她肩膀。

挣扎中，她发间的白玫瑰掉了，就落在他脚边。她的长发悉数散开，像被风吹乱了似的，凌乱地铺在沙发上。

他压迫感很重地靠近她，低吼："你闹什么？"

黎晚拧眉瞪他："你放开我。"

潮生眉头也紧蹙，冷声道："这几年不是你忙得不见人影吗？"

黎晚愣了愣。

潮生板着脸，眼睛从她的眉眼扫到她的嘴唇，又一寸寸上移，看向她的眼睛，顿了顿，把她放开了。

黎晚却久久没起身，她笑道：“我说，你还真是小心眼，不就是时差原因偶尔没回你消息嘛，然后你就不找我了？要是对温澜，你会这样吗？”

“你少次次扯温澜——”潮生想说什么，忽然间，手机响了。

两种铃声同时响起。

黎晚看了眼手机：“李微印。”

潮生也瞥了眼手机：“温澜。”

然后他们各自接各自的电话，黎晚窝在沙发上，潮生怕打扰她，干脆出去接。

他捂着手机听筒，问：“怎么了？”

温澜说：“潮生，我和唐未和好了。”

潮生一愣，随后会心一笑：“恭喜啊。”

温澜也笑：“我们打算订婚了。”

潮生嗯了一声，他靠着墙，看向影音室的门，没有难受的感觉，但就是感觉空旷得很：“他最后是用什么大招把你拿下的？”

“我这两天得了肠胃炎，他照顾我。晚上的时候我吐了，没忍住，吐得身上、地上都是。他就帮我一点点清理。我看着他在那儿擦地、给我洗衣服，我就感觉……嗯，感觉好像看到了很久以后的生活……潮生，你能明白吗？”

潮生想了想，说：“嗯，我知道，是尘埃落定的感觉。”

温澜笑：“还是你们作家会总结。”

“其实他以前不是没为你做过更让你感动的事情吧？我记得之前梅雨季人家眼巴巴去找你，你每次都不见，人家还是每次都去；你想吃什么，绕大半个城，他也会亲自买给你。为什么偏偏是这次忽然就决定原谅他？”

温澜想了想，说：“如果没有之前那些小事的积累，也就不会有这次的原谅了。”

潮生一顿：“我傻了，这么简单的事，我还问你。”

温澜笑笑：“你在哪儿呢？”

“在黎晚家。”潮生又看了一眼影音室的门。

“哦，对，晚晚回来了，我们还说好明天要见面呢。”温澜笑，“那你和她好好聚聚吧，先不说了。”

“嗯。”

挂断电话，潮生推门进影音室，恰好听到李微印说：“你和江潮生现在是什么情况啊？”

潮生心一凛，脚步顿住了，站在门口，不知道该不该进去。

黎晚看了他一眼，对着听筒说：“我先不跟你说了。”

看她把电话挂断了，潮生才关上门进屋，坐到沙发上。

“李微印是不是多想了？”

“说什么体己话呢，还背着我？”

他们同时问出口，然后两个人都是一怔。

最后黎晚先笑了：“是你想多了。”

潮生淡淡地看她。过了两秒，他告诉她：“温澜要订婚了。”

黎晚又是一怔。

潮生站了起来：“虽然是朋友，但是这么独处难说李微印会不会多想，我还是先走吧。等叔叔阿姨回来，你帮我跟他们说一声。”

黎晚喊他：“你怎么说走就走啊？”

潮生看她一眼：“下次再约。”

黎晚嘴唇张了张，没说什么，任由潮生离开了。

潮生出了门，保姆王姨满脸堆笑：“你要走啊，小江？”

潮生从兜里掏出一根烟，摩挲着拿在手上：“嗯。”

“那常来哦，下次来，给你做糯米排骨。”王姨放下手里的活，过来送潮生出门。

潮生淡笑道：“好。”

他走出大门，点上烟，抽了一口，随后懒懒地夹在指尖，往外面走。

快走到芳汀别墅区门口的时候，他往后看了一眼。黑夜里，黎家灯火璀璨。他又转过脸，继续往外走。

夜凉如水，空气中有潮湿的气味，或许要下雨了，他加快了步子。

潮生和黎晚再见是在温澜和唐未的订婚宴上。

比不得结婚正式，他们的订婚宴只有少数亲近的人参加。温澜家亲戚少，除了父母、爷爷奶奶、外公外婆，就只请了王冬梅一家。唐未那边人稍微多一点，舅舅、姑姑这些近亲也过来了。朋友这桌，温澜只叫了黎晚和另一个大学同学过来，唐未喊了三个人，其中两个都是以前高中时就眼熟的。

现场布置得一片红，喜庆又热闹。

唐未给温澜准备了二十万元的彩礼，唐未的妈妈则送给温澜一只玉镯子，据说是一辈一辈传下来的，传了四五代了，价值不菲。

总之，订婚嘛，就是一只脚踏入婚姻，世俗与爱注定要纠缠在一起，提钱不伤感情，不提钱反而伤感情。

看着温澜这么幸福，曲芳还没感慨，王冬梅先感慨上了。

大家在吃饭，有些事话赶话就聊出来了。

王冬梅和孩子们一起坐客桌，旁边就是黎晚。大家高中时玩得好，王冬梅是见过黎晚的，就拉着黎晚的手说："你身边要是有合适的，赶紧也给江潮生介绍一个。"

潮生干咳了一声，说："妈，你扯我干什么？"

"你还不好意思啊？你都二十六了，我连你谈恋爱都没听说过，人家海生还谈过一个呢。"王冬梅笑着戗了潮生一句。

海生闻言，看了眼潮生，笑了笑。

唐未的朋友笑说："阿姨，您放心，像您儿子这么帅、这么优秀的，只有他挑别人的份儿，还愁找不到对象？"

王冬梅笑："反正你们有合适的就给他介绍一下哦。"

黎晚笑笑："没问题，阿姨，我认识的美女多，回头我给他介绍几个。"

"漂不漂亮无所谓，首先得善良……"王冬梅还真和黎晚聊上了。

海生见王冬梅说个没完，就给黎晚解围："好了，妈，你老是拉着人家说话，还让不让人家吃饭了？"

王冬梅愣了愣，对黎晚说："抱歉啊，我光顾自己说了，你都没怎么动筷子。"

黎晚笑说：“没事，我减肥。”

海生接话：“你这么瘦还减肥啊？”

黎晚点点头：“保持身材嘛。”

海生对黎晚一笑：“姐姐，怪不得你这么好看，丑女人都是懒出来的，你是天生丽质加后天勤奋。”

黎晚一听就乐了：“海生，你可比你哥会说话多了……”

潮生忽然有种想打喷嚏的感觉，不咸不淡地扫了眼黎晚和海生，又接着吃饭了。

等吃完饭，大家聚在酒店门口要回家，温澜出来送人，王冬梅多嘴说了句：“温澜，伴娘里有合适的，记得给潮生介绍介绍。”

温澜看了眼潮生，无奈一笑：“知道啦，阿姨。”

潮生只觉头大，在旁边点了根烟，闷闷地抽。

黎晚瞧见了，问：“你这是借烟消愁呢？”她笑得讥诮，“怎么，还没放下？”

潮生懒得理她，一个字都没回。但是在回家的路上，他忽然想到黎晚问的这个问题，然后猛然一滞——他好像真的放下了，完完全全地放下了。

意识到这一点，潮生开始接受王冬梅安排的相亲。

江大卫去得早，去年的时候，潮生外婆去世了。王冬梅这么多年不容易，有些事哪怕潮生不愿意做，但是为了照顾她的情绪，也愿意做做样子。

以前相亲纯粹是敷衍，但往后他打算认真对待，只不过，合适太容易，心动太难。

王冬梅给他介绍的女孩子都很好，但都不是他喜欢的类型。她们要么很务实，不会花心思收拾、打扮，梦想不过是考公考编、结婚生子，要么很干练，是女强人类型，工作忙，事业心重。这些女孩子都很优秀，且对自己的人生有着很确切的规划。但潮生就是想找一个能和他一起雾里看花的女人，喜欢同类型的小说和音乐，爱看海，爱烹饪，笑点一致。这很不现实，他知道，找老婆过日子的话，这真的不现实，所以他不奢求那个她会出现。

五月初的时候，古乘他妈给潮生介绍了一个女生，据说是学美术的，感觉她和潮生应该会很搭。

潮生和她约在海边的花溪咖啡馆，上午十点见。

他点了杯拿铁，随手拿了装饰用的书看。

十点过半，女生才姗姗来迟。

她说，记错日期了。

潮生说，没关系。

最后两个人开始闲聊。

女生的确比潮生之前见过的相亲对象更符合他的择偶标准——“黑长直”，瘦高个儿，长得很像郭碧婷，安静、文艺、落落大方，重要的是喜欢看书和听音乐。

但是和她聊天，潮生总觉得少了点什么。不过，他没有想太多，如王冬梅所说，他要求太多是找不到老婆的。

和她约在上午十点，王冬梅的本意是，如果潮生觉得合适，可以直接请女孩子吃午饭。潮生记着这一点，和女生在咖啡厅里坐了一会儿，他出于礼貌，问她要不要一起吃午饭。

女生看样子对潮生也很满意，直接说，有一家餐厅牛排很好吃，就在这儿附近。

于是，潮生和她步行过去。

餐厅就在五百米外的地方，两人没走几步就到了。

结果巧的是他们刚落座，潮生就看到了斜对桌的熟人。他让女生先看菜单，自己连坐都没坐，径直走到黎晚身边，跟她打了个招呼：“吃着呢？”

黎晚穿着一袭小黑裙，性感，但不俗气，她涂大红唇，却没化眼妆，只显得风情万种。她这样的人坐在这里，简直把这家价格普通的牛排提升到了高级餐厅的水准。

“吃着呢。”黎晚仰头笑笑，又从潮生身体一侧伸脑袋看向他带来的女生，“那是？”

“相亲对象。”潮生如实地回答。

黎晚微顿，然后笑说：“漂亮。”

潮生点了点头，不打扰她和朋友约会，很快就转身回到自己那桌了。

后来这顿饭吃得很无聊。第一次见面，女生不怎么说话，潮生也不想聊，气氛一直冷着，但又奇怪得不算太尴尬。

后来吃完饭，潮生没有送女生回家，而是在路边给她叫了一辆网约车，礼貌地对女生说：“下次再约。”

他目送女生离开，再转过脸的时候就看到黎晚夹着根烟站在不远处。

等他？潮生顿了顿才走过去。

黎晚一笑：“我有件事想跟你商量。”

“说。”

“你别相亲了。”

“什么？”

“我想和你结婚，可以吗？”

下午两点钟，潮生又一次回到花溪咖啡店，但这次坐在他对面的人变成了黎晚。

他们认识十多年，相对而坐很多次，也一起吃过很多次饭，喝过很多次酒和咖啡，但是这次和以往任何一次都不一样。

黎晚淡淡地看着潮生。

潮生不知道，她的眼神还能这么淡、这么忧伤。她很少流露出这么淡的神情，明艳的脸上像笼了一层晚间海上缥缈的雾气。

“我和李微印分手了。”黎晚开口，声音也是辽远的，就像一曲民谣，给他一种天涯何处是归鸿的感觉。

“什么时候的事？”

“就在我回来之前，大概不到半年。”黎晚淡笑，“他有了新欢，所以我自动退出。”

潮生拧眉：“李微印劈腿？”他说出这句话都带着很深的迟疑，“这太不可思议了，我以为——”

“以为他是我们这群人里最单纯善良、最不会劈腿的人是吗？”黎晚盯着潮生的眼睛，笑得戏谑。

潮生一时间找不到语言，沉默了一瞬，他问：“和谁？”

“Claus，你认识的。”黎晚端起咖啡喝了一口。

潮生一怔。

黎晚放下咖啡杯，雪白的瓷器上留着一圈暗红色的口红印：“别太惊讶，抛却情敌身份的话，Claus是个蛮优秀、蛮让人欣赏的女孩。”

潮生还是深深地拧眉，他难以置信，但又通过一些细节，比如那枚耳钉，后知后觉地发现了一些端倪。

黎晚依旧神色淡淡的。明媚而张扬的黎晚，一旦落寞起来，只让人感到惆怅万千。

潮生劝她：“你别太伤心。”

黎晚摇摇头，她笑，笑得很悲伤，定定地盯了一会儿窗外，又转过头来：“你和我结婚吧。”

潮生看着她，目光有爱怜，但是沉郁更多。

“我知道你爱着温澜，这么多年都没能放下，以后也很难放下……可是你妈妈又渴望你结婚，你现在相亲，不也是默认了要顺从你妈妈吗？”黎晚抬眼盯着他，扯出一个苍凉的笑，“既然是随便找个合适的人结婚，那不如和我结婚吧。”

潮生很久没说一个字。两个人对望着，空气流动都变慢了很多。

“你知道你在说什么吗？”潮生把黎晚的话在心里反复过了数遍，然后他难以置信地蹙眉问她。

“我记得你说过，不喜欢就不会恋爱，否则你感觉就像骗了人家感情似的，于心不安。还有孙维维那次，你察觉她喜欢上你，然后就和她分手了……我知道，你怕对不起别人给你的这份爱。我向你保证，我不会让你有这种顾虑。”

潮生目光沉沉地看着她。

“我还爱着李微印。”黎晚说。

潮生的眼睫像被什么东西扯了扯，他垂了垂眸，又抬眼。“这不像你，你不是一向敢爱敢恨吗？他欺负你，你就任由他欺负？要不我订机票，和你一起飞去英国？我帮你揍他，还有那个Claus，我去打她。女人，我也打。”潮生少有地温言软语。

黎晚摇头，越摇越快，然后眼泪被甩了出来。

她飞快地擦掉泪珠，撸了把头发，笑说：“我早甩李微印大嘴巴了，还轮得到你？”

潮生静了静，声音很快又冷了下去：“我只是觉得你不必非要和我结婚。”

“潮生，你和我境况差不多，你有自尊，当然也能体会我的自尊。我们结婚，就当是搭伙过日子。”黎晚顿了顿，“而且我们都不爱对方，这是最公平的前提，我们这样，总比你找个老婆，你不爱她，她爱你，你欺骗她，对她愧疚要好。我很确定我不会爱上你，所以，你不用怕麻烦。”

潮生听到这番话，只觉得心里很难受。

他拧眉，心里乱了几秒，端起咖啡来喝。咖啡里一块糖也没放，苦从舌尖绕到舌根，一路蔓延到心里去。

“而且我不敢把我的未来赌在别人身上，我信任你，我们很熟悉，肯定能好好相处。”

潮生只觉得荒唐，他试图让自己温柔一点，再温柔一点，怕说出难听的话惹黎晚伤心：“黎晚，你有钱，又年轻，可以花大把的时间享受人生，有的是机会寻找爱、遇到爱，你没必要非要选择婚姻。”

“那你为什么选择婚姻？”

“我需要婚姻。”

“那你怎么知道我不需要婚姻？”黎晚看向潮生，“我需要。”

潮生缓缓地叹出一口气：“我不能答应你。”

“连你也不帮我。”黎晚很难过的样子，“我这一生没吃过什么苦，唯一的苦就是爱情的。”

潮生不知道该说什么。他看着她咖啡杯上的口红印，看着她放在桌上的手、食指上湖蓝色的宝石戒指、搭在小臂上的一缕长发……就是不看她的脸。

“我爸妈虽然不说，但还是希望能有个人照顾我。我在外面漂泊太久了，他们虽然开明，但总归还是希望我安定下来。”黎晚偏要盯着潮生看，“我们都到了要结婚的年纪，可我们都有爱而不得的人，我们不愿意随便找个人，我们之间很熟悉，但我们不会相爱，我们之间很公平，公平就代表稳固。潮生，我真的是你最好的选择。”

潮生径自挣扎了一会儿。他觉得他们这样是不对的，可不知道为什么，他没办法斩钉截铁地拒绝。

“太突然了。”最后他这么讲。

黎晚微愣，然后点了点头：“我得承认你那个相亲对象刺激了我。”她停顿了一秒，像在组织语言，“如果今天我不找你，我感觉你就会和她结婚。”那女生很漂亮倒是次要，主要是她身上艺术气息很浓，又带着温澜身上才有的平和与温婉。

“原来你这么容易中激将法。”潮生讽笑，但没恶意。

黎晚也笑：“可能是吧，总之，我不愿意错过你。”

“……”

犹豫了又犹豫，最后，潮生说：“让我想想吧。”

黎晚很快点头：“好。但不要让我等太久。”

“我送你回家吧。”

“好。”

他们起身出门，正值下午三点钟，外头阳光大好，阳光透过树叶缝隙流淌下来，像撒了一地金粉。

黎晚的车就停在不远处，他们步行五分钟就到了。

潮生不会开车，这么多年也没想着去学，原因很简单，他十五岁时，江大卫出的车祸让他一直都对开车有阴影。

黎晚对此了然，边系安全带，还边开玩笑："你最好坐我一辈子的副驾位。"

潮生微愣，莫名地有点坐立难安。

黎晚心情似乎还不错，拿出一根烟抽，径自点上火，降下车窗，又递给潮生一根。

潮生看到她抽的烟和他是一个牌子，想了想，也就接下了。

黎晚单手打着方向盘，另一只手伸得老长，要给潮生点火。

潮生严肃地说："危险。"

黎晚笑了笑，把打火机扔到他怀里，也不知道是不是故意的，砸到他腿间。

潮生战栗了一下，才不动声色地把打火机拿起来，点上火后轻轻放在她车内的储物盒里。

然后，黎晚开始放歌——英文歌。潮生不知道歌曲的名字，也不想知道，因为这一刻音乐不是主角，只是背景音。

他们之间没有说话，但潮生不知道为什么生出了一种感觉——他觉得他会和她结婚。

他们懒懒散散地迎着午后的热风，一路疾驰到芳汀。

潮生在别墅门口下车，然后准备弯腰向黎晚说再见，眼睛刚探到车窗里，就见黎晚腿一跨，俯身坐到副驾驶位上。

他还没反应过来，她忽然双手抱住他的头，把他往车里一扯，微微起身亲上了他的嘴唇。

她猫似的舔了舔他的嘴唇，然后鸟一样啄他，啾的一声，半眯着眼睛亲他。见他没有反应，她笑笑，又亲一口，声音比第一次还大。

然后她放开他，缱绻地一笑："和我结婚也相当于找个床伴。"

潮生呆呆地看着她。

"别这副样子。"黎晚伸手，用指腹摩挲着他的唇瓣，"你结婚总要面临性生活，你要是心在温澜那儿，好意思睡别的女人吗？我不一样，我在国外待久了，观念比较开放，身心可以分离，也接受你身心分离……以后日子长着呢，与其约别人，不如我们互相慰藉？”

潮生眉眼清冷，并没有多余的表情。顿了顿，他直起腰，黎晚趴在窗户边，看着他居高临下，却扯了一句八竿子打不着的话：“我真该飞到英国去问问李微印对你做了什么缺德事。”

黎晚嘴角骤然绷紧，笑意尽敛。

而潮生转身离去，没有回头。

后来，他们将近一个月都没有联系。

六月份禹山正式入梅，家里到处都湿漉漉的，王冬梅的腿又开始发痒、疼痛。每到这个时节，潮生都会搬来老房子住，照顾王冬梅。

这天潮生冒着雨回到家，却见海生和黎晚正在阳台聊天。

窗外的雨水像一道帘子似的。

他们一人端着一杯热茶，有一搭没一搭地说着什么，一个比一个笑得温柔。

潮生愣了好一会儿，才发出声音：“你怎么来了？”

海生回头喊了声：“哥。”

黎晚叹了口气：“我今天倒霉死了，本来想上这边的花鸟市场买点花种回家种，这边不好停车嘛，我就没开车，结果，买完东西，下雨下大了，我又打不到车。刚好海生在小区外面买东西，怕我感冒，就让我到家里来换身衣服，暖和暖和。”

她这么说，潮生才发现，她穿着王冬梅的衣服——向日葵图案的人造棉睡衣。

黎晚说：“既然你回来了，那我就先走了。”

王冬梅从屋里出来：“别啊，怎么他来你就要走？”

黎晚始终笑着：“我答应我妈回去和她一起烤饼干，如果再不回去，她会生气的。”

王冬梅点点头：“这样啊……”

海生问："阿姨要是知道你在躲雨，也不会生气吧？"

黎晚没说话，只是一笑，这抹笑代表某种坚持。她看了眼潮生："那我走了。"

潮生没有表示。

黎晚又对王冬梅和海生笑笑："再见，阿姨。再见，弟弟。"

"你不换衣服吗？"见她走到玄关拿包，潮生才冷淡地出声，"淋雨淋得脑子都进水了？"

"江潮生，你怎么对女孩子说话呢？"王冬梅数落他。

黎晚微怔，反应过来之后竟脸红了，似瞋非瞋地睨了他一眼，放下包，进了王冬梅卧室。

门没有关严实，阳台的风吹过来，把门板吹得晃动，小幅度开开合合了几次，门板忽然砰地被吹开了。

潮生下意识地抬头，一眼看到黎晚裸露的背，他呼吸停了一秒，那一刻只能想起四个字——白玉无瑕。

黎晚也吓了一跳，捂着胸，微微转头看了他一眼："嗯……那个，你快把门关上。"她的声音怎么听怎么娇。

潮生觉得自己一定是魔怔了，他走过去拉门，第一下被风顶着没拉住，他又用了点力气才把门关上。

这房子是很多年的旧房了，门也是老门，要么插插销，要么锁上，不然关不住，所以后来潮生一直用手顶着，直到黎晚换好衣服。

黎晚离开之后，海生凑上前问："哥，姐姐有对象吗？"

网上流传着一句话，年下不叫姐，心思有点野。潮生没好气地说："你问这个干吗？"

海生说："这还不明显？我想追她呗。"

"滚一边去。"潮生不耐烦，"你先考试上岸再说吧，人家千金大小姐看得上你？"

海生一听就急了："什么意思啊！不带这么贬低人的。"

"总之，你别打她的主意。"

潮生不想和海生多说，进了屋，把门砰地关上了。

想到海生说的话，脑子里又浮现出黎晚刚才换衣服的身影，他开始心不在焉。多年的朋友，忽然扯上男女之间那点事，就变得哪儿哪儿都特别奇怪。

当晚他翻来覆去睡不着，后来看了部片儿，好不容易睡下了，结果刚睡不久就做了个梦。

该死，他梦到黎晚了，醒来之后感到一片黏腻，比第一次梦遗的感觉都强烈，毛头小子似的。那是他第一次把黎晚和性联系在一起。

第二天中午，雨还在下，灰蒙蒙的，笼着烟一样，风很大，雨疏风骤。

王冬梅在厨房里炸小鱼干，香味从门缝里钻出来。潮生起床泡了杯咖啡，趿着拖鞋，晃晃悠悠地走进厨房，接过王冬梅的锅铲，开始给鱼翻面。

王冬梅看了潮生一眼，也就不插手了。她走到餐桌旁，边盛米饭边说："黎晚和她那个对象怎么样了啊？"

潮生手一顿："你问人家干什么？"

王冬梅："没什么，我就是觉得那孩子挺好的，漂亮又大方。现在的小年轻都太社恐了，情商这么高的女孩少见，娶了这样的女人有福气。"

"您还知道'社恐'呢？"潮生笑。

王冬梅哼了一声，说："你以为我是老古董啊，现在人人都有手机，什么词学不会？"说着说着她又叹气，"说起这个，我想起来了，你这孩子从小就孤僻，你是不是就有点社恐啊？"

潮生关火，转身到柜台旁拿盘子。

"不然你怎么二十六，眼看二十七了，都还没找对象？"王冬梅又来了，"人家海生都谈过女朋友了，你呢？"

"又说我呢？"海生睡眼惺忪地从卧室出来，"我都单身多久了，陈芝麻烂谷子的事还提什么啊……"

“你就别操心我了。”潮生把鱼盛好，端了出来，“我……”他想起黎晚的脸，“船到桥头自然直。”

“话是这么说没错……”王冬梅又想说什么。

潮生一头钻进厨房，去刷锅，准备炒第二道菜。锅底噌噌冒火，掩盖了王冬梅的唠叨声，也掩盖了潮生心底深处的聒噪感。

吃完饭，潮生在厨房刷碗，王冬梅在客厅看电视。海生一会儿换一套衣服，走出来问大家好不好看。

王冬梅问：“你打扮得跟孔雀似的，要去哪儿啊？”

海生没卖关子，直接说：“我约了晚晚姐。”

潮生洗碗的手顿了顿，两手泡沫，他走出来问：“你约她干吗？”

“约她喝下午茶啊。”海生说，“哥，你和姐姐同窗这么多年，她都喜欢吃什么、喝什么、喜欢什么样的男孩……”

“儿子，你这是没打好主意啊？”王冬梅揉着腿问。

海生嘿嘿一笑：“窈窕淑女，君子好逑。”

潮生眉头越锁越紧：“她不会喜欢你的。”

“什么意思？又开始灭我威风？”

潮生不知道怎么解释，冷冷地转脸，回厨房继续刷碗。

…………

最后，海生还是出门了。

或许是觉得潮生总说他配不上黎晚，因此在见到黎晚之后，他还拍了几张黎晚坐在对面喝咖啡的照片。

潮生把那些照片点开，放大又缩小，看了好几遍，莫名其妙地心烦意乱。

这时候，他忽然接到了一个电话，是王绪打来的：“潮生，满月酒定在这周六，记得过来。”

忘了说，这三年王绪才是他们之中变化最大的一个。

和唐未之前一样，毕业之后，他接手家里的事业，属于临危受命，没时间从基层开始熬，刚进公司就开始打头阵、做领袖。

但和唐未不一样，王绪大学主修商业管理，行事更沉稳，加上婚事对他有所助益，王家的中上层员工也更团结，因此，不到一年，公司经营就回归正轨。

他在毕业之后半年就订婚了，但结婚是在去年——奉子成婚。

这三年王绪身上的肌肉少了，有了肚腩，脑门更亮，他渐渐向中年男子靠拢，不油腻，只是多了领导派头，举手投足间透着运筹帷幄的劲儿。

周六这天，潮生如约赶到王绪孩子的周岁宴上。不出所料，他和黎晚被分到一桌吃席，位置紧挨着。

潮生坐了好一会儿，黎晚才姗姗来迟。

潮生背对着门，不知道黎晚已悄然而至。直到黎晚把手拍在他肩上，捏了捏他，他才下意识地回头，见她言笑晏晏："江老师。"

她这天编着蓬松的左侧马尾，戴星星发夹，一只耳朵上只戴一枚很小的珍珠耳钉，穿湖绿色的碎花裙，踩帆布鞋，就像个十八九岁的学生。

潮生有一瞬间真怀疑自己是个老男人——被她喊老的。

"来了？"他压住心里的想法，淡淡地问。

"可算来了。"黎晚叹气，"大热天的，我和我爸妈去见了王绪妻子和孩子，到了酒店又先去和王绪父母打招呼了，笑得我脸都僵了。"

潮生眼底露出一抹笑："那你快坐下歇会儿。"

黎晚顿了顿，讥笑道："江潮生，你可真有礼貌，拿我当外人呢。"

"你可不就是外人？"潮生说。

"……你要是不会说话就闭嘴。"黎晚瞪他。

潮生心里憋笑，面上不动声色地把椅子拉出来让她坐："行了，别傻站着，快坐。"

黎晚哼了声，别扭地坐下来。

很快，王绪过来招呼客人，到他们这桌，和每个人都说了话。

潮生和他正常交流，不热络，也不冷淡，但是黎晚始终淡淡的。黎晚在国外一待就是那么久，很多感情淡了就再也深不起来。

王绪来过之后，黎晚的情绪就明显低落了很多。吃到一半，她忽然给潮生发消息："逃吗？"

手机在桌上嗡嗡响了两声。

潮生拿起手机解了锁，看到内容，他不动声色地瞥了眼黎晚。黎晚当时正在夹菜，没事人似的。

他想了想，放下手机，没回，而是忽然站起来，对大家说："不好意思，我这边有点事要处理，你们慢慢吃。"

随后他跟王绪打了个招呼就出门了。

他往停车场去，绕了几步路，找到了黎晚的车——黑色的奔驰G系列越野车。这么高的车，她一个女孩子开得倒是起劲。

大概过了二十分钟，黎晚才从电梯里出来。她看到倚在车门上的江潮生，边走近他，边用目光从他的眉毛流连到他的下巴上，再从下巴往上瞟到眼睛，最后定在眼睛上，直勾勾地盯着他，到一拳之隔的地方停下。

她默了默，忽然踮脚，搂住他的脖子，歪歪头，促狭一笑："像不像偷情啊？"

潮生在心里暗骂了一声。他僵着身子，淡淡地拧眉："下着雨，能去哪儿？"

黎晚想了想，说："喝酒去？"

"大白天喝酒？"

"大晚上也没见你和我喝过啊？"

"……"他就这样败给了她的牙尖嘴利。

黎晚开车到一家白天营业的酒吧。闹市里有一条窄得不能再窄的巷子，里面有一扇窄得不能再窄的门，走进去，到地下二楼，里面别有洞天。

这是一家以二十世纪香港电影为主题装修的酒吧，王家卫风格很浓。黎晚大概是常客，她还没坐下就喊："把我存的酒一样拿两三瓶过来。"

调酒小哥笑着说："好嘞。"

没一会儿，十几瓶啤酒被摆上桌，有莱福、白熊、1664……

潮生拧眉："你这几年过的都是什么日子？"

黎晚没明白："什么意思？"

"又是吸又是喝的。"

黎晚怔了怔，反应过来之后扑哧笑起来，笑得整个酒吧都回荡着她的笑声。

潮生语气冷淡："你够了。"

"我过的是什么日子？当然是快活的日子了。你身边有几个人能像我一样，今朝有酒今朝醉？"黎晚一口气打开四五瓶酒，咣当往桌上一放，"喝吧。"

潮生问："你能喝吗？"

"你管我能不能喝，反正我今天不醉不归。"

潮生又淡淡地蹙眉："先说好，没人送你回去。"

黎晚仰头咕咚咕咚地喝了好几口，默了默，恍然一笑："你怎么跟土老帽似的啊？谁喝醉了还要乖乖回家睡觉？"她忽然往前趴了趴，领口微敞，里面若隐若现，"喝醉了，我岂不是想干什么就干什么？反正醒了之后什么都能推到酒上。"

潮生一僵。他瞬间意识到黎晚心里打的是什么算盘。

"你要是这样的话，我就先走了。"他冷声说。

黎晚失笑："江潮生，你少来了，你既然和我单独出来，就说明你动摇了。承认吧，我开的条件太诱人，你很难拒绝。"

"……"潮生的目光沉得吓人，他好像是生气了。

黎晚笑笑，从对面坐到他身边，酒瓶砰的一声碰了碰他的酒瓶："喝吧，千错万错都是酒的错。"

潮生目光沉沉地看了黎晚几秒，她的裙子是开衩的，坐下来的时候，布料堆上去，能看到大腿根，白得像揉成团的白面一样。她双腿并拢，膝盖往里扣着，是一个又纯又诱人的姿势，和他夜里梦到的一样。

他握紧了酒瓶，又是几秒没动，然后才举起来，仰头喝了大半瓶。

黎晚见他这样，更是放开了喝。

于是，后来他们都醉了。

隔壁就是酒店，开房很容易。

他们也不知道怎么就进了酒店电梯，欲望战胜理智，一切都失控了。

出了电梯，正对着的门就是他们开的房间。潮生拖着黎晚走进房间。进门之后还没来得及插房卡，她叫了声“潮生”，忽然缠上，把手伸到他皮带上。

黑暗中一切都能被放大，呼吸声尤其重。

潮生握住她的手，眼里迸射火星：“你想好了，睡了就得结婚。”

黎晚软得像没了骨头，整个贴上他，手大胆地往下探：“江老师，擦枪可不就是为了走火？”

潮生顿了顿，猛然把她往门板上一推，让她背对着自己，他紧接着贴上去，一手把她的手摁在头顶，一手去撕她的衣服。

“喂，倒也不用这个姿势。”她喘着。

他停了停，呼吸从她耳后喷过来：“老子乐意。”

“……”

后来，屋里屋外都雨声淅沥。

两人纠缠到天边擦黑，潮生只穿着一条四角裤，靠在床边抽烟、看雨。

外面的车流声忽大忽小。

黎晚背对着他一动不动。但潮生知道，她没有睡着。

熄灭了一根烟，他喊她起来：“我们聊聊。”

黎晚静了好一会儿，才撑着床坐起来，发丝懒懒地垂下，柔若无骨，娇弱无力。她拥着被子，看着他：“你说。”

潮生看她一身凌乱，自己也没好到哪儿去，又改主意了：“去洗个澡，等会儿带你吃饭去。”

黎晚揶揄道：“还挺有仪式感。”她却还是下了床，进了浴室。

浴室传来水声，潮生拾起散落一地的衣服，然后一件件穿起来。

酒店的被褥、床单全都是白色的，他在提裤子的时候恍然看到地上有一个亮晶晶的东西，他拿起来一看，是一个坏掉的星星发夹。

他想起来——是他们拥吻到床边，脱衣服时发夹钩住了衣服，他太难自抑，就把发夹摘掉，扔在地上摔碎了。

他把发夹随意地丢在床上，又忽然看到一丝红，目光一凛，想到了什么，掀开被子一看——被单上是星星点点的血迹。

脑子里像忽然有人撞了闷钟一样，他忽然一蒙，坐到了床上。

黎晚一出浴室门就看到他怔怔地坐在床沿，而被子被人掀开了，鼓成一团，放在床侧，要掉未掉。

黎晚握了握拳，敛了眸，再抬眼时嗔道："江潮生，我真恨你！"

潮生转脸，见黎晚围着浴巾站在浴室门口，嘴巴噘得老高："我来大姨妈了！"她简直要哭，"我刚才一直说我疼，让你轻点，你是不是以为我在跟你调情？跟牲口一样，没碰过女人啊……"

潮生眼睫颤了颤，黎晚的话让他明白过来床上的血迹是怎么回事，但不知道为什么，他完全没有松了口气的感觉。

"没碰过女人，怎么着？"他没好气地说，然后站起来把没拉好的裤子拉链拉上。

黎晚哼了一声，去地上拿包，抽出一片卫生巾，又从床头柜上捡起内裤，再次蹿进浴室。

10

春夏

感觉你就像真的爱我一样

等黎晚收拾好一切已经是半小时之后了。

然后他们出门，到路对面吃川菜。辣子鸡丁、回锅藕、麻婆豆腐、毛血旺、红糖糍粑、冰粉……各式各样的碟子陆续上桌，把原本空空如也的桌子填得满满当当。

黎晚却迟迟不动筷子："你要和我聊什么？"

潮生给黎晚夹了片藕："先吃饭。"

黎晚顿了顿，拿起了筷子，在眼前的小碟子上磕了一下，把筷子弄齐，才夹起那片藕。

一顿饭，两人相顾无言。

吃得差不多的时候，潮生才说："如果你中途爱上别人，随时可以和我离婚。"

黎晚明显一顿，然后放下筷子，看着潮生："还有吗？"

"还有……"潮生沉吟，"你现在反悔还来得及。"

"这话应该我说吧？"黎晚笑，"你现在后悔还来得及。"

潮生摇摇头。

黎晚问他："为什么突然就想通了？"

潮生抬眼盯着她："你说得对，短时间内，你是最好的选择。"

不得不说，她把他拿捏得死死的。多年的朋友，她见证了他一段失败的暗恋，也目睹了他那段不能被称为初恋的初恋，她知道，如果不是因为爱，他不会踏入婚姻，耽误别人一生的幸福，还给自己徒留一地鸡毛。

“你放心，我不会和孙维维一样中途爱上你，让你负疚。”

黎晚深知潮生对爱敏感。尤其是孙维维那一段，原本最初只是一场交易，他们各怀鬼胎，并不相爱，可最后孙维维动心了，他就果断提出分手。他这样的人最害怕的不是被爱，而是还不起爱。

“我也是。你想怎么怀念李微印都是你的事，我不会过问。”潮生并不知道黎晚心里想的是什么，他只知道，他们现在是在交易，而交易是不能动感情的。她处处提醒他，他也得有所回应。

黎晚听潮生这么说，敛眸点了点头。

很长一段时间，两人都没说话，黎晚拿勺舀了两口米饭吃，忽然一笑：“话说，我怎么觉得你不实诚啊？”

潮生看向她，用眼神示意疑惑。

黎晚微微倾身，笑得讳莫如深：“确定不是因为我好睡才愿意结婚的？”

潮生感到呼吸瞬时凝滞。

黎晚的话语更暧昧了：“我好睡吗，江老师？”

“黎晚，”潮生淡淡地警告，“这儿不是在酒店。”

“你还想再回酒店？”黎晚问。

潮生秒回：“我没说。”

黎晚噙着笑：“你没说，但你想。”

“……”潮生说不过她，话堵在嗓子眼，上不来下不去，他干脆起身去结账。

酒店自然是不能再回的。潮生还记得黎晚来着月经。

出了餐馆，潮生到奶茶店给黎晚买了杯热饮。想到她下午喝了很多酒，他就没让她开车，而是打车把她送回家。

路上，黎晚和他商量：“我们什么时候告诉大家？”

“你说呢？”

“依我看，就说我们已经秘密恋爱半年了，我就是为你回国的，然后再恋爱几个月就结婚吧。我不喜欢订婚，咱们之间也没必要每一步都走完。”

潮生仔细想了想她的话，说：“嗯，听你的。”

黎晚听他这么说就笑：“你这话说的，让我感觉你就像真的爱我一样。”

“……”潮生嘴巴紧抿，目光沉沉，“我尊重你还不行？”

黎晚撇撇嘴，没说什么。

很快就到芳汀了。这会儿雨已经歇了，空气正好。

隔了老远，他们就看到前面黎晋东和陈柔手挽着手在路上散步。潮生原本不打算下车的，可看到长辈了，出于礼貌，他还是和黎晚一起下了车。

陈柔看到他们，急切地走过来，满脸堆笑，看了一眼黎晚，又紧紧地盯着潮生：“你们是不是有什么事瞒着我啊？”

潮生微愣，低头看黎晚。

黎晚恰好也抬头看他。

两个人对视一眼，黎晚先转头，问陈柔：“您都知道什么了？”

陈柔哼了一声，说：“我不知道，我什么都不知道，你们不告诉我，我能知道什么？”

恰好黎晋东也从后面慢慢悠悠地走过来了：“你们两个是什么时候的事？”

潮生和黎晚都是一怔。

陈柔和黎晋东等他们两个回话，等了半天都没动静，陈柔都要急死了：“哎呀，我今天在酒店看到你们两个人抱在一起了。”

话都说到这份儿上了……

黎晚硬着头皮，道：“妈，您都看见了？”

潮生倒是沉稳：“叔叔阿姨，抱歉，我和晚晚在一起了，这件事本来该早一点告诉你们的。”

黎晚说道：“我和李微印早分了……”

之后，潮生去黎家坐了一小时，按照和黎晚在路上商量的说法，跟黎晋东和陈柔交代了一下他们之间的事情。

后来，黎晚送他出门。

黎家院外这几年种满了花花树树，各种颜色的月季花含着雨露在风中摇曳，香气逼人，鲜艳欲滴。黎晚站在一丛月季旁，眉眼带媚："江老师，很会嘛，那一声声'晚晚'叫的，我差点忍不住给你竖大拇指。"

潮生懒散地笑笑："你以后别叫我'江老师'了。"

"喊，还没嫁给你，这就管上了？"黎晚撇嘴。

潮生皱眉，想起来什么，回她："你说这话也让我感觉你就像真的爱我一样。"

黎晚的笑容顿时凝固在脸上。不过一两秒，她就反应过来："我这个人喜欢开玩笑，你又不是不知道。"

潮生淡淡地嗯了一声，说："回见。"

黎晚说："回头我们彼此发下各自的生活习惯吧，你不就知道我海鲜过敏，还知道什么？你连我是熊猫血都不知道吧，以后别再露馅儿了……"

潮生想起那次放孔明灯的场景，嘴唇动了动，什么也没说，然后就真正和她告别了。

接下来的一周过得特别热闹，他们拍了一张合照，在朋友圈官宣。

几乎是同一瞬间，所有老同学都过来打听是怎么回事，这都怪黎晚人缘太好了。

王冬梅知道这件事之后，高兴得连假肢都要甩飞了，晚上问完潮生还不够，第二天一早又给黎晚打电话，说了一个多小时。

海生的反应更大，他想起之前自己傻呵呵地追黎晚就生气，半夜喝醉了去潮生家里砰砰地砸门，骂潮生不讲理，把他当猴耍……

潮生有点愧疚，但在海生面前，他永远是当家做主的做派。看着海生闹，他就冷冷地说："你再撒泼，我给你买的那套房子，你就别要了。"

海生听完更生气，气得一拳头把潮生打出了鼻血，后来还怒气冲冲地直接从家里搬出去住了，惹得王冬梅又打电话问潮生是怎么回事，总之，就是一顿闹。

黎晚知道之后乐得恨不得打滚，连连说："江潮生，我感觉我拿了小说女主剧本欤，哈哈哈，我们大美女就是得被这么对待……”

潮生：“……”

温澜的反应也很大。她周末请潮生和黎晚吃饭，没有下馆子，而是去她和唐未的家，她亲自下厨。

温澜和唐未早就同居了，两个人打算今年十月份结婚，证都领完了，只差个仪式而已。

温澜做了六菜一汤，其中锅包肉是黎晚亲自点的，她还记得少女时代的往事。

开始吃饭的时候，唐未还没有下班，温澜说不用等他，于是黎晚就真的没有客气，拿起筷子就夹了一块肉。

潮生看她这样，只好也动筷了。

温澜问：“你们俩到底是什么时候开始的？”她很是纳闷，“我发现你们越来越拿我当外人了，我知道你俩在一起之后，说实话，我没有很高兴，我很失落。”她甚至有点气他们瞒着她，没把她当朋友。

潮生无奈，连他都不知道他们早就在一起了，温澜又上哪儿知道去？他举杯：“我给你赔罪。”

温澜白他一眼：“赔罪也不能喝可乐啊。”

黎晚憋笑：“就是啊，江潮生，整瓶白的。”她又补充道，“55°那种。”

潮生：“……”

总之，女孩帮助女孩。

三人说说闹闹一阵之后，唐未回家了。

他已经是公司老板了，却还是喜欢穿时装——古驰经典款白T恤，衣摆塞进黑色牛仔裤，脚穿万斯黑白色的板鞋。

他带了小龙虾回来。温澜催他去洗手。他吊儿郎当地走到餐桌旁，看了眼做的是什么饭，又趁温澜不注意亲了她一口。温澜一怔，伸手要打他，却被他躲开了。

潮生看他们闹，莫名地心情很好，又想到和黎晚结婚以后的场景，不知道会不会这么幸福。

想到这个字眼，他怔了怔，不能用“幸福”，应该用“和谐”——

不知道能不能这么和谐。然后他悄然瞥了眼黎晚。

黎晚察觉到了，也看向他，见他脸上没什么笑意，目光深深，以为他是在为温澜和唐未之间的打情骂俏吃味。

想了想，她从果盘里抓了把荔枝递给他："给我剥。"

潮生怔怔的，心里莫名地滑过一阵暖意，这种被管着的感觉让他想起小时候王冬梅也是这么使唤江大卫的。他很快照做了。

唐未恰好洗完手回来："你俩可真幸福。"

温澜嗔他："某人好好学学。"

唐未眼角眉梢都淌着笑："行，我给你剥虾，你吃不吃？"

温澜笑了笑："这还差不多。"

于是接下来，潮生给黎晚剥荔枝，唐未给温澜剥虾。

温澜穿着米白色的棉麻布上衣，松松垮垮地绑着低马尾，不施粉黛。黎晚穿着玫瑰红的针织短袖，浓密的黑长直披散在肩后，只浅浅涂了层口红。她们一个清冷，一个热烈；一个像冰山雪莲，一个像风中玫瑰。浪荡而热烈的唐未选择呵护雪莲，清冷而淡漠的潮生却选择细嗅玫瑰。谁能不说这是命运的安排？

"你们到底是什么时候互相有意思的？快跟我讲讲。"唐未问出来。

黎晚嘴里还嚼着荔枝，想了想，说："说实话，什么时候有意思的真不清楚，就像你和温澜啊，之前不也是先隐隐约约有好感，就像挠痒痒似的……我俩也是先有好感，然后疫情期间他挺关心我的。有一次我发烧生病，他给我打了一夜电话没有挂，我就忽然之间心动了。"

潮生静静地听着，他觉得黎晚真适合写小说，这说谎话的能力不编故事可惜了。

黎晚又说："加上我们都多少年朋友了，别的，我不敢说，除了温澜，他是不是和我最好？"

"是是是。"温澜叹气，"尤其是上大学以后，我都被比下去了。"

唐未倒抽一口气，瞥她："怎么，你还吃醋？"

温澜脸一扬："我们是发小儿啊，怎么可能一点点感觉都没有？不过……"她对潮生笑笑，"以后黎晚嫁给你，我还是你关系最好的异性朋友。”

潮生只笑不语。

黎晚又说：“你们还听不听故事了？”

唐未又把一只虾放到温澜的小碟子里：“你倒是快说啊。”

黎晚哼了一声，说：“也没什么可说的，反正就是这么一来二去就好上了。潮生这个人心细，我大大咧咧的，很互补。”

“就像我和唐未，也互补。”温澜笑笑，举起了杯子。

大家又碰了一杯。老友相聚，不过三两杯淡酒，今朝有酒今朝醉。

后来他们离开时已经逼近凌晨，路旁的花树都浅浅地睡着。

黎晚和潮生开了辆共享电动车回家。路上小风温和地吹着，卷着花草香和淡淡的海风味。黎晚张开双臂，很是惬意：“以前上学你总这么带温澜回家。”

潮生想到那些场景，不由得笑笑。

黎晚又问：“这顿饭吃得不难受吧？”

潮生不明白：“什么意思？”

“看温澜和唐未恩恩爱爱，还要和我假装恩恩爱爱，挺难受吧？”

潮生顿了顿，想说“你想多了”，默了默，又换成：“还好。”

黎晚笑：“那就好。”然后她点了一根烟，任晚风无声地吹拂，烟雾在风中飘散。

梅雨季过后，潮生开始写他的第三本小说。一本书一写就是几十万字，就像经历了一次精神长征一样。都说万事开头难，一想到后面要开始“乌蒙磅礴走泥丸”，他就忍不住犯懒。

夏天都要过去了，他还没理清大纲。

黎晚看他浮躁，索性劝他：“写不出就不要写。”然后就使坏把他拉进卧室滚床单。

黎晚这个人，潮生有时候不知道该说她什么好，大多数时候都不正经，可她在勾引他的时候又勾引得一本正经。

他不知道她对李微印是不是也这样。

说起李微印，他在得知潮生和黎晚在一起之后还专门给潮生打了个电话，言语里满是祝福，却听得潮生很火大——李微印释怀得太快，对不起黎晚八年的青春。

总之，他最后阴阳怪气了一通才把电话挂了。

晚上，黎晚来找他，提起这件事，笑得腰都直不起来：“江潮生，人家祝你百年好合，你干吗祝人家子孙满堂啊？你告诉我，李微印怎么子孙满堂？”

李微印是不婚主义者。

潮生紧抿着唇，任由她笑。

黎晚自己笑很没意思，笑着笑着也就停下了，说他：“怎么对我就像块木头？”

潮生就说：“我那是跟你学的。”

“什么跟我学的？像块木头是跟我学的？”黎晚难以置信。

潮生冷哼：“我说我嘴欠是跟你学的。”

黎晚怔了怔：“你什么意思，怎么好事没我的份儿，坏事你就上赶着扣我头上？”

“别说骂你了，你要是听不清，我还能刻你碑上，让你下辈子都记得。”潮生悠悠地说出这句话，瞥着黎晚，似笑非笑。

黎晚瞬间了悟。

前两年唐未事业失败，欠了一屁股债，天天闷在酒吧里喝酒，还要和温澜分手。远在英国的黎晚气不过，打电话骂唐未，就是骂的这句话。

后来唐未又追回温澜。之前有一次聚餐，他忽然想起这件事，就当笑话说了出来。

黎晚叹气：“江潮生，你就会欺负人。”

潮生噙着笑，看她撇嘴，心情很好。

黎晚看他那样就觉得吃亏，想了想，跨坐到他的腿上，主动把吻送上来。

嘴巴不会说话，那就接吻吧。人家都说，不相爱的人只做爱不接吻，可他们从不忌讳这些。

有时候界限太明显，反而刻意，像在反复挑破愈合的伤疤，提醒自己痛苦似的。

后来做完，他们分别睡在床的两端。

她说："江潮生，我们什么都可以做，就是不要爱对方，好不好？"

潮生压住心里莫名其妙的烦躁，说："好。"

黎晚背对着他，怔了好一会儿，才笑道："嗯，这样就公平了。"

是啊，这样就公平了。

这种公平就像恋爱的时候"你不发消息找我，我就不找你"的较劲，也像婚姻里"你做饭，我就洗衣服"的平衡，但又不完全像。潮生知道，或许黎晚也知道，它们差远了。

决定在一起之后，他们就开始为结婚做准备了。

当然，唐未和温澜的好日子远在他们之前。

温澜十月结婚，挑十一小长假期间，天气好，日子也好。

唐未把婚礼定在一座庄园里举行，请了很贵的婚庆团队来做策划，从温澜的手捧花到酒桌上用的桌布都精致得不行，头一晚光烟花就放了半宿。

温澜只请了黎晚和她大学时对铺的女孩这两个伴娘，她说，人情不在多，在于真的有情。

为了配合她，唐未只请了两个伴郎。他玩得好的兄弟只有那么三四个，就只剩一个没结婚，他也不愿意请个关系一般的人，最后干脆把主意打到潮生身上。

唐未给潮生打电话的时候是这么说的："兄弟，反正你也放下了，当伴郎也没关系吧？"

潮生讽他："你少拿话噎我，不然我不干了。"

唐未就笑："好了，我开玩笑呢。都多少年了，大家都长大了，我还能总那么不懂事，揪着过去不放啊……"

唐未话说得漂亮，其实是他自己也放下芥蒂了。之前他堕落的时候，温澜不离不弃，而潮生也没有落井下石，他就再也没多想过。他知道温澜是个好女人，而潮生是个正人君子。

“再说了，你老婆当伴娘，你当伴郎，好事成双……”唐未笑得浑不论，“我到时候接亲，给黎晚多包点红包，怎么样？”

潮生笑骂他“有钱烧得”，最后答应了他。

婚礼总是烦琐而忙碌的。

婚礼前一晚的烟花宴，黎晚悄悄地跑来潮生这边，抓住他手心挠了挠：“好帅啊，江老师。”

潮生这天穿着一身白色的西装，他立如玉树，倜傥出尘，气质里自带不食人间烟火的清贵，很有距离感，让人不自觉地想仰望他。

“没事跑过来干吗？”潮生的语调没有起伏。

黎晚笑笑，问他：“我看唐未办得不错，咱们结婚，你打算怎么办？”

潮生看她穿着一袭星空灰的纱裙，漂漂亮亮的，反问她：“你打算结婚穿什么样子的婚纱？”

空中五颜六色的烟花砰砰绽放，黎晚的声音被烟花的声音盖过大半：“我希望穿优雅点的，就像公主穿的那种。”

“嗯？”

“还有啊，以前在国外，我总见人家在教堂举行婚礼，感觉特别庄重，我也想在教堂办。”

没想到风风火火的黎晚喜欢庄重肃穆的教堂，而素来端庄的温澜却喜欢摆满花束的浪漫庄园。

潮生微顿，淡淡地说：“我回答你的问题。”

“啊？”黎晚不明白他怎么忽然扯别的话题，更是一时没想起她问过他什么。

“在教堂办吧。”潮生这么说。

黎晚怔了一秒，垂垂首，轻轻笑了。

…………

烟花秀过后，大家都去唱歌，唱的都是些热闹、甜蜜的歌。

唱歌的时候，黎晚看到了海生，他还别扭着，离潮生很远。想了想，黎晚走过去邀请他唱歌。

海生立刻便不好意思了，推辞说不去。黎晚也敞亮，直接说："那我唱歌给你赔罪。"

黎晚唱了首特别诙谐的歌，是早年非主流代表神曲——《伤不起》。她又唱又跳的。

最后，海生尽管还别扭，却多多少少露出了笑意。

一群人一直嗨到大半夜……

第二天新娘是顶着黑眼圈化的妆。举行仪式之前，温澜还说自己困了，结果仪式开始之后，她却表现得落落大方，丝毫看不到疲态。

互换戒指之后，有读信环节。

温澜和唐未拿信纸的手都在颤，声音也在发颤。

温澜说："最初喜欢你的时候，我没想过你也会喜欢我。后来在一起，我也没想过我们能从校服走到婚纱。小时候我常问我妈什么是幸福啊，此时此刻我和我的初恋结婚了，我终于知道，原来这就是幸福。年少时的喜欢竟然是余生的欢喜，这就是我的幸福。"

她满是哽咽地读完信，台下紧接着掌声雷动。

曲芳被温和平抱在怀里，深深地看着女儿。唐未上前一步，紧紧拥住温澜，轻轻拍了拍她的后背。

温澜平复了几秒，唐未也开始讲话："温澜，我爱你，八十岁的时候依然爱。"

唐未是个满嘴情话的人，可他的情话大都带有撩骚意味，不怎么正经，说得人脸红。后来潮生回忆，觉得这大概是唐未这辈子说的最文绉绉的话。

而有些话，一辈子只说一次就够了。

唐未说完话，台下一片安静，唐未却迟迟不讲第二句话。

停顿了两秒，现场忽然响起两声突兀的掌声，是黎晚在带头鼓掌，接着所有人都开始鼓掌。

唐未就在这欢欣的掌声中俯身亲吻温澜。

潮生静静地看着他们，可很快又把视线移到黎晚身上，见黎晚在笑，眼里有祝福，他不确定里面是不是还有憧憬。

黎晚似是察觉到他的视线，就要转头望过来，潮生又忙把目光移开了。

仪式完成，就到扔捧花的时间了。

王冬梅在台下喊了好几声："温澜，你往黎晚那儿扔啊。"把黎晚逗得直笑。

温澜只有两个伴娘，这两个人和她的关系都很好，她自然是不能直接把捧花给其中一个人的，这不讲究，更不合适。

她让温澜和她舍友一起站在指定的区域，自己背过身扔花，扔到谁算谁："三、二、一……"

"哇！"倒计时后，人群中爆发出一阵欢呼声。

温澜转过脸，看到舍友接到了捧花，而黎晚笑着恭喜对方。

潮生看得出来，黎晚笑里带着勉强。

刚才抢花的经过，他看得一清二楚。

黎晚表面上不在意，还和台下的人说笑，可倒计时一念出来，她就攥紧了自己的衣角，笑容未变，可眼神里多出了许多期待，还有隐隐约约的紧张。花抛过来的时候，她跳起来去够，结果手往右打，没握住，倒把花打进别人怀里了。

婚礼结束之后，潮生送黎晚回家。黎晚开车，他坐副驾位抽烟。

走到半道，黎晚忽然说："潮生，我们会不会不幸福啊？"

潮生问她："不就是没抢到捧花吗，迷信什么？"

黎晚有一搭没一搭地用食指敲打方向盘，浑身上下都透着烦躁，自言自语："也是，不幸福又怎么样啊？爱人之间才谈幸福。"

听到她这话，他没来由地一阵烦躁，或许他也迷信，只是他不肯承认罢了："你说得对，幸福对我们并不重要，安稳就好了。"

潮生这么说，黎晚就忽然没动静了，食指也不敲方向盘了。

"我知道，咱俩是合租舍友嘛。"她笑，笑里有讥讽，"但舍友闹矛盾的多了，以前我们宿舍多少人面和心不和啊，四年过得没一天舒坦的，我这不是提前为咱们的合租生活担忧一下吗？”

“你反悔了？”

黎晚握方向盘的指尖泛白：“我可没说。”

“反悔也晚了。”潮生冷冷地说，“之前让你反悔的时候你没动静，现在晚了。”

黎晚头一次被他葶得哑口无言。

潮生看黎晚语噎，心里既好受又难受。他不知道自己是怎么了，一想到她有要反悔的意思，他就觉得喘不上气。

招惹他的是她，把一个个条件摆出来诱惑他的是她，还极尽勾引地把他睡了……她想白睡？他不答应。他生气了。

但一定不是为她生气的吧，黎晚想。今天温澜结婚，用屁股想想也知道他心情不可能好，唉，她干吗惹他呢？黎晚干脆闭嘴，等他消气。

…………

后半程两人相顾无言。到了芳汀门口，潮生下车，黎晚没下来送他，跟他摆摆手就走了。

他径自一人往地铁站走，胸前还别着温澜的婚礼用花。

路过之前买过郁金香的花店，他想了想，走了进去。

老板娘记得他，这次没给他推荐玫瑰，而是说：“我们店里刚进了一批荷花，那叫一个漂亮。”

潮生淡淡地把店里的花都扫视了一遍，最后停在玫瑰区域，看着一桶桶颜色不一的玫瑰花，他道：“给我扎一束玫瑰吧。”说这句话的时候，他看到了花桶最里面的蝴蝶夫人。

这种花属玫瑰精品，黄调带红边，花姿坚韧，寓意幸福。

寓意幸福……

他问老板娘：“蝴蝶夫人还有多少？”

“你想要多少？”

潮生想了想，说：“八十八朵吧。”

“有的有的。”老板娘笑，“今天刚进的花，欣赏这种花的人少，卖得不多，都剩着呢。”

潮生一笑："包好之后，我给你一个地址，你等会儿帮我送过去吧。"

"好，那您看用什么纸包……"

走出花店，已经快赶不上地铁了，潮生打车回家。

他一路上看了好几次手机，除了杂七杂八的消息，没有别的，他全部设置成"消息免打扰"，又把大部分软件的通知功能关闭了。

回到家之后，他去洗澡，手机就放在洗手台上，屏幕一直没亮。

等他吹完头发再拿手机看，却见朋友圈那栏有熟悉的头像。他点进去，看到黎晚发了条朋友圈。

她拍了那束蝴蝶夫人，配字："结婚用这个当手捧花怎么样？"

潮生想了想，给她回了一句："当然好。"

他想了想，又删掉了，最后点了个赞。

潮生和黎晚的婚礼定在来年的春天。

黎晚说，她不喜欢冬天给人的感觉，太孤独了。而"春天"这两个字一听就觉得温暖，哪怕孤独也是温暖的孤独。

四月份是春天最好的时候，也是潮生的生日月，家里找人算了八字，四月十八号就是个适合嫁娶的好日子。

黎晚说想要教堂婚礼，潮生也说过给她一场教堂婚礼。可是去选场地的时候，潮生才发现在教堂结婚需要多么虔诚。

他很想问黎晚，知不知道这种仪式是需要上帝见证的，那一句"我愿意"犹如向神承诺。可他看到黎晚对她梦想中的婚礼如此在意，就把想说的话咽下了。女孩子连过家家都玩得极其认真，何况一场婚礼，哪怕是假婚礼。

潮生尽可能满足黎晚的一切要求。

婚礼当天，他们坐婚车去教堂，黎晚忽然对潮生说："其实我也不想这么麻烦，但是我妈对我的婚礼很期待。"

潮生问为什么，黎晚才解释："我妈和我爸当年没有办婚礼，他们结婚的时候没有一个人同意。后来，我妈跟我爸私奔了，刚开始过了三年没名没分的日子，后来才慢慢好起来。”

潮生默了默，才说：“那幸好我们没有将就。”

黎晚有一瞬间失神，他们在一起就已经是最大的将就，还有什么其他的好将就？想到这儿，黎晚笑了笑。

这天来了很多重要的亲朋好友，黎晚一个伴娘也没请，潮生也没请伴郎。

黎晚由黎晋东挽着手，在维瓦尔第的《四季·春》中入场。

黎晚一直都很喜欢这首曲子，她说这简直就是古典音乐里的摇滚，带着春天的诗意与活泼，正巧与这个时节相配，也给人希望。

她穿着一袭缎面的婚纱，裙摆又大又长，配饰戴珍珠，复古又端庄，头发被陈柔亲手盘起，梳的是娴静的盘发，恍然让人想起一首老歌的歌词——“谁把你的长发盘起，谁给你做的嫁衣”。至于手里的捧花，当然是一早就定好的蝴蝶夫人，一共十一朵，每一朵都是她选的。

在场的人都洋溢着笑脸，她最爱的人都在这里，都在看着她。

这一切好像都是黎晚喜欢的，从物到人。无论如何，只凭这一点，她很感谢潮生。

后来，随着音乐停止，黎晋东含着热泪，把黎晚的手交到潮生手里。看潮生牵住黎晚，黎晋东没忍住，伸手把两个孩子的手握住，拍了拍，轻轻叮嘱：“要好好的。”

黎晚深呼了一口气，笑说：“嗯。”

潮生也动容，说：“好。”

接下来，黎晋东退场，牧师主持婚礼，新娘新郎站在教堂中央十字架下，庄重地互相宣誓，交换戒指。

说那一句“我愿意”时，他们都没迟疑，就像一个契约终于盖上印章。

礼成之后，大家走出教堂，亲朋好友站在阶梯两端，对准他们撒下祝福的花瓣。

海生站在最末尾，等他们走过的时候，又别扭又真诚地说：“哥，尽管你是我哥，可要是对晚……对她不好，我也会收拾你的。”

潮生听完笑了，黎晚也是，于是海生也笑了，他掏出一大把玫瑰花瓣朝他们撒过去。

黎晚没抛捧花。她说，她很自私，上次没有接到温澜的花，所以这次她要自己弥补自己。

除了抛捧花，结婚该有的程序都有，一项不落。

后来，送走所有客人，在被古人称为洞房花烛夜的时间，黎晚脱去十厘米的高跟鞋，瘫倒在铺着喜被的床上。

她很累，但又很感动。她对潮生说：“谢谢你圆了我一个梦。”

那会儿潮生恰好刷到李微印的微博，看到他发了一张自拍，很广角的角度，后面有一座哥特式的教堂……潮生想到了什么，又点进他的头像去翻看相册——半年可见的相册里，一半的图片都是教堂。

潮生明白过来黎晚说的圆梦是什么意思。

然后他放下手机，走到床边，开始解腰带。当腰带金属扣的声音响起时，他对她一笑：“不用谢，你不是说过吗，我们什么都可以做，就是不要爱对方？所以，除了爱，我什么都可以给你。”

黎晚怔了怔，才看着他的动作笑起来：“除了你的爱我不敢要，其他的，我什么都敢要。”

他们俩你一句我一句，像极了迷失在爱里的男女在暗中较劲。

可是，怎么会有爱呢？

这一刻，潮生和黎晚同时想到，不会有爱。

所以，婚礼只是个过场而已。

潮生已经把皮带解下，把衬衫从裤腰里抽出来。他解开了几颗扣子，走到床边，一只膝盖跪在床沿她两腿中间的位置，居高临下地问：“先洞房还是先洗澡？”

黎晚想了想，伸手扯住潮生的衣摆，往手心里卷了一下，往前一拽，他顿时倾身，而她就在此刻迎上去，拥住他的脖子，双腿锁住他的腰，悠悠地呵气：“边洗澡边入洞房。”

潮生微愣，随即笑笑，把她抱起来，进了浴室。

…………

和黎晚在一起生活永远不会无聊，因为她是个既有趣又有情趣的女人。

所以，即使要说谎话，潮生也只会说，她在精神和身体上都给了他慰藉。而实话是很大很大的慰藉。

她会在雨天听肖邦的曲子，晴天时种花，阴天时把窗帘拉上，看一整天的电影。

她喜欢看结局不好的爱情片，每次看都会流泪。他不会哄她，但会一直给她递纸巾。

她闲着的时候，一道食谱能研究一整天，做出来却很难吃。潮生不给面子，每次都如实告知，害黎晚气得嘴噘得老高，最后还要潮生再做一遍给她看。

她的工作经常需要进行头脑风暴，忙的时候会因为出一期妆造视频而整宿不睡。这一点和潮生写作有些相同，他灵感来了，一写就是一夜。邻居还问过："你们家怎么经常半夜不关灯……"

她喜欢花，养成了种花、买花的爱好，大部分男人第一次收到花是在坟墓，而她经常给他订花。这是一笔和"过日子"无关的支出。

王冬梅每每过来，见家里的花瓶里总是插着各种鲜花，贵的一枝六七十甚至上百元，免不了要数落黎晚。

黎晚通常笑笑，不回应，却总在王冬梅走后问潮生："我买花，你生气吗？"

潮生哪会生气，他虽然是那种"早当家"的孩子，但并不是个"会过日子"的人。他原本就喜欢过这种"不接地气"的日子。可他还是会像婚姻生活里的大多数丈夫那样，打马虎眼说："我怎么敢生你的气？！"

黎晚听他这么说，就拧他："你不知道我的意思。

"你生在春天，我生在夏天，以后我们的生活里只有春夏，没有秋冬。

"春夏怎么少得了花呢？"

潮生只觉得头上飞过几百米省略号。她怎么总说一些不着调但又怎么听怎么有道理的话？

后来，潮生闲着没事，就会给黎晚那些花浇浇水、施施肥。再后来，他嫌黎晚有些花种不活，就干脆亲自动手种花，什么矢车菊、飘香藤、月季、玫瑰……

他在阳台上手忙脚乱，她从来不说帮帮他，转眼又喜欢上画画了，刚开始画油画，后来觉得油画总是弄得哪儿哪儿都是颜料，就干脆改用油画棒。

本来买油画棒是图干净，结果她买来第一天就在阳台窗户上画了一朵花。

潮生说："你不要乱画。"

黎晚反驳："你懂什么？你知道这是什么花吗？"

潮生戗她："我不管是什么花，阳台上已经长着一堆花了，窗户上就别再生花了吧。"

"这是《小王子》里的那朵玫瑰。"她强调。

潮生只觉得她是浪漫过了头，神经兮兮的，但是又忍不住顺着她的话说："你说这是小王子的玫瑰，是吧？"

"嗯。"黎晚理不直气也壮。

潮生俯身拿了根青色的油画棒，在玫瑰花上画了几笔。"虫子把你的花咬得毁容了。"他把油画棒扔给她，抬脚就走。

几秒后，他的手刚摸上书房的门把手，就听黎晚在身后吼："江潮生，你个狗男人，狠心的狗男人！"

潮生憋着笑进了书房。等一个小时后他出来接水，只见那扇窗户上他画的青虫被抹去了，外面套了个白色的罩子。

黎晚在画板后面歪着头冲他笑："不好意思，江老师，这个是无敌金刚罩，只有我能打开。"

潮生无语至极，干脆不理她。

本来以为她在和他置气，可他这边刚接完水，她就缠上来，钩住他的脖子乱蹭。

最难消受美人恩。

潮生过的这是什么日子？是蒲松龄笔下的书生过的日子。

后来七月份，古乘带对象到他们家里串门，他看到玻璃上的花，就问是谁画的。

黎晚一本正经地说是潮生画的。

古乘对象就对潮生说：“潮生真浪漫，送给黎晚一朵永不凋谢的玫瑰。”

当时潮生心里一阵无语。

后来温澜到家里来玩，也问那朵花是谁画的。

黎晚这次改口了，承认是自己画的。

当时大家正在吃饭，温澜一听就把筷子放下了，别有深意地说：“看来潮生真的很宠你。他这个人有强迫症，家里墙上连一张海报都没有，桌上一张便利贴都不贴。你注意过没有，他家里甚至连冰箱贴都没有，以前他甚至连春联都不愿意贴？”

黎晚完全不知道这件事，她“啊”了一声，问：“为什么呀？”

温澜说：“他说那些东西像补丁。”

黎晚：“什么？”

“墙上、桌上东一块西一块的，像补丁一样。”温澜特别真诚地一笑，“你看你，把他的强迫症都治好了，看来某人真是陷进去了。”

黎晚一脸蒙，看向潮生。

潮生觉得脸热，板起脸一本正经地说：“吃你们的饭吧。”

黎晚和温澜互看了一眼，吐了吐舌头，纷纷把脸埋进碗里。

后来唐未来把温澜接走了，黎晚和潮生送完他们，一起坐电梯上楼。看潮生一直没露过笑脸，黎晚难免多想，想问他“是不是听温澜这么毫不介意地开我们俩玩笑，你心里难受啊”，又怕这么一说，潮生会回她一些杀人不见血的话，也就没说什么。

就在这时潮生悠悠地瞥她一眼，问：“又乱想什么呢？”

黎晚下意识地说“没有啊”，却又因为回答得太快而显得心虚。

潮生看她那样子，不由得笑笑，伸手捏了捏她脸颊的肉。

电梯叮地响了一声。他意识到这举动太亲密，又不动声色地把手收回去了，率先出了电梯。

11

爱她

他的爱情是一座无人问津的花园

正值盛年的男女同居，有着合法的婚姻关系，做许多事都有了合理的借口。他们又是一起长大的志趣相投的朋友，省去了彼此磨合的步骤。尽管提防着不与彼此亲近，可是，两人在朝夕相处中难免有些亲昵不自知地流露出来。

有些口头上的约定并不是那么容易遵守的。而有时候恰恰是因为有禁忌，才让人抓心挠肺，每每试探雷池。这个道理，潮生在婚礼四个月之后才恍然大悟。

结婚满四个月的时候正好是黎晚的生日。她生在八月十八号，盛夏时分，骄阳似火。

这天她打算早晨在王冬梅那儿吃早饭，中午再去父母家吃午饭，晚上就和潮生一起到海边的帐篷酒吧过。早晨，王冬梅给她下了长寿面。中午，陈柔又给她做了一碗长寿面。

碳水摄入太多，傍晚和潮生去拿蛋糕的时候，她抱怨好久，嫌尺寸选大了。

潮生宽慰她说："生日蛋糕本来就是用来浪费的。"

她说："不行，浪费可耻。"

潮生又说："那你吃剩下的我吃，总行了吧？"

她才开心起来。

他们步行去酒吧。路上有歌手在卖唱，唱的是《高米店南》："冷暖我不念你，江河知道你。"

黎晚觉得好听，问潮生有没有钱。

潮生就说："人家那儿有二维码呢。"

黎晚一看，忽然开始惆怅，她说了两句很有意思的话，后来潮生一直记得。她说："卖唱搞得像商演，少了很多人情味，你不觉得丢钱更好吗？六便士和月亮一下子就都有了。"

潮生看着她。不得不说，那一刻的她很迷人。特立独行总是令人着迷的。

前面有鱼贩推着三轮车卖各种颜色的鱼和水母。

黎晚很快忘记民谣歌手的事，被鱼贩吸引住："好漂亮啊，你看那些水母，就像一束束烟花一样，在水里绽开了。"

潮生嘁了一声，笑说："搞那么多形容词，你想要就买。"

黎晚撇撇嘴，看他："唐未送温澜的第一份生日礼物就是水母。"

潮生一怔，这才想起这件事，然后他蹙起眉："怎么，他能买我不能买？"

黎晚看了他两秒："哎呀，我就随口一说，你不喜欢我就不说了……"

潮生不理她，而是指着一条鱼问老板怎么卖。

后来他还真就给她买了一条鱼，讽她说："买回家炖了，让你吃了过敏，吓死你。"

"你……"黎晚话堵在肚子里没说出来。

潮生看她那样，忍不住扬起嘴角笑起来，当然，是在背过她的时候。

黎晚真是很烦他这一点——好起来真好，坏起来真坏。

他们买完鱼不紧不慢地往前走，谁知在离帐篷酒吧不远处的海鲜面馆遇见了温澜。

她自己一个人到这边吃东西，看样子是吃完了，正准备走，于是迎头就和他们撞上了。

温澜往这边走过来，恰好路边有一辆小货车在卸货，师傅把箱子都堆在地上，摞得有一个人高，她从箱子和栅栏之间的缝隙走过来。

黎晚和她有一周没见了，两个人一碰面就抱在了一起。

后面搬货师傅又把一个箱子搬出来，刚摞上去，箱子没放稳，眼看就要斜着砸过来。

潮生站在两个女人身后，眼看两个人都要被砸，他把手上的东西一扔，从后面抱住黎晚的腰，转了个圈，把她稳稳地放在身后。

等他再回头，却见温澜已经被箱子砸倒在地。

这些货都是饮料，如果玻璃瓶碎了，是会出人命的。潮生想到这一点，便急切地走上前，把货搬开，检查了一下，确认没有碎玻璃瓶，就想把温澜扶起来。

温澜却连连摆手："我没事我没事，但是脚疼，站不起来。"

潮生冷着脸看了看她的脚，知道或许是扭伤了，就说："我先把你抱起来。"

"到面馆先坐一下，我们这儿有药箱……"闻声过来看情况的老板说，"如果严重就去医院……"

潮生二话不说就把温澜抱进了面馆。搬货师傅和闻声过来帮忙的老板、看热闹的客人们也就都散了。

黎晚站在一旁，看大家着急，又看大家散去，她该上前关心温澜的，但不知道为什么，看到潮生这么紧张温澜，她就觉得自己不该上前横插一道。

刚才如果不是因为她离他比较近，可能他救的就是温澜吧。黎晚笑笑，偏偏头，看见蛋糕碎了，奶油糊在透明包装盒上。鱼袋破了，水悉数洒在地上，水渍漫延一片，鱼左右翻了几下身，终是放弃挣扎，鼓着鳃在地上大口喘气。

她叹了口气，把鱼捡起来，又把蛋糕拎起来。她刚直起腰，潮生就出来了——抱着温澜出来的。

"黎晚，温澜肚子疼，我得先送她去医院。"潮生表情凝重，隔着老远喊她，"你先去酒吧坐会儿，我等一下去找你。"

黎晚看温澜脸色惨白，哪还有心情过生日："我陪你过去吧。"

潮生想了想，说："那一起上车吧。"

…………

后来到了医院，温澜去彩超室做检查，潮生在门口踱步，而黎晚则拿着东西站在他不远处等着。

没一会儿，医生出来，喊了声："谁是病人家属？"

一旁等着的老板指着潮生，抢话说："他是。"

医生看了眼潮生，冷声说："你是她丈夫是吧？进来吧。"说完也不等潮生回答就进屋了。

潮生顿了顿，转脸看了眼黎晚。黎晚少有地安静，冲他一笑。他这才走进去。

不过五分钟，潮生便独自走出来了。他远远地看到黎晚还像刚才那样站着，便走过去，把鱼和蛋糕都接过来。

"鱼死了？"他问。

黎晚说："嗯，一点点在我手里死掉的。"

潮生抿抿唇，下颌线紧绷着，安慰她："我再给你买，买一大缸。"他又说，"蛋糕也做新的。"

黎晚怔了怔，倦倦地笑了："你还没说温澜怎么样了。"

"她怀孕了。"潮生这么说的时候，脸上没什么表情。

"医生还以为我是她丈夫，把我骂了一顿，说还好就只是动了胎气，没什么大事。"

黎晚很吃惊，又高兴又吃惊，但更多的还是担心："没什么大事，她为什么还在里面？"

潮生笑道："医生说她刚摔过，现在不能下地，等会儿坐轮椅出来。"

黎晚点了点头，这才放心一点。

唐未和温澜都不知道怀孕这件事，又是高兴又是自责。尤其是唐未，看他的脸色，是又开心又担心，都不知道怎么面对这件事。

之后，唐未和温澜的父母都赶到医院，一大家人围着温澜嘘寒问暖，又把唐未骂了一通。

潮生和黎晚是外人，看他们一家人到齐了，也就告辞了。追究搬货师傅的责任，还有后续检查的事，自然是唐未他们忙活，他们两口子也不必担心。

两人出医院时已经是晚上八点钟。

潮生手里还拎着摔坏的蛋糕和那条死鱼。

黎晚笑说："都扔了吧。"

潮生点了点头。这是她的东西，她不说扔，他就一直给她拿着。

后来丢完东西，潮生在路边打了一辆车。上车之后，他说了帐篷酒吧的地址，却被黎晚打断了："回家吧。"她说她累了。

回到家之后，她去洗澡。潮生想了想，出了一趟门。

还不到九点，路边的蛋糕店都没关门，他买了一个店家统一做完售卖的蛋糕，又去花店买了一束花。蛋糕和鲜花虽然是生日必备品，却有些没创意，但有总比没有强。

潮生进家的时候，黎晚正坐在餐桌前吃冰箱里的剩饭。

他把花和蛋糕放到桌上的时候，她愣了愣，问他："这么晚了干吗还去买啊？"

"你过生日。"他说。

黎晚敛眸："我看你就是想让我长胖。"

潮生说："嗯，我就是这么想的。"

黎晚吃了一惊，抬眸："喂……"

潮生若有似无地笑笑："好了，生日快乐，寿星就别生气了。"他这话语气实在是宠溺。

黎晚一怔，随即安静下来，竟有点不自在。

黎晚安静了，潮生很满意，然后他把蛋糕拆开，去插蜡烛、找打火机……

黎晚看着他忙活。后来见他关了灯，她便像模像样地双手合十，许了个很长的愿望。

再后来就是吹蜡烛吃蛋糕。就在黎晚小口吃蛋糕的时候，潮生把给她准备的生日礼物拿了出来。

认识这么多年，她每年生日，他都会送给她书，送到后来，他已经不知道送什么了。

十八岁的时候，他曾送给她一本《简·爱》，后来又从《海子的诗》

《挪威的森林》送到《呼啸山庄》《项塔兰》。去年，她二十六岁，他送给她《房思琪的初恋乐园》，书是好书……可当生日礼物实在是明摆着让人流泪的。

今年他终于不送她书了。他送了她一只月亮发夹，不是什么名贵物品，却是他去银器店里自己学着一锤子一锤子打出来的。

月亮正面有他自己画的花纹，形状是一道波浪纹，而波浪起伏的弧度连起来看是她名字的首字母。这花纹也是他一点点錾刻出来的。

他之前弄坏了她的发夹，就在他们初夜那次。

“我记得你说过一句话，”潮生回忆道，“你说——月亮虽然只有一个，国内和国外的月光却是不同的。”

黎晚摩挲着发夹上的花纹，脸上漾起了浅浅的笑，语气却不饶人：“还以为你只会送书。”

潮生一怔，想了想，说：“如果你想看书，到我书房找不就行了？”

“嘁，说你一句，你有十句等着我。”

潮生：“……”

黎晚把发夹紧紧握进手里，沉默了一下，她走向他，踮踮脚，吻了吻他嘴角，噙着笑问他：“星星发夹为什么坏？”

潮生微微垂眸，一脸禁欲的表情：“你知道。”

“嗯……我知道。”黎晚沉吟一声，笑，“因为你坏，发夹才会坏。”

潮生被她这话撩得顿时小腹蹿火。

黎晚洞悉一切，接着揽上他。

…………

翻滚在情欲浪潮之间，潮生只觉得自己就像在溺水。初初缺氧时不自知，待他发觉，却是心甘情愿地溺亡。

有情之人涉足情事，就如大梦一场。

他不是庄周，不迷蝴蝶，却春心妄动，不愿醒来。

激烈过后，黎晚去冲澡。

潮生则在卧室的阳台上抽烟，湿热的晚风吹着头发，屋里的淋浴声忽大忽小。

他很乱。现在有一个难题摆在眼前，他狠狠地吸了口烟，嘴角的橙花热烈起来。

一阵手机铃声划破寂静。他拉开阳台门，进屋，从手机壳判断出来是黎晚的手机在响。

他拿起手机，看清屏幕上的来电显示，眸光一暗。是李微印。她给李微印的备注是“小印子”，多逗趣儿、多亲切的称呼。

他摁了音量键，把铃声静音，看了一眼浴室门，又接着走到阳台上抽烟。

他回想起今天发生的一切——当货物掉下来的那一刻，他明明离温澜和黎晚一样近，他知道箱子里的货是啤酒和瓶装汽水等饮品，如果玻璃瓶碎了，是会出人命的，但是在性命攸关的那一刻，他下意识救的人是黎晚。他最不想失去的人是黎晚。

想到这儿，他抽烟更猛，双颊深深地凹陷下去。

他不得不面对一个事实，现在有个巨大的难题摆在他眼前——他好像爱上黎晚了。而他们之间结婚的契约最重要的前提就是——不相爱。

黎晚这时从浴室出来，恰好她手机又响了，她擦着头发到桌前拿手机。看到来电显示，她一笑，很快又下意识地瞥了眼阳台上的他，而后拿着手机又进浴室了。

估计是李微印打来的吧。他猛然发现，比他爱她更大的难题是——她并不爱他。

两道题均是无解。

黎晚生日过后的第二天，一大早王冬梅就打电话过来，让潮生和黎晚开车带她去医院看温澜。

他们到王冬梅那儿吃了早饭，之后又去小区外买了一堆东西，才驱车去医院。

三人到医院的时候，正好曲芳在楼下送搬货师傅和餐厅老板，他们自知害孕妇摔倒很有可能会惹上官司，所以又是买东西又是赔钱。

但唐未没收东西也没收钱，如果温澜顺顺利利生产，那这件事就不叫事，可如果有什么意外，总不能让对方开脱说已经赔钱送礼私了完事了。大家都是成年人了，不能糊涂地过日子。

黎晚说唐未现在越来越像样了，潮生笑笑，不置可否。

病房里只有唐未和唐未妈守着，见乌泱泱来了一群人，温澜想下地说话，被王冬梅赶忙摁回去了。

温澜笑："没那么娇贵，其实可以出院休养的。"

"唐未不放心，说是头一胎，怀孕还不到两个月就贸然摔了一跤，非让她在医院住两天不可。"曲芳说起唐未，那是一千一万个满意。

王冬梅也很会往人心坎里搭话，拍拍温澜的手，说："瞧瞧，你们小两口多恩爱，要我说，多生几个，反正你们也养得起。"

"您这话可说到我心里了。"唐未笑，"我想要四个孩子，两个儿子两个女儿。"

温澜嗔怪："要生你自己生。"

唐未挠头："不过最主要还是看你，你要是不想生，我丁克也行。"

"……"

他们太幸福了，幸福得令潮生和黎晚这对假夫妻心里五味杂陈。

这时也不知道是谁挑起话锋的，聊着聊着曲芳问黎晚："晚晚呀，温澜都有好消息了，你打算什么时候要孩子啊？"

黎晚微张着嘴，语噎了几秒，而后求救似的看了看潮生。

潮生不动声色地站在黎晚前面，一本正经地说："我们还不急。"

"都二十八了，虚岁都能算三十了，还不急？"王冬梅哼了一声，"你不急，我急。"

黎晚和温澜关系好，以前也常到温澜家里玩，家里的长辈也是看着她长大的，都是真心疼爱她，所以说话也不绕弯子，都是有什么说什么。

"对啊，潮生，趁年轻好生，等过了三十再生孩子，生完调养几年，眼看就三十五了，就不那么好生了。"曲芳也顺着王冬梅的话说。

温澜出来打圆场："人家才刚结婚没有半年呢，你们就别催了，让人家过一段时间二人生活嘛。"

潮生看了眼黎晚，想了想也说："现在并不是养儿防老的年代了，我们对自己的生活有规划，你们就别操心了。"

王冬梅又想说什么，潮生先一步说："温澜，你吃水果吗？我和黎晚去给你洗点。"说着也没等温澜答应，他就提起一袋青提，拉着黎晚出门了。

身后王冬梅又是宠又是怨地说："洗什么水果用得着两个人去，不就是躲嘛……"后面的话随着关门的动作被阻隔。

出了病房门，潮生放开了黎晚的手，淡声说："我们考虑了那么多事情，就是没把生育考虑进来。"

黎晚顿了顿，咧嘴一笑："你是怎么想的？"

"孩子得你来生，只有你愿意生才可以，我没有权利替你做决定。"潮生转身往水龙头那儿走，尝试用很自然的语气问黎晚，"你想要孩子吗？"

黎晚反问他："你愿意和不爱的人生孩子吗？"比如和她。

潮生背一僵。

他把她这句话理解成反问句了，这问句是个正常人都会回答"不愿意"，而他如果回答"不愿意"，她绝对会讽笑地回他一句"就是啊，那你还问我"。是啊，哪个女人愿意冒着生命危险和不爱的人生孩子？

"好了，别说这件事了，我们才刚结婚，多过几天清静日子吧。"他干脆没回答她那个问题。

黎晚步子顿了顿，她见他逃避，心里更笃定他不想要孩子。再抬脚，她步履轻快，抢过潮生手里的袋子，问："怎么不拿樱桃？我想吃一点樱桃呢……"

潮生看她闹，目光沉了沉，没说什么。

后来从医院出来，王冬梅说家里的房子老是掉墙皮，潮生就说"找人修修房子，这几天先去我那儿住几天"，王冬梅二话没说就答应了。

黎晚看王冬梅那样，就觉得大事不妙。

他们回到家之后正好该吃中午饭了。潮生洗洗手，到厨房做饭。黎晚手艺差，几乎从不下厨，可见婆婆来了，只好装装样子，去帮潮生打下手。

厨房隔墙是透明玻璃，里面的一切都看得清清楚楚。

黎晚简直就是给潮生帮倒忙的，先不说干活，她穿的就不是下厨的衣服，超短裙就不说了，光是露脐露肩还没有抹布大的上衣，王冬梅来的路上就不知道瞥了她多少眼。黎晚这几年不戴肚脐环了，肚脐那里却还有穿过孔的痕迹，王冬梅净盯着那块皮肤瞅。

黎晚小声问潮生："我能干吗？"

潮生说："你什么都别干，我妈不会说什么。"

她哪好意思，先是剥蒜，辣得直流泪，又去切辣椒，刚切两下就把刚做好没几天的美甲切掉一块。

潮生抓起她的手一看，再有几毫米就切到手指头了，他气急了，把刀往案板上一撂，就要开始凶她。

黎晚朝他挤眉弄眼："你妈还在呢。"

话刚落，王冬梅就拄着拐站在厨房门口："黎晚，你出来吧。"

黎晚一听这话脸就热了，王冬梅却笑："不会做饭就不会做，你以前在家是怎么娇养的，我能不知道？我从你小时候见你第一面就知道你不是个洗手做羹汤的人，出来歇歇吧。不会做饭也不是什么大不了的事情，没人规定女人就得下厨……再说了，你在娘家当公主，难道嫁人就是为了当奴婢？"

黎晚听完，看了眼潮生，笑笑说："看来我嫁你嫁对了。"

她走出厨房，扶着王冬梅一起到沙发上坐。

"妈，你要不要吃西瓜？"黎晚想起冰箱里有西瓜，"特别甜，不过就是有点凉。"

"好，你去拿吧。"王冬梅笑。

黎晚答应了一声，从冰箱拿出半个西瓜，又去厨房拿了把勺子。她把勺子递给王冬梅，抽了七八张抽纸，把西瓜皮上沾着的凉水珠擦干净，又拿了条空调毯给王冬梅垫腿上，才把西瓜放上去。

王冬梅看她大大咧咧却不是个没有眼色的人，很满意地点了头，先把西瓜最中间那一块舀给她吃。

黎晚却不好意思吃，坐到旁边，随手拿起桌子上的薯片吃起来：“我吃这个吧，剩了一半，再不吃就不脆了。”

王冬梅笑笑，吃了几口西瓜，才问：“你家西瓜怎么没有籽儿啊？”

黎晚说：“这是新品种，不然老是吐籽儿太麻烦了。”

王冬梅依然是笑。默了默，她又说：“西瓜有籽儿确实让人烦。”

黎晚把一个薯片咬得咔咔响：“就是啊。”

“可是人就不一样了。”王冬梅笑，“人有子是多福的意思。”

“……”黎晚拿薯片的手一滞，她瞬间明白王冬梅的意思了。

她笑笑：“我去看看潮生做好饭没有。”说着逃命似的跑进厨房。

当然，她逃得了一次，但王冬梅要在这儿住十天半个月的，她也不能总逃。

中午吃完饭，黎晚和潮生在他们屋阳台上抽烟。

没一会儿，王冬梅敲门进来了。她鼻子倒是灵，闻到烟味之后，把潮生单独叫了出去。

隔着虚掩的门，黎晚听到王冬梅说：“冰箱里一半都是酒，现在还抽烟，她又那么瘦，不吃主食，你们这样怎么要孩子？”她又说，“还有啊，她穿露肚脐的衣服也不行，她这样很容易宫寒的。还有她肚脐上那个窟窿眼，太吓人了，不知道会不会影响生孩子啊。

“我不是那种恶婆婆，我也是从年轻时候过来的，有些事，她想怎么样我都支持她，可有些事不行，你说女人能不生孩子吗？你能无后而终吗？……”

黎晚提起一颗心，等潮生的说辞。

潮生等王冬梅把话全说完才张口：“妈，这件事不是黎晚的原因，是我不想生。”

他终于明白男人在婆媳之间转圜的不易，反正总不能让王冬梅认为是黎晚不想生而对她不满吧，那就只好把事情揽到自己身上，反正他是亲儿子，母子俩总不至于生嫌隙：“我就是不想要孩子，生孩子责任太重了，我担不起……”

黎晚眼皮一跳。

“你糊涂啊，现在生完，我还能替你们看两年孩子。我本来就是个没用的人，要是再拖几年，我就更没用了，恐怕连拄拐杖走路的力气都没有了……”王冬梅痛心疾首道。

潮生心里不是滋味，他太知道她心里的苦了。可有些事本就是死结。

潮生还是不松口：“妈，儿孙自有儿孙福，你放宽心。”

“唉，我怎么放得下……”王冬梅还是长吁短叹。

黎晚阖上门，心里五味杂陈。想想也就知道了，当初如果不是她哄他，他连和她上床都费劲，更何况生孩子？

…………

后来潮生和王冬梅谈完，回到房间，和黎晚相顾无言。

怀孕生子这件事，他们真的没有提前商量过，可是真的是忘了吗，还是隐隐不愿意细想，逃避记起这件大事？

这个问题没有答案，即便有答案，也不再重要。

后来王冬梅一有机会就要旁敲侧击说些生孩子的话题，她在家里住了一周的时间，幸福家园的房子几乎快修缮完了。

临走之前，她喊黎晚陪她出一趟门。

黎晚问去哪儿，她也不明说，最后绕了大半个城，到了才知道，她们的目的地是一家中医馆。

王冬梅说：“晚晚，这里的中医是妇科圣手，来都来了，甭管要不要孩子，先看看再说。”

黎晚自然不好拒绝。

…………

几小时后走出中医馆，黎晚手里拎了很多包中药。

王冬梅在一旁滔滔不绝地叮嘱：“人家说你宫寒还贫血，以后不能贪凉了，回家我给你熬红枣桂圆粥喝。”

黎晚面上没表露，可回到家，关上卧室门之后，她还是发作了："江潮生，你妈说了，她暂时不走了，要留下来天天给我熬药，等我喝完那些中药再走！"

潮生知道她不想要孩子，夹在两个对他最重要的女人中间，他也很烦，想了想，说："等她回老家就好了。"

黎晚拧眉，猛然想起什么："除了这事，我刚想起来，早晨我见你妈在我们房里鬼鬼祟祟的，好像是在找什么。"

潮生想了想，立刻走去抽屉那儿，拉开一看，保险套没了。

黎晚问他："怎么了？"她问完之后自己倒是明白过来了，"我记得这里是放套的地方吧，你妈不会是……"

"嗯。"潮生声音很沉。

黎晚叹气，她背过他，抠着手指甲，问："潮生，你心里到底是怎么想的？"

潮生能怎么想？有些念头不想就什么事都没有，可一旦起了念头，就如狂澜一般再也压不下去。说得俗气一点，被王冬梅催着催着，他也幻想起老婆孩子热炕头的日子。可是他能逼她吗？

"你不会是动摇了吧？"黎晚见潮生迟迟不说话，抠指甲的动作更狠，之前被菜刀切掉的美甲边都被她抠下来了。

潮生淡淡地说："没有。"

黎晚抿抿唇，几秒后一笑："那就好。"

后来这晚他们分别睡在床的两端。潮生几次想转过身抱住她，可又怕引起她的反感，终是想触碰又收回了手。

潮生没让黎晚喝那些中药。第二天早晨王冬梅要给黎晚熬中药的时候，潮生制止了她："妈，我说了很多次，是我不想要孩子，你怎么不明白呢？"

王冬梅还是劝他："儿子，哪怕生一个呢？儿子女儿都好，哪怕一个呢？”

潮生只能哄骗她：“你现在越是催，我反而越不想要。我答应你，过两年，再过两年我们就考虑这件事行吗？”

他这么说，后来又说了很多好话，王冬梅才作罢，也肯搬回去住了。

王冬梅走后，黎晚继续在家里过着叼着烟画画、喝着酒追剧的日子。

八月底的时候，温澜一家过来串门。唐未把温澜简直宠到天上去，等他们走后，潮生和黎晚面面相觑，只显得这段婚姻的可笑。

然后当晚黎晚就提出要去度蜜月。

刚结完婚那阵子，大家都觉得就是协议婚姻，哪用得着度蜜月？后来入了梅雨季，潮生要在家照顾王冬梅，顺便写写书，更没想着这件事。

也是那段日子，陈柔和黎晋东飞去澳门老朋友家小住，回来之后唠叨了好几次，嫌他们不去度蜜月。但黎晚每每都说潮生要写稿，就一直拖着。

黎晚生日之前，梅雨季过了，潮生也交完稿子了，但大家又都心照不宣地没有再提度蜜月的事情。

直到这一次，潮生不知道为什么黎晚会突发奇想，但是她的要求，他不会拒绝。第二天一大早，他就订好了机票。

九月初，他们一同飞去蒙古乌兰巴托。

在飞机上，潮生才问：“为什么想来这儿？”

黎晚意味深长地道：“因为《乌兰巴托的夜》。”

因为一首歌，奔赴一座城。黎晚从来都是这样的人。正如上学那会儿看《春光乍泄》，她偏要去看一次伊瓜苏瀑布。

乌兰巴托是一个游牧和现代文化融合的城市，其实并没有什么好逛的。

如果从下飞机讲起，一切都显得冗长。第一次一起旅行，潮生记忆里留下的东西反而不多，他只记得博格达汗冬宫、甘登寺、成吉思汗广场……有名的景点，他们都去了。

然而这些还没有黎晚的月亮发夹、咖色上衣、白色外套、几乎遮住半张脸的太阳镜……让他记忆深刻。

最后一天，他们在特日勒吉度假村住，特日勒吉河被丛林环绕，是城市里见不到的景色，倒给人返璞归真的感受。

白天的时候，他们换上蒙古族的衣服拍了照，又去骑了马，挤了奶。

黎晚倒是有兴致，潮生只觉得无聊得想回国。他不知道为什么要这么迁就她，明明他的婚姻可以不用迁就，但现在他什么都听她的。

晚上的时候，大家在河岸两边烧烤，各地来的游客都聚在一起烤火、唱歌。

有个俄罗斯来的男生带了吉他，吟唱着他们民族的歌。大家最熟悉的永远是《喀秋莎》，嚷嚷着要他来一首。

后来快结束的时候，黎晚给大家轻唱《乌兰巴托的夜》："乌兰巴托的夜，那么静那么静……"

黎晚鬓边戴着一只月亮发夹，篝火把上面的月亮照成了古铜色。当她这么唱出来的时候，不知道是谁拉起了马头琴，轻轻用蒙古语跟着和："乌兰巴托类木得时，那么很那么很……"

一曲终了，大家都意犹未尽，俄罗斯人甚至用蹩脚的中文央求黎晚再来一次。

黎晚看向潮生，笑着对大家说："他唱我才唱，你们劝他啊，别劝我。"

潮生一蒙。眼看大家都把目光投到他身上，他才意识到自己现在是骑虎难下了。

那就只好唱了，他目光沉沉地望向黎晚："唱'我用奔跑告诉你，我不回头'那版。"

黎晚目光也沉了下来："好。"

"穿过旷野的风，你慢些走，我用沉默告诉你，我醉了酒……飘向天边的云，你慢些走，我用奔跑告诉你，我不回头……"守着篝火、原野上的风、苍穹星子，他们缓缓歌唱着。

这一刻潮生才明白为什么黎晚会来这里，因为这里安宁。

晚上他们在蒙古包过夜。洗漱完毕，紧紧相拥的时候，潮生告诉黎晚："感觉来这儿一趟，就是为了今晚。"

黎晚埋在他怀里："我以为你要说，距离我们第一次合唱已经时隔十一年了呢。"

潮生微愣，紧接着便想起那节课，走廊里的阳光比教室里要好，阳光穿透树叶缝隙，那草木青葱的气息仿佛现在都能闻到。

"都十一年了啊，感觉就在昨天。"潮生这么感慨。

黎晚也有点感慨："都怪那个下午……都怪那首歌……"

她的声音小得像是呢喃，他没听清，问："你说什么？"

黎晚回过神来，笑："我是说，如果当初我没忘记带试卷，或者你没把试卷给温澜，一切会不会不一样？"

潮生默了默，说："当时你和温澜玩得好，我们几个成天黏在一起，早晚也会成好朋友。"

黎晚一愣，苦笑了笑，没说什么，而是捧起潮生的脸吻了下去："江老师，今晚来点刺激的？"

潮生看着她，心里莫名软得一塌糊涂，很快就抱紧了她，可他开口时声音还是冷的："说了好几次，不许叫'江老师'。"

"那叫什么？"

"……"

"说啊。"她捏了捏他。

或许是今晚一起在篝火旁唱了歌的原因，又或许是因为回忆起十几年前那首歌，他莫名地不想再忍："叫老公。"

黎晚一怔，背僵了僵。

潮生朝她胸前狠狠抓了抓："叫不叫？"

黎晚满是疑惑，问："喂，你今天吃错药了？"

潮生脸一热，接着把她压到身下："问你叫不叫老公。"

黎晚眼里被床畔的灯光照得亮晶晶的，像有泪花似的。

潮生心尖一颤，以为自己惹到她了，不由得从她身上起来一点。

她却忽然钩住他的脖子，喊了声："老公。"看不出她眼底的情绪，只是嘴角扬着，笑得很动人。

这下轮到潮生失神了，他看她笑得实在美丽，忍不住俯身亲了亲她的嘴角。

两人闭上眼睛接吻，敛去多余的情绪。

夜还长。乌兰巴托的夜还很长。

可是太阳总有升起的时候。

第二天一早，他们收拾行李准备回国，昨晚温存的余温消失不见，两个人之间多多少少有一丝说不清道不明的隔阂。

后来隔壁帐篷的蒙古男人过来与他们告别。那人给他们带来了哈达，为了感谢他们昨晚唱的歌。白色的哈达上面织有莲花之类表示吉祥如意的隐花图案，象征纯洁、吉利。

男人躬身双手托着哈达递给他们，他们则躬身让男人将哈达挂在自己脖子上。

简单的小仪式过后，潮生和黎晚笑着表示感谢。

等男人离开，黎晚把哈达摘下来，又踮脚把潮生的哈达也摘下来，说："带着这份儿吉祥如意，我接下来的事业一定顺风顺水。"

潮生没在意她话里的意思，随口回了句什么。

直到回到禹山，他们回家歇息了片刻，等他把箱子打开，把里面的衣服和各种东西拿出来的时候，看她没动弹，问她："你不收拾箱子？"

她躺在床上闷闷地嗯了一声。

潮生以为是她犯懒，说："如果你愿意让我碰你箱子，我也可以帮你收拾。"

黎晚却摆摆手："不用了。"她顿了顿，从床上坐起来，看着他说，"我明天飞去英国。"

潮生心一坠，手上的动作停了。

"英国一个时尚公司聘请我当创意总监。他们很挑人的，我在YouTube（优兔）上还算火，所以才有这个机会，我不想放弃。"黎晚解释了一通。

潮生缓缓站起来，从桌上拿了根烟，迟迟没点火，问她："为什么不早说？"

“我也是突然决定的。”黎晚说，“你妈催孕催生，大家始料未及，过得都不痛快。”

“可是——”

“潮生，”黎晚打断他，“你不想要孩子，总得有个合适的理由，我出国工作是最好的理由。”

潮生摁了几下打火机，终是把火点上，颤抖着咬上烟，吸了一口：“这是好办法吗？你总不能在国外躲一辈子吧？”

“先去一两年，以后的事以后再说。”

“那还不如我现在跟我妈说我生殖系统有毛病，生不了，不就完了？”潮生闷闷地吐出一个烟圈。他没想到她这么抗拒生孩子这件事。

黎晚听潮生这么说，心里一刺痛：“倒也不用这样，我走之后，如果你遇见合适的，没准坠入爱河，到时候生个孩子好好过日子也挺好的。”

黎晚也去拿烟抽：“我知道，你可能觉得这件事给我造成了困扰，你过意不去，但是结婚是我提的，现在什么状况我都能接受。正常人都不会和不爱的人生孩子，这对孩子不公平，我都明白，你也明白，所以大家互相理解，没必要糟践自己。”

她话里微微带着气，讲完这一大段话，她不想再聊了，笑笑说：“好了，我饿了，出去找点吃的。”

她出门，潮生独自站在原地。

烟星烧到手指，他被烫得回神。感觉就是这一烫，他对所有事情都恍然回过神来，原来这段日子的相处真就是一个一戳就破的美梦而已，连刚刚度完的蜜月都是海市蜃楼。这感觉就像盛大而灿烂的烟花砰然绽放，却徒留一片灰烬。

他没资格让她不要走，更没理由追随而去。

他知道，四季更迭，从未停歇。没有人能永远留住春夏，却有太多人逾越不过秋冬。而他的爱情是一座无人问津的花园，天寒地冻，银装素裹，千树万树梨花开，哪怕终于熬到春色满园关不住，也还是没有人小叩柴扉。

12

拥紧

我们拼命纠缠，再转身离开

黎晚还是离开了。

她走之前的那个晚上，潮生抽了一夜的烟。但他知道他不能留住她，如果因为一段虚假的婚姻就禁锢她的自由，让她放弃自己的事业和追求，那他就太不是人了。

第二天，他早起给她做饭。

她换好衣服出来，慌里慌张地说："我的月亮发夹好像不见了。"

那是一个阴霾天，屋子里昏昏暗暗的，打开灯，仍然觉得不亮堂。黎晚要跪下看沙发底下，潮生拦住了她，让她先去吃饭，自己则拿着手电筒在沙发底、柜子底照了好久。最后，她吃完了，他还没找到。

她把手机手电筒打开，又到卧室里找。他看到墙上的钟表，再找下去就要误机了，可他没提醒她。

眼看真的快误机了，她的闹铃响了起来。她摁掉闹铃，说："我不要了。"

"可能掉在乌兰巴托了。都是缘分，那东西和我没缘，就这样吧。"她是这么说的。

潮生嗯了一声，最后，看着她用戴着婚戒的那只手拎着箱子出了门。

他没去送她。门啪嗒一声被关上，他顿了顿，坐在餐桌前，把她喝剩下的粥喝完了。

…………

黎晚落地之后是李微印接的，潮生在INS上刷到了李微印接机的照片。

潮生对此并不意外。他只是有些感慨，像黎晚这么勇敢、洒脱的女孩，原来也有深陷爱情泥沼的时候。

黎晚走后，潮生又恢复了之前的生活。他每天窝在家里，睡到中午十一二点起来吃外卖，下午按照出版社的要求改稿，晚上自己简单做点吃的，但大多数时候还是懒得动，依旧是点外卖。

晚上八九点钟的时候他会到家附近的酒吧喝酒，喝到两三点才回家。

他很久不理发，不刮胡子，也几乎没有社交。

他少有的社交不过是偶尔去古乘家里蹭顿饭。他们从小一起长大，但上高中之后渐渐见不上面了，毕业之后更是不怎么联系，感情深厚，但不亲密。

他偶尔也被王绪约出去打打保龄球、高尔夫什么的，但和王绪出去并不算消遣，因为王绪现在事业上有千头万绪要处理，婚姻上又是一地鸡毛，所以每次见面总是王绪自顾自滔滔不绝地诉说烦心事，而潮生则充当垃圾桶的角色。

后来唐未和温澜来家里做客，闲聊时说起王绪。唐未说，王绪和他老婆早就各过各的了，彼此外边都有相好的，但又互不干涉。

温澜叹气："反正是苦了孩子了，还没断奶呢，父母就开始胡搞，我不信小朋友在这种家庭环境下长大会幸福。"

潮生听着就想起黎晚，他不知道为什么有种强烈的感觉，如果他和黎晚有个孩子，哪怕他们俩不相爱，也一定会很爱小朋友，他们一家三口也绝对会比王绪一家过得幸福。

"我听晚晚说，她去英国，除了因为工作，还因为你们不想要孩子？"温澜又把潮生叫回神。

唐未问："你俩真要当丁克呀？"

潮生心里更乱，一乱就想抽烟。最后，他随口嗯了一声，掏了根烟出来。

唐未骂他："你现在是有了老婆就彻底不在乎温澜了？"

潮生将烟叼在嘴上，被唐未揪下来，在手里碾碎："她怀孕后，老子都戒烟了，你还想当着她的面抽烟？"

潮生怔了一秒，反应过来："我把这事忘了，都怪温澜不显怀。"

"你还怪我老婆？"唐未哼了声。

温澜笑："唐未，你少蹬鼻子上脸了。"

"……"

总之，无论聊了什么，绕了多少圈，话题总是要以这夫妻俩的亲昵拌嘴结束。

潮生在一旁看着他们幸福，仿佛是一个在隆冬的太阳底下求暖的人，蜷缩着把自己抱紧，口中呵出的却还是冰凉的白雾。

黎晚不在的日子里，他就是这么生活的。

这年冬天，禹山比往常要冷，黎晚去英国的第三个月恰好是圣诞月。

平安夜这天，幸福家园中老年人俱乐部举办联欢会，王冬梅报了一曲独唱。潮生到现场给她捧场。王冬梅上场之前非要他给黎晚打视频电话不可。

从黎晚去英国之后，两个人心照不宣，除了某天半夜给朋友圈点个不咸不淡的赞，没有任何联系。他对王冬梅说："不知道她现在是不是在工作。"

王冬梅嫌他事多："你不打，我打，你去化妆间把我手机拿过来。"

"别麻烦了，我打……"潮生看似不耐烦，其实心里却憋着高兴。他感谢王冬梅，让他有了主动给黎晚打视频电话的理由。

他拨通视频之后，那边很久才接。

接通之后，潮生只是跟她打了个招呼，看到她烫了头发，脖子上戴着香奈儿的项链，手腕上戴着几十万的劳力士手表，神采奕奕地喝着咖啡，看样子过得不错。然后他就把脸别开，让王冬梅跟她聊了。

他有点气她过得还不错。他过着夜夜买醉的日子，她却过得这么滋润？果然啊，谁先动心谁就输了。

"我这次唱的歌是《烛光里的妈妈》，早也练，晚也练……"王冬梅一直在向黎晚介绍自己待会儿要表演的节目。

潮生又后知后觉地想到，他这天去理发店把头发剪短了，又刮了胡子，还算神清气爽，乍一看过得也还不错，心里才稍微好过一点。

“潮生，过来跟你媳妇说话。”王冬梅拉了拉他的袖子。

他接过手机，让摄像头对准自己，而后对黎晚一笑：“过得还行吧？”

“那必须的。”黎晚笑得比他还灿烂，“等会儿妈表演的时候——”她忽然顿了一下，或许是因为叫的那声“妈”让她别扭了一下，“你记得给我录视频，妈说让我给她剪辑一下呢。”

“好。”潮生笑笑。

黎晚静了静，说：“嗯……那先挂吧。”

潮生一愣，旋即想到，确实没什么话好说，就摁了挂断键。

后来王冬梅表演结束，他把拍好的视频发给黎晚。

黎晚没回复。

直到第二天早晨六点多，潮生被枕头下的一阵振动声吵醒，睡眼惺忪地掏出手机。看到是李微印打来的视频通话，他顿时有了精神。

自从和黎晚结婚，他和李微印就没再联系过，现在李微印突然打电话过来，还挑这个点打来，他心里不免疑惑，想了好几秒才接通。

网络延迟了几秒，他先听到一阵音乐声，而后才看到画面——黎晚正在唱歌。

她坐在类似酒吧的店里，灯光是琥珀色的，她的长发高高绾起，什么配饰都没戴，包括耳钉。她穿着寻常的衣服，但她的衣服没有难看的，长筒靴配黑色鱼骨裙，大方之中见性感。

不时有旋转的小灯球在她脸上投出破碎的星光，这种转球营造气氛是一流的，潮生从没在酒吧见过，只在二十世纪电影里的歌舞厅里看到过。

“不要骤来骤去，请珍惜我的心。如明白我，继续情愿热恋，这个容易受伤的女人，不要等，这一刻请热吻。长夜有你醉也真……”她唱的是王菲的《容易受伤的女人》。

潮生心中一酸，坐在床边，久久没有动弹。他掏出烟来抽，静静地听完黎晚唱的歌。

而后镜头一黑，潮生听见嘈杂声还未退，只是声音忽大忽小，忽远忽近，没一会儿出现一阵铃铛响的开门声。

紧接着，李微印的脸出现在镜头里。他说：“江潮生，你把黎晚带走吧。”

潮生冷声问：“你是什么意思？”

李微印叹了口气，说：“意思就是，黎晚不能继续待在英国了，你听听她唱的歌，多痛啊，我怕她会疯。”

潮生听，完火噌的一下就上来了，大骂：“李微印，你他妈是不是男人？”他平时就够冷冽，一发火尤其严肃，“黎晚碍你眼了，是吧？你有了新欢就彻底不管旧爱死活了，是吧？她在你面前给你唱首歌就让你为难了，是吧？”

“潮生潮生……”李微印一连叫了好几声喊停他，“我不是那个意思，你冷静一点！”

潮生把烟摁灭在烟灰缸里，掀开被子下床，在地上来回踱步：“今天只有你和黎晚出去吗？”

李微印摇头：“Claus也在呢，我这——”

“怪不得她唱首歌就这么戳你肺管子。”潮生忘不掉黎晚的歌声和她唱歌时的样子，那么凄婉，那么孤独，他的心像被人撕开又黏合再撕开一样，疼得喘不了气。

“Claus又听不懂粤语，我着什么急？”李微印见潮生一直这么冲，也急了，“有些事，我他妈不好说。她现在是你老婆，老在国外算什么事，你赶紧把她给我领走。”说完，李微印就把电话挂了。

潮生低头看了眼手里的手机，二话不说朝地上狠狠一砸，一部上万的手机，屏幕顿时碎成了渣。

他赤着脚，抓着头发，在原地来回地转，又气又急。

但是不过十几秒钟，他就做出了决定——买票飞去英国，揍李微印这个渣男，顺便……问问黎晚愿不愿意跟他回来。

潮生在当天中午就起程，先是坐高铁去上海，又从上海飞去英国。

他落地时，恰好是英国时间夜里快九点。

他在机场打电话给黎晚。这是时隔三个月他们之间第一次通电话。

也不知道是黎晚凑巧正在看手机还是不小心碰到了，总之，那边是秒接的，可接通之后又迟迟不说话。

潮生紧紧握着手机，看着机场的显示器，呼出了一口气："黎晚，我来了。"

那边还是一片寂静。

他又说一遍："我来找你了。"

忽然传来一声很轻的呼吸声。

潮生把手机握得更紧，整个人都紧紧绷着："我现在在机场，你家在哪儿？我去找你。"

又静了几秒，就当潮生以为她不会回答的时候，就在他想挂断的前一秒，黎晚忽然说："你打车，然后把手机给司机，我跟他说。"

潮生一颗心瞬间落了地。一路上那种巨大的空虚、捉摸不定、想见她又怕见她的担惊受怕全都烟消云散了。

他按照她的说法打了车，上车之后把手机给了司机。

司机师傅和黎晚沟通了几句，把手机还给潮生，他接过来放在耳边"喂"了一声，没人应，拿下来一看才知道她挂了。

外面夜深了，远远望过去，分不清是在国内还是在国外。

出租车在一小时之后停下。

车费是五十五英镑。这是一个让潮生反问了一句"您确定吗"的数目，最后在英国大叔笃定的眼神中，他付了钱，而后拎着箱子站在街口。

他打电话给黎晚。

刚响了一声，忽然听到身后传来一阵熟悉的苹果手机提示音，他转身，对上黎晚的眼睛——微醺的眼睛。

他几乎是立刻就判断出她喝酒了。顿了顿，他拎着箱子走过去，行李箱齿轮在地面上摩擦出轰隆的声响，掩盖了手机铃声整齐的韵律。她没挂电话，也没接。

伦敦简直比国内的北方还要冷，她穿着一条吊带睡衣，外面披了件披上不如不披的薄西装外套，抱臂站在街口抽烟。

像什么样子？他走到她面前，滚轮声戛然而止，与此同时，手机铃声也因自动挂断而停止。他问她："你热？"

她散漫一笑："So hot.（很热。）"

"快三十的人了，你以为你还是二十出头的小姑娘吗？都说年少才轻狂，你还年少吗？"他没跟她开玩笑，语气里每一个尾音都流露出严厉感。

黎晚顿了顿。

潮生还在皱眉："你看你，像什么样？"

"像什么样？"黎晚没心没肺地一笑，"红灯区里接客的，还是大马路上站街的？"她故意捂嘴，"哦，你瞧瞧，我现在可不就站在街上吗……"

"黎晚。"他喊她一声，既是想制止她的话，又隐隐表达出一丝拿她没办法的无奈。

黎晚掸掸烟灰，潮生看到她夹烟的那只手上还戴着婚戒。

"好了好了，那我到你怀里暖暖。"她挑眉笑笑。

潮生板着脸，深深看了她好几秒，忽然张开手臂，目光淡淡地向下扫视她。

黎晚心领神会，立刻环腰抱住他，感受着熟悉温暖的男人气息，果然暖和很多。

潮生闻着她身上的红酒味和烟草味，感受她越抱越紧，不由得也越抱越紧。

他们就这样在伦敦街头寂静的冬日晚风中紧紧拥抱着。

过了好一会儿，潮生把她放开："好了，带我去你家吧。"他握住行李杆，朝行李箱抬抬下巴，"要不要坐上去？我推你走。"

黎晚想了一阵，说："嗯……那好吧。"于是她喜滋滋地坐上行李箱，就像刚结婚那阵子去逛超市，他把她放在购物车里推着走一样。

进了黎晚的公寓，潮生先定定地站在门口把房间摆设看了一遍。

黑色系家具，窗上贴着圣诞节的装饰，电视机旁有一棵和人差不多高的大红色圣诞树，桌上有一瓶红酒，一个印着口红印、残存着一点红色液体的高脚杯。

挺符合黎晚做派的，潮生想。

他默了默，问："李微印呢？"

黎晚靠着柜子："他？他在自己家呗，反正不可能在我这儿吧。"她笑说，"不然我岂不是给你戴绿帽子了？"

潮生没有理会黎晚话中的诙谐，而是一本正经地说："你把李微印给我叫来。"

"叫他干吗？"

"谈谈心。"

"明天不行吗，这都几点了？"

"不行。"潮生一口回绝，"我想见他。"

黎晚微顿，想了想，转身走向沙发："要打你自己打。"

潮生怔了几秒："好，我打。"

他掏出手机，准确无误地找到李微印的手机号，滑动屏幕拨打过去，响了几声，没人接。

他重新打，依旧没人接。

黎晚看不下去了："我说，老公，你大晚上过来，先是把我凶一顿，现在又要找李微印，你知不知道春宵一刻值千金？"

潮生没理她，他还真和李微印较劲上了，李微印一直不接，他就一直打。

最后黎晚过来把他手机抢走，搭眼看了一眼："哟，新手机啊。"

潮生说："你还我。"

黎晚一笑，把裙子一撩，将手机塞到内裤里："你自己拿。"

风云变幻只在一瞬间。潮生眼里有些浓烈的情绪在积聚着，翻滚着。

黎晚始终笑着，是明晃晃勾人的那种笑。

潮生定了定，忽然钩住她的腰，把她带到怀里。

东方日出，西方月升。在西方的深夜，做着东方之既白的爱。

第二天上午，潮生到厨房做饭，等他做好三明治、温好牛奶出来的时候，就见黎晚懒懒地靠在床头，如瀑长发从床沿垂下，微微擦拂地板。

她的头发是他认为她身上最美的地方。哪怕天上的银河水落下来，都没有她的黑发光彩熠熠。

他把早餐拿给她吃。

黎晚端起牛奶喝了一口，问："你来这儿干吗？"

潮生说："见李微印。"

"你见他干吗？"

潮生顿了顿，把脸偏到一边，不说话了。

黎晚笑："怎么着，当面祝他早生贵子啊？"

"不是。"潮生有时候真讨厌黎晚的牙尖嘴利。

他不耐烦地捋了把头发，说："我非揍他不可。"

黎晚呛了一口，牛奶喷到被子上，她抽了好几张纸巾去擦，潮生则抽了两张纸给她擦嘴。她又咳了好几声，边咳边躲，问："你揍他干吗？"

潮生不让她躲，把她的脸扳过来，继续给她擦嘴，不咸不淡地说："他惹你了。"

黎晚一怔，忘记动弹，任由他把她嘴角擦干净。

近在咫尺，黎晚看着潮生的脸，还能很清楚地回忆起少年时的他是什么样子，和现在更成熟的五官对照，那时候的他似乎比现在的他还云淡风轻一些。

然后她忽然脱口而出："怎么，你爱上我了？"

潮生一僵，很快直起身子，离她远了两步："当然没有。"

急于否认，就是承认。他恨不得咬自己的舌头，因为他感觉自己的表现实在是太"此地无银三百两"了。

黎晚一怔，心想，江潮生不愧是直来直去的“直男”，这么急于否认，真是唯恐她误会。

她笑笑：“那你干吗替我出头？”她敛眸，从鼻腔里哼出一声笑，“哼，要说为了朋友，你有点越界了。要说为了妻子，这个身份有多假，你自己清楚。”

恶言相向太容易。

潮生又恢复那副清清冷冷的面孔：“我既是为了朋友，也是为了妻子，这个理由充分吗？”他一气，话就变多了，“站在朋友的角度，我不想看你为了一个男人伤害自己。站在丈夫的角度，我有合法的理由为你出头。”

黎晚不说话了。

潮生的气还没顺，他继续说：“你跟我回国吧，你在这儿干什么？看李微印在你面前秀恩爱，你心里舒服？”

“我工作啊。”

“你自己心里清楚你是不是因为工作留在这儿的。”

“我——”

“跟我回去，或者我留下来陪你待几年，你什么时候把李微印放下我什么时候走，反正我不用上班，家里也有海生照顾。”

黎晚先是怔了怔，之后又抓了抓头发：“你……你当好人也当过头了。”

潮生心里一凛：“你不用拿话噎我，今天换成温澜，我照样会这么做。”他瞥她，“你也不用低估你在我心里的位置，你是我很重要的朋友。”有些话就得一鼓作气说完才行，不然可信度就降低了。

“好一个重要的朋友。”黎晚连连点头，“我明着告诉你，我就是愿意在这儿待着，你没资格在我不需要你对我好的情况下对我好。我一不会跟你回去，二不愿意你在这儿充好人，你赶紧走吧……”

“你不是挺潇洒吗？”潮生忽然大声道，“你现在这样算什么？”

“我愿意！”黎晚也提高声音，“我乐意犯贱，你管不着！我和李微印待在一起就高兴，比和你在一起高兴，你少在这儿教育我，如果你再不走，我——”

一阵手机铃响，打断了黎晚的话。

手机就在床上，离黎晚近，她随手捡起来，看到屏幕上显示“温澜”两个字，她目光一沉，把手机砸到他怀里。“你的梦中情人。”她阴阳怪气地讽刺他。

潮生二话不说就把电话挂了，想再说什么却被打断了，他什么也说不出来。

静了几秒，他转身，头微垂着，姿势脆弱：“既然这样，那我走。”他长舒了一口气，又转回来，“不过，你记清楚，是你的梦中情人打电话让我过来把你带走的。”

黎晚脸色变了变。

潮生冷冷地说：“他嫌你在这儿碍眼，你要是想继续碍眼，就待着吧。”

黎晚愣了愣，轻呵一声，讥笑说：“我还以为你多关心我呢，搞了半天还是别人请你过来的，江潮生，你厉害。”

潮生只是压着火看着她，一言不发。

他们两个人都生了很大的气。

潮生待不下去了，他穿好衣服，拎着箱子，怎么来的怎么走。

路上，温澜发了微信过来：“听海生说你去找晚晚了？见到她之后，你加把劲儿，快把她骗回来呀。”

潮生看得一阵心烦，没回复，就摁灭了屏幕。

可很快他想起了什么，又把屏幕摁亮了，给李微印发了条消息：“你最好把你和黎晚之间的破事处理好，不然你躲得了初一躲不了十五。”

发完信息，他在出租车上呆呆地看着窗外。

风吹过来，脸上一片凉，很像哭过之后的感觉，可他摸了摸脸颊，一片干燥。

他于英国时间上午十一点抵达机场，两小时后，他飞往中国。

从英国回来之后，潮生把自己彻底封闭起来。他开始投入自己第四本小说的创作中，键盘上噼里啪啦的打字声是他在孤独中可以发出的唯一声响。

他想写一个爱而不得的爱情故事，故事的女主角怎么写都像黎晚，而男主角怎么写都像他。

他写男女主角在雨天做爱，在晴天接吻，在每一个早晨相拥着醒来。可是后来又免不了波折，女主角变了心，男主角为了自己的面子只好说自己也变了心，于是后来他们把对方归还人海。

故事的结局是十五年后久别重逢，他们都老了一点，彼此都有了家庭和孩子，再遇见，也不过是一句寒暄、两句客套，笑说“回头有时间联系”，却心照不宣地谁都没给谁留联系方式。

他写这篇小说耗时最短，两个月就完成了。

之后，他又开始忙碌上一本小说的预售签名和各种访谈之类的事情。把自己埋在忙碌中，有些事情就显得合理了，比如不用经常去芳汀见黎晚父母，也不用接受王冬梅“为什么没去找黎晚啊”的盘问。

五月份的时候，温澜提前半个月生产。

她在夜里十二点多被送去医院，第二天清晨七点多，潮生写完小说打算睡觉，才看到昨夜群里说温澜要生的消息。

然后他打电话给唐未。

唐未语气里有一丝颤抖，说温澜还没生。

潮生紧接着打车去医院。他出了电梯，拐弯进走廊，远远就看到曲芳、温和平以及唐未父母在椅子上坐着，而唐未在最靠近门边的地方靠墙站着抽烟。

离近了，潮生看到唐未夹烟的手指在发抖。

潮生喊了声“叔叔阿姨好”，和这几个大人说了几句话，又走去唐未身边，喊了声：“唐未。”

唐未转过脸，潸然泪下。

那是潮生第一次也是唯一一次见到唐未流眼泪。他都蒙了，怔然问：“怎么了？”

唐未忽然情绪崩溃，蹲在地上痛哭，大骂：“他妈的，为什么男人不能替女人生孩子？！”他这么吼了一声。

唐未爸和唐未妈忙说：“你小声点！”

曲芳见女婿这么爱女儿，顿时落泪，却不敢哭个没完，擦擦泪，走过来劝他：“没事，她就是生得慢而已。”她用过来人的语气故作轻松地说，“我们那时候生两天的都有，她就是不适合剖，要是适合剖腹早就生完了。”

“……”

唐未像是一个摔倒了，亟须大人哄的孩子。

被几个长辈七嘴八舌劝了一通，他小声说：“等她出来，我再也不让她生了。”这才扶墙站起来。

温澜最终生下一对龙凤胎。唐未给男孩取名为唐艾闻，给女孩取名为唐艾蓝，谐音“唐未爱温澜”。

小家伙们刚出生，潮生就看到了，男宝宝很像温澜，看起来很沉静，女宝宝特别像唐未，很活泼，泛着灵气。

后来过了一天，他又和王冬梅一起到病房看温澜。

刚进屋，他就看到唐未正拿着一条叠得四四方方的小毛毯，有模有样地跟着曲芳学抱孩子的姿势。温澜则靠着床头，一脸安宁地看着他们。

潮生把带来的水果和牛奶都放在床头，没人有空招待他，温澜想招待也有气无力。

“温澜，你还好吧？”潮生关心地问。

“顺产，没什么大问题，就是挺累的，现在不想动。”

潮生就说：“你可急死唐未了。”

温澜一笑：“我本来一点劲儿都没有了，可就是听到唐未吼了一句要替我生孩子的话……医生都笑死了，但我还挺感动的，就想说一定得好好把孩子生下来，最后真是拼命生的。”

潮生想起唐未吼的那一声，不由得失笑，又和温澜说了些什么，才想起问："孩子呢？我想去看看孩子。"

"孩子在保温箱里，你让唐未带你去看。"

"……"

于是，五分钟后，终于学会怎么抱孩子的唐未领着潮生去看孩子。

"你什么时候要一个？"走着走着，唐未忽然问。

潮生笑，顿了顿才说："等黎晚工作完，从英国回来吧。"

不知道为什么，他这么编谎话，想想竟有点心酸。

唐未一笑："行啊，那以后你生完娃，咱两家一起带孩子春游秋游什么的，那可就热闹多了。"

潮生一怔，失神般笑了笑，没说什么。

唐艾闻和唐艾蓝小朋友在保温箱里睡着，两个人都小小的，缩成一团，胳膊腿都伸不开，皱皱巴巴、粉粉嫩嫩的，像小老头儿一样。潮生看得高兴，不由得笑了。

唐未见他这样，就知道他现在是真对温澜放下了。沉默了一瞬，他问："兄弟，要不要认个干女儿干儿子什么的？"

潮生问："你是说我？"

"不愿意拉倒。"唐未踐道，"反正等着给我孩子当干爹的多的是。"

潮生失笑："好。"他想了想又说，"那满月宴我红包多包一点。"

"要的就是你这句话……"唐未一笑。

潮生朝他肚子给了一拳。

唐未故意装疼，两个人说说闹闹了一阵，然后他忽然问："我宝贝们满月宴这么大的事，孩他干娘不得回来？"

潮生垂眸敛住多余的表情："嗯，我问问她。"

"我等你好消息啊。"

"嗯。"

…………

从医院出来之后，潮生给黎晚发了条微信："温澜生了，满月宴，你来吗？"

直到天黑黎晚才发消息给他："我不去了，最近准备升职，实在是过不去。”

潮生看到这条消息的时候正在海边的帐篷酒吧里和欧阳面对面进行访谈。

欧阳问他：“听说你的第四本小说已经交稿了，那本书是好结局吗？”

他低头看到桌上的手机嗡嗡振动后亮起的屏幕以及黎晚的信息，他端起面前的长岛冰茶喝了一口：“不是。”

“好，那我们继续聊这本，文中有男主教女主骑马的场景，写得还挺好的，我看了好几遍。你是有真实经历吗？哦，对了，我看你后记有写去乌兰巴托旅游的故事，是骑过马吗？”

潮生摇头：“我是交稿之后去的乌兰巴托，和那没关系。”

“那反过来问，写完骑马部分，再去乌兰巴托骑马，有何感受？”

潮生思绪一下子被拉到那个天蓝蓝水清清的地方，想起那夜的马头琴和歌声，他感觉有什么情绪在心底迅速汹涌起来，然后迟迟没回话。

欧阳见他低头看了手机后就心不在焉，想了想，说：“潮生，今天聊得差不多了，改天吧。”他清楚，聊不出太多东西了。

潮生点点头：“好，我先走了，今天酒水我埋单，你临走之前记我账上就行。”

他跟欧阳颔首告别，随后独自一人沿着海岸线越走越远。直到来到一处相对僻静的地方，他站定了，静静地吹着海风。不一会儿，一群高中生滑着滑板，每个人手上都拿着烟火棒，有说有笑地从他面前路过。

他心神一恍，才忽然想起，这个地方就是很多年以前他和黎晚一起放孔明灯的地方。

有些事，当时只道是寻常，回头看，轻舟已过万重山。

他依然记得，那晚风很大，波涛被风卷着，不断拍打着长长的石堤，连人行道上都是飞溅的海水。而这夜的晚风很轻，虽然浪潮声很大，但海浪没有上岸。

想到这儿，他忽然感觉心底有什么情绪压不住了。他掏出手机给黎晚打了个电话。

她在电话自动挂断的前一秒接通。

"什么事？"她问。

潮生问："你真不回来？"

"不是我不想回，只是我的事业现在正在上升期，我努力了很久，不想放弃。"

潮生久久没回应。

她顿了顿，似乎是怕潮生多嘴劝她，干脆挂断了。

潮生察觉到那头没了声音，手臂一僵，被她挂电话之举气到了，又打回去好几个，她都没接。他干脆又打给李微印。

李微印一开始把他电话挂断了，过了十分钟左右又给他回过来了，一接通就开门见山地说："你是不是又想问黎晚？"

潮生说："你怎么知道？"

李微印叹了口气，说："如果你想让她回去，那不如和上次一样飞过来看看她，刘备还三顾茅庐呢，你才来一次，哪够啊？"

潮生冷笑："我只去一次，我们就已经五个月没联系了，再去一次，会闹僵成什么样？"

李微印一副有口难言的样子："哎呀……我真是不知道怎么说了。"他好像叹了几口气，"反正——丸子，没有啊，和我爸说话呢，嗯——"

好像是黎晚忽然出现，打断了李微印的话，李微印急匆匆地挂断了。

潮生瞬间懂了——难道刚才李微印挂他电话是因为黎晚就在旁边？他觉得脑子很乱。

后来他径自在堤岸上站了很久，抽了小半包烟。

他临走时，李微印发了条消息给他："我和黎晚是不小心遇到的。"

这是一句解释，但潮生没把它当成一句解释，而是当成一种印证——黎晚刚才真的和李微印在一起。

哪怕他们是偶遇，他好像还是觉得心情低落，不是滋味。

…………

后来艾闻、艾蓝的百日宴，黎晚终究是没回来，只是给温澜打了个电话赔罪。

席间不乏有人问到黎晚，王冬梅对黎晚刚结婚没多久就跑去英国的事情很不高兴，但面对外人，她只能打哈哈说："儿媳妇事业心强，不像潮生，没有事业心。"

当天吃完酒席回到家，王冬梅发火了。她让潮生给黎晚打电话问问黎晚到底回不回来，又拍桌子说："你知不知道人家都在传你们俩在闹离婚！"

潮生赶忙否定："没有的事。"

"哼，要是她一直在国外待下去，我看离婚迟早会变成真的！"

"……"

事实上，前段时间温澜也问过他，黎晚去英国是不是因为他们感情出了什么问题。

潮生体谅王冬梅的担忧和温澜的关心，但他毫无办法。无论黎晚是为了李微印还是为了事业，抑或是逃避生育问题而留在英国，他都没权利横加干涉。

他是爱她的，而她是自由的。

这次之后，潮生和黎晚的关系更僵了。

有时候他在阳台上抽烟，看着窗户上那朵被她画了遮罩的玫瑰花，只感觉一切都恍如隔世。他好像又彻底回到一个人生活的状态了。

而她也似乎恢复结婚之前的状态，一周发几次照片，点赞量一次比一次高，广告也接到手软。比起他的孤独、寂寞，她活得更加有滋有味。

如果她不爱任何人的话，应该会比现在还潇洒，潮生不止一次这么想。

潮生的第四本书流程走得比其他书快很多，九月份就可以预售了。

他记得很清楚，新书预售之后的第一场签售会那天天气很好。气温大概是三十二摄氏度，天很晴，风很大，路边的树枝像被一双无形的大手揉乱似的，全都在拼命乱摇。

因为是新书预售之后的第一场签售会，在开始之前，他接受了欧阳的独家专访。

欧阳跟他说："潮生，这本书是你所有书中我最喜欢的一本。恋人从相爱到渐行渐远，再到彼此都有新生活，实在是太像现实中的我们，谁没经历过分手之后就相忘于江湖的事情呢？你能不能简单说一下对这本书的感受？”

潮生正想对他这番话说些什么，他的手机却不合时宜地响起来，竟然是黎晚打来了电话。

他的指尖在屏幕上犹豫再三……助理从摄影机后面弯腰跑过来，小声提醒道：“大大，把手机给我吧。”

潮生见摄影机开着，欧阳也在等着，后面还有其他采访要做，就摁了挂断键，把手机给助理了。

上交手机之后，他对欧阳笑笑：“其实这本书我写得也很顺，有时候写作状态真的能决定这本书是好是坏。我写第三本的时候就经常卡住，感觉不在状态，果然那本书出来之后评分是最低的。”

“……”

几场采访花了一个多小时。结束之后，潮生走去休息室喝水，助理把他的手机给他：“大大，都怪我这次忘记提醒您将手机调静音了，要不以后采访我还是把手机给您收着吧。”

潮生嗯了一声，把手机接过来。

助理又说：“我看刚才又有三四个电话进来了。”她说着话，一阵铃声就响了起来，这次是李微印打来的。

助理搭眼看了一眼：“刚才好像都是这个人打过来的。”

潮生点头说：“你先出去吧。”然后他看着助理离开的背影，滑动绿色键接通电话。

“江潮生！你他妈干什么去了？！你买手机是干什么用的？！为什么不接电话？”他上来就是一阵怒吼。

潮生走到窗边，朝外俯瞰，他的书粉排了好长一条队，再远望，晴空烈日，空气中一丝阴霾也没有，所见之处均是一片灿烂。

他漫不经心道：“你有话就说，我现在没空跟你废话。”

“他妈的！黎晚死了！算不算废话？！”

潮生视线定格在一棵被风摇乱的树上，愣住了。

李微印在听筒那端号啕大哭：“我不管你在干吗，不管你在哪儿，你快过来！你快来，你快来啊……”

潮生茫然地质问：“你他妈说什么？！”

“我说黎晚死了！一句遗言都没有的那种。”李微印哭得上气不接下气，“她……她给你生了一个孩子……难产大出血……”

潮生脑袋空空，声音也变得很空：“你到底在说什么？”

“你以为她为什么没去参加温澜孩子的满月宴，她大着肚子呢……”李微印边抽噎边说，“你来英国那一次，你们是不是没做措施？你自己想想……”

那晚他在抱住她之后想到了没有套，她当时只是说自己在安全期，又说最近在吃短效避孕药调理月经，还把药盒找出来给他看了。他以为一切都没问题……

“大大，还有十分钟上场，您要是想去厕所就抓紧哦。”助理推开门，扶着门框，探出半个身子，笑吟吟地对潮生说。

潮生背对着门，沉默地站着，对她的话不为所动，好似在看窗外的风景。

李微印持续崩溃：“黎晚根本就没上什么班，她当初就是因为你不想要孩子，被伤到了才来的英国。她这几个月在网上发的照片都是以前就拍好的，你没注意吗？她接的广告都是只露脸的，因为她早就怀孕了，不能出镜……”

天很蓝，阳光很炙热。外面风更大了，树枝乱摇。

“你以为她为什么这么做，你以为她爱谁？”

隔着玻璃，依旧听得到风声呼啸。一只白色的孔明灯忽然从窗下飘了上来，大白天的，格格不入。

“她爱的是你。”

孔明灯被风裹挟着在空中飘荡，颤颤巍巍地向上飞，向着光的方向飞啊飞，直到再也看不见。

13

念晚

以前忘了告诉你，最爱的是你

黎晚死于二十八岁的秋天，九月二十号，江潮生新书发布会的日子。

江潮生在得知她死讯之后一滴眼泪都没掉，挂断电话，他取消了签售会，回家拿护照，去赶飞机。

他乘坐的航班于英国时间下午六点落地。

太阳已西落，万丈余晖铺在天际，多么灿烂辉煌，天色终究在他赶往医院的途中彻彻底底地趋于黑暗了。

黎晚的遗体停在太平间，李微印带潮生去看她。白布被掀开，她惨白着一张脸，看起来比他们上次见面要瘦不少。

他问李微印："她怀孕怎么没有长胖？"

李微印说："吃也吃不好，睡也睡不下，临生产又大出血，血都快淌干了，你说呢？"

他轻轻地嗯了一声。

李微印又叹气："如果她是普通血型或许还有救，可偏偏是Rh阴性血。"

潮生没说什么，只是把白布重新蒙上，然后去帮她料理后事。

火化当天，他亲眼看着黎晚进了焚烧炉，一如很多年前，他亲自送父亲和爷爷奶奶火化一样。

后来工作人员把她的骨灰给他。石榴红的骨灰坛是他特意给她挑的，因为她生性热烈。把骨灰坛抱在手里的时候，他微微皱了一下眉，瓷坛触手冰冷刺骨，没有半点温暖，真有点辜负红色的火热。

他抱着骨灰坛来到黎晚的公寓。黑色系装修风格的公寓，和他上次来没什么区别。

他把骨灰坛放在她卧室的床头柜上，然后抬抬裤脚，坐在床上。床尾的地板上依稀有干涸的没有清理干净的血迹。

他忽然记起李微印说过，她是在浴室里不小心滑倒的，那么血渍怎么会在床边?

他站了起来，四下张望了一番，忽然在书桌的花瓶后面看到一个摄像头。很多独居女性家里都是装有监控的。

他走过去，打开她写字桌旁的电脑。开机之后，还要输入六位数的密码。

他先是试了她的生日，密码错误。想了想，他又输入自己的生日，密码错误。

他心一紧，想了又想，又输入结婚纪念日，密码错误。

…………

他想不到还有什么重要的日子，双手停在键盘上，指尖微颤。顿了顿，他输入推算出的婴儿预产期，小标转动了几下，密码还是错误。

只剩最后一次机会了，他有点急了，更多的是气，就像小时候总是做不出一道数学题，气得要大发脾气，恨不得把书本撕了。他是气自己。

他在她的书桌上翻找，她的桌面很整洁，只有几个摆件和三本书。

他把那些书拿起来，一本是茨威格的《一个陌生女人的来信》，还有一本时尚类图书，最下面是他送给她的《呼啸山庄》。

他打开《呼啸山庄》，里面掉出一张卡片。

这张卡片让他觉得眼熟，他拿起来看，才想起这好像是他书房里旧电影日历上的一页。上面四月十二号那天被圈红，而二〇二三年的日期被她用笔改成二〇一三。

他想了又想，还是不明白这一天有什么特别的。

他把卡片重新夹回那本书里，而后在键盘上一个键一个键地输入“130412”，定定地犹豫了两秒，孤注一掷地按下回车键，页面跳转成功。

他没有再多想，直接找出关联电脑的监控视频，找到事发当晚的画面——

他拉进度条，看着她挺着肚子进了浴室，里面微微传出放水声，忽然传来一声重物落地和零碎物七七八八落地的声音。

他心一揪，不自觉地屏息，看时间一秒一秒地变化着，足有三分多钟，门才从里面被打开。

她趴在地上，捂着肚子，表情狰狞而痛苦，靠着一只手臂用力，腿用力蹬着往前爬，爬出了浴室门槛。

她盯着床尾的手机，咬着牙，边哭边往前爬。有血从她腿间流下来，随着她爬行的方向，血迹蜿蜒了一路。

她咬牙拿到手机，第一个电话应该是打给公寓管家的，因为明显可以看到她在讲话。

挂断之后，她又打第二个。屏幕上显示的时间告诉他，这个电话是给他打的。可是没有接通。

黎晚仰着头边不断吸气呼气边哭，很快又给他拨出第二个电话。那会儿助理已经把他手机拿走了，她更是打不进来。

打完三个电话，她已经筋疲力尽了。

他隔着屏幕都能感受到她的痛苦，她脸上全都是汗和泪，发丝胡乱地沾在脸颊和脖子上。她仰着头，捂着肚子，大口大口地喘气，脚边是一片越来越大的血泊。

很快有人闯了进来，把她抱起，冲了出去。

…………

关上电脑，潮生怔怔地坐了半天，他摸摸脸，不知道为什么，还是没有泪。

他想不明白，干脆出门，到医院见女儿。

黎晚给他生了一个小女孩，睡在保温箱里，皱皱巴巴一小团，却很可爱，世界上没有比她更柔软、美好的了。小孩这几天都是Claus的妈妈在帮忙照看。

潮生到医院的时候，恰好医生也在。

医生对他说了些什么，他听不懂。李微印翻译说，医生是在恭喜他小女孩命大。按理说，孩子母亲在浴室滑了一跤受到撞击，小孩多半会夭折。

潮生听后没说什么。

李微印又问："给她起名字了吗？"

潮生摇了摇头。

李微印看他沉默寡言，一时分不清他是一如既往地淡定还是在压抑自己。

"出去喝一杯吧？你有很多想问我的吧？其实我也有很多想问你的。"李微印这么说，潮生的目光就从小女孩身上移开。

他看着李微印哭得肿得像核桃的眼睛，点了点头。

他们到平安夜黎晚唱过歌的酒吧喝酒。

打开一瓶Dark Lager（深色拉格），看着啤酒花从瓶底冒上来，李微印开始说话："她是一个特别我行我素的女孩子，没喜欢上你时，如果有人告诉她'勉强得到的没意思'，她也会回戗一句'我偏要勉强'，她是那种非要把瓜强扭下来尝尝甜不甜的人。可是喜欢上你之后，她放弃了自己的这种性格。"

潮生没有说话。

"我一直在想，如果当初她不顾一切追你了，现在会不会不一样？可是这个世界上爱而不得的人那么多，什么happy ending（幸福的结局），不过是在恰好对的时间里做了一个恰好对的选择而已。可是现实中哪有那么多幸运的人？"

潮生喝了几口酒，依然没有说话。

"我知道你一定很疑惑她是什么时候对你动心的。我不知道你还记不记得，她说有一次数学课你们俩在走廊上罚站，然后你和她一起唱了一首法语歌。"李微印边回忆边说，"哦，对了，那天好像是四月十二号。"

潮生握着杯子的手猛然紧了紧。

"大学那几年，黎晚给我发过不少次邮件，有机会我给你看看。反正她人都没了，有些事，你也该知道了。"

潮生把心底的情绪压了压，这才问："你和黎晚到底是怎么回事？"

“你不会真以为我很渣吧？其实我们只是一次交易而已。”李微印笑，“我需要个女朋友，她也需要个男朋友，所以一拍即合。”

李微印喝了口酒。他留着银色中长发，在灯光的映衬下，竟有种雌雄莫辨的美：“我需要女朋友是因为我妈挺想撮合我和她一个闺密的妹妹，把我搞得很烦，就想应付一下。黎晚和我每天都一起玩，她是最适合假扮我女友的人选。”

他讲到这儿，潮生抬头看了他一眼。

李微印一笑：“我们闹翻是因为他要回家联姻。”

潮生微微吃惊，但很快就明白过来，谜底被挑明，从前很多伏笔也就忽然变得明晰了。

“而丸子需要男朋友是因为你。她说，这样待在你身边，哪怕偶尔忍不住跟你亲密点，你也不会怀疑她喜欢你。”

潮生又开始沉默。

李微印终于忍不住了，问他：“那你呢？”他盯着潮生，“你喜欢她吗？我指的是男女之间的那种。”

潮生端坐着，平和得有些漠然地看着李微印。

李微印以为他会给出一个答案，但等了又等，见他只是这么坐着，不悲不喜，没有表情，似乎不打算回话。

“她之所以选择瞒着你，就是觉得你不愿意要孩子，可她想要。”李微印苦笑，“她知道你是那种不肯欠感情债的人，就像你对她舍友。她说，如果当初她舍友没动感情，你可能会继续谈下去，但是她舍友动感情了，你就要分手，因为你不想欠谁。她说，你这样的人肯定不愿意和不爱的人生孩子。”

李微印只觉得凄凉。他拿起酒瓶又给自己倒了点酒，端起杯子，却迟迟没有喝下去。

“她也不是没有遗言。”李微印眼眸敛了又抬起，眼眶就又红了，“护士依葫芦画瓢，讲出很蹩脚的谐音，一直在说‘招手’‘招手’，我就问：‘招什么手啊？’那护士就胳膊乱抡乱挥地给我比画‘招手’，她嘴巴张得很大，口型夸张，让我跟着念‘招手’。然后我真的跟着念了，念着念着，忽然心一沉，猛地明白过来，她说的是——潮生。”讲到这儿，李微印又开始泣不成声。

潮生顿了顿，抽出几张纸巾给他。

李微印被潮生这个动作搞得哭泣骤停，他有些气愤：“你为什么不哭？”

潮生依旧用他那副几百年都不变的面瘫表情看着李微印。

李微印忽然觉得很委屈，他说了这么多，结果人家无动于衷，他忍不住大声质问：“你没接她的电话，你后悔吗？她为了给你生孩子而死，你愧疚吗？她爱了你十二年，十二生肖都轮一番了，你难过吗？”

“我想去看我女儿了。”最后潮生只是这么对李微印说，然后他起身走了。

李微印气得骂了一声，几秒后，想到他英语不好，还是跟了上去。

李微印见潮生在街上低着头走得很快，在两条街间转来转去，像没灵魂的被操纵的木偶一样，迷了路，跌跌撞撞的。

走了半个小时，他好像忽然回神了，在路口招招手，拦了一辆出租车。

李微印也打了辆车跟在后面。

车行驶过熟悉的街道，李微印忽然发现，潮生去的是黎晚的公寓。

司机在楼下等着，潮生独自上了楼。没一会儿，他从楼上下来了，怀里抱着一个坛子——骨灰坛，黎晚的骨灰坛。

李微印看他抱着这个骨灰坛又上了车。

十几分钟后在医院下车，潮生去婴儿室看正在保温箱里睡觉的女儿。

李微印赶到的时候，恰好听到他用并不流畅的英文对Claus解释：“我和她妈妈一起来看她。”

Claus大为不解。

潮生又解释：“她妈妈还没见过孩子。”

李微印忍不住泪如雨下，忽然知道了那个问题的答案——他也爱她。

李微印只觉得自己再也待不下去，他捂住嘴抑制住哭声，以最快的速度转身离开。

潮生在到英国四个月之后起程回国。

原本婴儿两个月之后就可以坐飞机，但他不放心，仍然待到小孩百天之后，恰好是第二年春节之前回家。

他来的时候只拿了手机和必需的证件，走的时候却空运了四个行李箱，全都是黎晚的家当。

李微印和他一起回国。那个时候李微印已经不会哭了，只会不停地逗他女儿笑。

黎晋东和陈柔在得知女儿死讯后就昏厥在家，两个人病了好，好了病，根本无法赶去英国料理后事。

潮生回国这天，他们早早就等在机场。看着人来人往，他们夫妻的眼神里是充满期冀的，仿佛女儿会和潮生一起回来，帅哥靓女外表般配，一起推着行李箱走过来，不知道多显眼。

直到真的看到潮生从人群中远远走过来，他们的脸色才变了，怪只怪他手里的骨灰坛颜色太扎眼，让他们泪如雨下。好好的女儿，走的时候活蹦乱跳的，怎么回来就成一个冰冰凉凉的盒子了。

可很快他们又抹掉了眼泪，因为看到了李微印怀里的小女孩。

潮生很快看到黎晋东和陈柔，他目光沉了沉，走了过去。

他走近了，黎晋东扯出一个很不想笑但又渴望安慰彼此的笑："回来了，路上还顺利吧？"

潮生眼里有些不易察觉的情绪，他看了眼黎晋东，又看了眼陈柔，分别喊了声："爸，妈。"他很认真地说，"我把黎晚带回来了。"

这几个字包含了太多，黎晋东眼眶红了。

陈柔反应倒是快，她快速抹了泪，笑着看向李微印怀里的小女孩："晚晚啊。"她张开双臂呼唤，"小小年纪就坐飞机了，我们晚晚真厉害哦。"

李微印把小女孩给陈柔。

小女孩竟然一点也不认生，被陈柔抱过去，竟乐呵呵地笑了笑，笑出了口水。

潮生看着他们，抱紧了骨灰坛。

…………

酒吧那天之后，李微印又问了潮生好几次："你到底给小女孩取了什么名字？"

他心里早有答案："江念晚。"

"什么含意？"

"字面意思。"

老话总说，入土为安。但是潮生没有让黎晚下葬，他把骨灰坛放在卧室里。王冬梅说，他不应该这样。他说，起码让她看着念晚长大吧。于是王冬梅就不再说什么了。

但是葬礼还是办了的。二〇二六年的春节来得比较晚，过完元宵节都已经是三月四号了。三月六号这天，潮生在芳汀为黎晚举办了一个小小的葬礼。

来的人都是老朋友：温澜、唐未、李微印、王绪……

大家一人一枝红玫瑰，放在她灵前的遗照前。她的遗照选的是她各大社交平台上多年没换的头像——那是她十八岁的样子，满耳朵都是闪闪的耳饰，扎着高高的马尾，笑容明媚，不施粉黛，却依旧娇艳。

大家都没有说什么告别的话，也没有哭泣，淡淡的悲伤却像驱不散的阴霾一样，始终笼罩着大家。

后来温澜和唐未先走了。

艾蓝最近高烧不退，温澜得回去照顾孩子。坐上车之后，她才敢哭出来，放声痛哭。唐未在旁边开车，听她悲痛地哭，就把音乐声开到最大，遮盖住她的哭声。

潮生送完温澜离开，再回来就见王绪给李微印递了一根烟。李微印顿了顿，接过去，点燃了。然后王绪看到潮生回来了，就说："我也走了。"

潮生点头，默默把他送出去。

王绪离开灵堂，助理早就站在车前打开车门等他进去。他上车之前又回头望了一眼潮生，眼眶里蓄满了泪水，话却是笑着说的：“潮生，就在刚刚，我忽然感觉从前已经是上辈子的事了。”

潮生听后，对他笑了笑。

王绪低头，用他那价格不菲的西装袖口擦了把泪，弯腰上车，再没回头。

潮生再转身，就见李微印正叼着烟目送王绪的车离开。

潮生问：“你不走吗？”

李微印移开视线，笑问：“怎么，你想和黎晚单独聊聊？”

潮生微愣，很快一笑：“滚。”

李微印连连点头：“行，不打扰你俩谈心。”

他把烟摁灭，走下台阶，丢在廊外的垃圾桶里。他说：“走喽。”

一个个都走啦。原来，高中毕业之后，大家各奔东西，并不是真正的分离，这时候才是。

春风不解风情，时间追上了白马，忙碌的世界依然孤独地转个不停。

青春灿烂盛大，永远有人风华正茂，可他们这群人的青春真的散场了。

尽管看起来他们都长成了很好的大人，也都没有偏离自己的人生轨道，但是他们的身边再也没有彼此。这就是故事的结局。

李微印又走到潮生身边，他的眼泪大概都在英国流完了，这会儿倒是笑嘻嘻的，他说：“我走了，你和黎晚聊吧。”

潮生说：“你家近，我就不送了。”

李微印点点头，越过他，又忽然回头：“看你从头到尾都这么平静，我还真挺想问你的。”

潮生转身看他：“问。”

“你遗憾吗？”

没接到她最后一通电话，你遗憾吗？

在她死后才知道她爱你，你遗憾吗？

她到死都不知道你爱她，你遗憾吗？

“那就遗憾吧。”他还有一生可以去遗憾，而她连遗憾的机会都没有了。

李微印得到潮生这个答案，忽然就释怀了。他转过身，大步流星地朝外走，挂着笑，流着泪，挥手告别，没有回头。

潮生一直目送李微印的身影消失，而后又进了灵堂。

看着黎晚十八岁的遗照，他忽然想起一句诗：“我亦飘零久，十年来，深恩负尽，死生师友。”

他暗恋过两个女孩，那两个人都不知道他爱过。

他问黎晚：“那你呢，你遗憾吗？”

没亲眼看一眼女儿，你遗憾吧。

那通电话没拨出去，你遗憾吧。

没能告诉我你爱我，你遗憾吧。

没听我说过我爱你，你遗憾吧。

…………

潮生在灵堂站了很久。他没有哭，也没有故作轻松，到时间了，灵堂该关门了，他就离开了。

当天他抱着念晚回家，因为他不会开车，依旧步行去地铁站。

地铁口有两个盲人歌手在唱歌，一个用口琴演奏，另一个在唱：“……我也是个复杂的动物，嘴上一句带过，心里却一直重复……”

是他们上学那会儿大家围在后排一起听过的歌。

小念晚挥着圆滚的手臂咿咿呀呀地闹腾着，不知道是不是很喜欢这首歌的旋律。

潮生抱着她停下来，听了一会儿。

盲人歌手还保持着二十年前卖唱的习惯，除了二维码，还把吉他包摊开供人丢钱，但是包里连一枚硬币都没有。

潮生忽然想起前年盛夏黎晚那番关于“月亮和六便士”的言论。

王冬梅总是觉得不拿现金不踏实，所以总会往他钱包里放一些现金。他拿出钱包，里面恰好有两枚硬币。

他抽出一张五十元的钞票，和那两枚硬币一起放在歌手的吉他包里。

那人正好唱道："你说前半生就这样吧，还有明天……"

潮生就是卡着这句词离开的。

潮生并不知道，有人拍到了他抱着念晚的视频并发布到短视频平台上。不过短短一周，各种传闻都被扒出了。

信息化的时代，捕风捉影太容易。

关于念晚，越来越多的谣言出现，而最多的说法是——念晚是黎晚给潮生戴绿帽子生出来的。异国分居就是证据。

当年大婚，潮生虽然低调，但也发了条微博官宣，而黎晚是国内外有名的网红，难免受人关注。当时网上有不少关于他们结婚的讨论，但他俩一向不喜欢炒作，基本没关注过任何言论。

可现在不行。潮生写文以来第一次发律师函，希望谣言止于智者。可是在明星们肆意占用公共资源的年代，律师函已经失去了公信力，他无论是发长文解释还是发律师函警告，总有一半的人恶意揣测。

他萌生了退圈的想法。

在此之前，他打算写一本名为《晚风》的书。

晚风无处不在，可没人看得见它。你看，像不像某种感情？

黎晚曾经埋怨他从没有把她写进过后记，这次他给她写一本书。

这本书一开始写得无比顺利，可是当他完稿的时候，他忽然感觉自己不会写字了。这种感觉就像一个正常的男人忽然之间就无法勃起一样。

她带走了他某部分灵魂、才思和热情，于是他毅然决定封笔。

他把这件事告诉自己的编辑，并不接受任何挽回。

当然，这都是后话了。

黎晚走后那段日子，潮生的日子如常地过，总体来说，他还算平静。

他把所有的精力都投入到念晚身上。

有时候念晚不乖，一哭就是大半个小时，他把她哄睡着，又要给她洗奶瓶、洗围嘴布、收拾这收拾那……好不容易可以歇一歇时，她总是哇的一声又哭出来。虽然辛苦，但是念晚要是真睡着了，他又会觉得无事可做。

他把黎晚的遗物都整理了一番，单独留了一间房间放她的东西。

那个为了取棉花点孔明灯而买的小蜜蜂玩偶，她还留着。

在看到她一件少了一枚纽扣的白色外套时，他怔了很久。

他想起他第一本书的签售会，那会儿恰好是盛夏时节。她即将飞往英国，她说别人都给他送花了，但她没有，就把衣服上掉下的一枚扣子给他了。

当时她笑意轻松，说什么“是香奈儿的呢”，又诡辩说是“平安扣”。

他没有多想，还以为她是没送礼物磨不开面子，直接收了下来。后来那枚扣子被他放在一个装着千奇百怪东西的盒子里，再也没拿出来看过。

可这会儿他看到这件衣服，才发现这件衣服是秋冬款的。那枚纽扣偏偏又是衣服上的第二枚纽扣，其中寓意，他再清楚不过。

潮生走去窗边。夜深了，明月高悬，晚风轻轻。

他努力回想曾经的旧时光，想记起黎晚暗恋自己的细枝末节，可无论怎么想，他都想不起来了。

而黎晚甚至连日记也没写过，仅有的几封和李微印来往的邮件提到的也不过是大学时光的几个碎片。她对青春期的提及，不过是一句“以前上学，最羡慕他骑电动车带温澜回家”。

时光掩埋了一切。

他感觉眼睛涩涩的，在情绪更浓之前，他去主卧卫生间洗脸，那里有他的毛巾。

打开水龙头的时候，他忽然看到洗手台上沾着一根又黑又长的头发。

崩溃就在那一瞬间。

已经过了这么久，他一滴眼泪也没掉过。

他在录像带里看过她死亡的过程，他亲眼见过她的遗体，他亲自送她去火化，他第一个捧起她的骨灰，甚至连骨灰坛都是他亲自选的……可不知道为什么，他还是觉得黎晚活着。

可能是他们已经分居太久又没什么联系的原因吧，所以他总感觉黎晚还在英国好好生活着，只是依旧在和他冷战而已。

可当他看到她的那根头发的时候，他忽然意识到她真的死了。

她的头发丝还沾在洗手台上，她种的花还好好地开着，她告诉过他，客厅第四排倒数第二块地板缝比别的地方大一点，现在依旧是这样。

阳台上她用了一半的颜料已经凝固了，窗户上她用油画棒画的一朵玫瑰花依然活灵活现。

她所有的东西都在，生活的痕迹也都没消失，然而她死了。

他的爱人死了，不是不在了，不是故去了，不是人没了，死就是死，用什么隐晦的说法都是死。

她死了，一句告别也没有。

她永远不会知道他曾经爱过她，现在依旧爱。而他无论怎么努力，也永远不会知道她是如何暗恋他的。

想到这儿，他忽然恸哭起来。他瘫倒在洗手台下，放声大哭，眼泪模糊了双眼，根本抑制不住。

原来这就是死别。

岁月那么长，遗憾那么深。把一切归咎于命运的安排，就能放下吗？

后来的日子过得都类似。

婴儿一天天长大，老人一天天变老，站在三十岁的开端，看过去和未来都像雾里看花，什么都不真切。

念晚渐渐大了，但她从来都没问过关于妈妈的事。潮生和家里人商量好，打算等她上幼儿园之后再让她知道一些事情。

念晚三岁生日的时候，潮生在家里给她办了个小派对。温澜带着艾闻、艾蓝过来了。吹完蜡烛，大人们在这边聊天，念晚就拉着艾蓝到自己那屋拼积木。

她们玩了好一会儿，潮生去喊念晚过来吃饭。隔着虚掩的门，他听到艾蓝问念晚："为什么我从来没见过你的妈妈？"

念晚没有任何思考，脱口而出："我妈妈死了。"

艾蓝惊讶地问："那你没有妈妈了？"

念晚摆积木的手没停，她丝毫没有悲伤的感觉，很自然地说："我有，她只是死了而已，等以后我也死了就能见到她了。"

潮生最后没有推开那扇门。

念晚六岁的时候上小学，潮生终于有了自己的时间，诚恳点说，他是终于收拾好自己的心情，这才开始写《晚风》。

没有大纲，他写了一个名字里带"晚"的女主角，最后给了她一个好的结局。

这本小说出版之后，他要去接受欧阳的采访。出门之前，他给念晚扎辫子，便把婚戒取下放在茶几上。念晚拿起来玩，不小心把戒指掉进了沙发缝。

他去找戒指，却无意间摸出一个尖尖的东西。他掏出一看，竟然是那只月亮发夹。

他还记得这只发夹刚丢的时候黎晚很着急，拿着手电筒在沙发底、柜子底照了好久，最后为了找它差点误机。

潮生惊喜得满脸都淌着笑，是很少有的情绪外放，他恨不得高高举起来喊："黎晚，我找到了！"他真的很开心找到了它。

"爸爸，你手上拿的是什么？可以给我看看吗？"念晚这么问。

他忽然回神，笑意僵在脸上。

后来他去咖啡屋接受采访，在路上他决定把一些故事说出来。他不知道这是不是在弥补她，他只知道，斯人已逝，往事不能随风。

采访结束，他独自回家，当时已是深夜，路两旁花草树木都已经睡着了，月亮藏在厚厚的云翳后面。只有晚风轻轻吹拂着，黏腻而缠绵，仿佛爱人的抚摸。

家里的灯还亮着，听到门响，念晚赤脚跑来要他抱。

当初买房子，他给海生也买了一套，就在对门。他晚归，海生的妻子素素就过来帮忙照看念晚。她告诉潮生："晚晚不肯睡，非要等你回来。”

听到这个称呼，他总会冷不丁地反应一秒：“念晚给你添麻烦了吧？”

“晚晚画画，我备课，我们俩很自在呢。”

潮生走过去，看到念晚画的是阳台上的各种花，连花盆都画上去了。阳台上那些花都是之前黎晚种的，他这几年也没添新的，但打理得还不错，都长得很好。

“你来了，那我就先回去了。”素素摸了摸念晚的头。

潮生对她说谢谢，帮她把备课笔记和课本收拾好递给她。

素素离开之后，念晚很快就困了。

潮生把念晚哄睡着，听到她微微的鼾声，他忽然发现这样的日子还有很长。她死后，他还有很长的一生。

他起身到阳台上抽烟，试图忘记刚才帮素素整理课本时看到的句子。

那页印满了字，只有最后一句被标红，不难看出是考试的重点，翻译出来并不难，只是不知道十几岁的少年们是否理解其中的深意。

风轻轻吹着，他仿佛听到书页哗啦翻动的声响。

那句话他越想忘，反而越在心底重复：“庭有枇杷树，吾妻死之年所手植也，今已亭亭如盖矣。”

番外

爱意藏在晚风里

1

黎晚篇

她的月亮去了

黎晚从一开始就注意到江潮生了。

那天是高一开学，新生报到的日子，作为新生，她的注意力当然会放到其他新生身上。恰好她又是第一个到教室的人，就找了个最后一排靠窗的位子，和班主任一起，等来了剩下的四十九名同学。

人一个接一个地进，她就一句接一句在桌洞底下给李微印发消息。

李微印说："嘿嘿，照目前来看，我应该是我们班最帅的。"

黎晚就回："嘿你个头，照目前来看，我还是我们班最美的呢。"

结果消息刚发出去，她就听见前桌男生小声说："我去，有美女。"

她抬头就看到一男一女进了门。

女生长着一张温柔的脸，眉宇之间有一股不食人间烟火的气息；男生身形挺拔，朗然若树，给人几分清冷难接近的感觉。这两人换身白色的古装，简直能成仙。

掌心传来振动。

李微印说："确定了，我是我们班班草。"

黎晚发了个哭唧唧的小表情，说："我是不是班花不知道，但我们班的班草确定了。"

"谁啊？拍个照瞅瞅。"李微印秒回。

黎晚想了想，在男生走到座位上，准备把书包放下的时候，偷偷在高高叠起的新课本后面摁下快门，拍了张照片。

只拍到三分之二的侧脸，但拍得还算清晰，她点击发送。

那边李微印又是秒回："我去，这个确实帅，叫什么啊？"

黎晚懒得回他，干脆息屏下线了。

然后她瞥向那男生，看了几秒，又转去看和他一起进门的女生，最后目光在女生身上流连好久，在想“等会儿找机会拍个她正脸的照片，让他们选选我和她到底谁更好看”。

那会儿她还是小女孩心性，比起帅哥，更注意美女，总想成为人群里最漂亮的那个，不想让任何人把她比下去。

因此黎晚最初对温澜是带有一点点敌意的——那种美女对美女的警惕性。

当然，这种心理并没有恶意，甚至在短短半个月之后，军训结束，班里重新排座位，黎晚和温澜变成同桌的那一刻就烟消云散了。

说起来也不得不感慨，女生的友情真是奇怪。

黎晚和温澜性格南辕北辙，一个在班里风风火火，另一个沉默得恨不得隐形。两个人原先一句话都没说过，本来以为坐一起会很尴尬，谁知道一个晚自习的工夫，她们之间的关系就好了起来。

而这一切的起因只是黎晚偷看小说，让温澜给她望风。

黎晚看的书，温澜在潮生的推荐下早早就看过，于是就顺口对黎晚小声说了句：“这本书在国内有改编的电影。”

黎晚就问：“什么电影啊？”

“和书一样，就叫《一个陌生女人的来信》，徐静蕾和姜文主演的。”温澜说，“网上评价不一，但我很喜欢。里面有一首《琵琶语》特别好听。”

“……”

两人就是这么聊起来的。

后来摇滚、民谣、小说、诗歌、明星、偶像……她们什么都聊，聊着聊着就成了上厕所也要一起去的关系。

黎晚和温澜很快成为铁杆闺密，而黎晚和李微印要好，温澜和潮生要好，李微印又和王绪关系不错，朋友的朋友互相认识，几个人很快就打成一片，成为一个五人小团体。

黎晚最初意识到潮生对温澜有意思是在他们去滑旱冰那次。

她当时不甘心被唐未和李亚男抢风头，就拉着潮生打配合。她本来是想惊艳全场，可潮生的注意力似乎并不在滑旱冰上。

她想转个圈，结果他要下场，她没反应过来，圈转了一半发现没人扶，想站直却差点摔倒。

他想抓她却没抓住，把她鲨鱼夹抓掉了不说，还薅下她好多根头发。当时她也顾不得疼了，往后打了个滑，还好眼明手快攥住了旁边的围栏，半扎马步抱着栏杆，那姿势不用想也知道有多丢人。

她当时真是气死了，转身想也没想就去骂他。

他却木头一样，端着一副不食人间烟火的姿态看着她。她骂他说话不算话，说不玩就不玩了。他嘴上说着抱歉，可脸上却隐隐露出坏笑。

她感觉他一定看到了她刚才扎马步的姿势，想笑她又不好意思。

她想说什么，结果温澜在那头摔倒了，她看见潮生的脸色瞬间变了，那种担忧演都演不出来，是一种类似膝跳的下意识反应。

她跟着潮生滑过去，看到唐未把温澜抱起来，潮生原本担忧的神色忽然变得深沉，她心里一咯噔，感觉似乎窥探到了什么。

很多事都是从滑旱冰那次之后变的。温澜剪了齐刘海儿，开始穿黑色系的衣服，而潮生也慢慢把最适合他的白衫换成沉郁气很浓的黑衣。

黎晚把这些都看在眼里，但她并不关心。感情毕竟是他们俩的事，和她没什么关系，潮生爱喜欢谁喜欢谁，温澜想接受就接受，她不撮合也不拆散，除非他们问她，否则她不表态。

日子就这么一天天过。黎晚没烦恼，每天都很快乐。

她白天去学校可以和朋友们一起玩，晚上回到家和父母说说笑笑。她不缺爱好，闲暇时光可以看电影看演出，不缺钱花，喜欢什么东西，哪怕父母不同意买，也有爷爷奶奶偷偷塞钱给她。无聊的时候，她妆匣里有一堆耳钉，十五个耳洞一个个试戴，也就把无聊打发走了。

那会儿她欣赏帅哥，但不理解爱情。有时候看到温澜盯着唐未的背影失神，她都会叹息，女生干吗要为一个男生丢失这么多的快乐呢？

直到那个四月那天下午，她和潮生因为没带试卷而被老师叫到走廊里罚站。

她记得很清楚，她当时从教室后门走出来，而潮生从前门出来。她平时就很喜欢开玩笑，就问他：“啧啧，好学生也罚站了？”

结果潮生居然讽她一句：“比不上你有经验。”

她当时真是一瞬间没接上话。

有一说一，江潮生这人最坏了，他和同龄的坏小子们不同，别的男生爱逗女生玩，偶尔说几个段子，撩拨几句，他从不这样。他表面上比谁都像正人君子，实际上，切开是黑心的，蔫儿坏，还叫人挑不出错。

她想了想，故意拿温澜堵他：“除了对温澜温柔，你还对谁有过好脸？”

他果然微愣，然后就不和她说话了。

大热的天，在外面傻站着，他又不理人，那多无聊啊。她百无聊赖，微闭着眼睛，自然而然地哼起歌。

她是下意识随口唱的，自己都没意识到唱了什么，直到他忽然接上一句“Fammi guardare le mie rose, Arrampicarsi fino al sole, ora che piove...”，她才反应过来，刚才自己唱了法语歌。

她更没想到，她哼的歌，他竟然也会唱，而且每一个单词发音都很好听。

她缓缓地睁开眼，偏脸看向潮生。

直到很多年以后，她都记得那天的一切——风的重量、光的颜色、树叶的气息、空气的温度，还有他的侧脸……

那一刻万籁俱寂，唯有潮生低低沉沉的声音萦绕在耳边，他微垂着眼眸，沉静而孤独，她几乎忘记了呼吸。

后来他唱完了，也望向她。

有光照在他脸上，细细碎碎的浮光荡漾在他眼眸中，疏疏淡淡的眉眼藏着桀骜和清高，和爱意这么汹涌的歌真不搭啊。

可是不知道为什么，他好像……唱到她心里去了。

当晚黎晚失眠了。她在床上打滚，翻来覆去睡不着，闭上眼都是江潮生那张脸。

第二天一早，她在校门口遇见潮生骑电动车带温澜来上学，在想打招呼的瞬间猛地想到自己似乎顶着黑眼圈，就赶快把脸偏过去，装作没有看到他俩，攥紧书包带小跑着回班了。

她到班上也几乎没有往潮生那儿去过。

大课间的时候，他过来收她的试卷，她装作睡觉，没理他。

等了一会儿，感觉没动静了，她抬头，却忽然对上他的视线。他冷冷清清地道："交试卷。"

她噘嘴："没写。"

他微微皱眉，她猜想他的心理活动，要么是说"怎么又没写"，要么就是说"就知道是这样"……总之，带有一种批评意味。

谁知道他却从收上来的卷子里挑了一张给她："快抄，给你五分钟。"然后他就去收下一排的试卷了。

她差点凌乱……江潮生可是好学生啊，居然为她徇私？

不行不行。她在心里猛摇头。与此同时，她迅速找出试卷开始猛抄。就……不能辜负他的心意嘛。

那会儿她并不知道，因为那次罚站，其实她在他心里的地位也稍微提升了一点。

后来再上学，黎晚就不像之前那么无所谓了。

她会为每天要穿什么发愁，不再觉得自己穿什么都漂亮，每晚睡觉之前，她总要试好几身衣服，专挑温澜风格的试。她会在意李微印开她的玩笑，比如当着潮生的面说她吃得多之类的。

她开始羡慕温澜，羡慕潮生骑电动车带温澜回家。

她更细心了，注意到以前没注意的事情，比如那个叫张玉洁的女生好像对潮生有点意思……

日子一天比一天热。

五月份的时候，潮生失业了，恰好黎晚因为成绩太差而被黎晋东骂，陈柔想给她请家教。

黎晚灵机一动，心想，这么个好机会，千万不能错过。她就赶快跟陈柔商量请潮生来教她。开始的时候，陈柔觉得这事不靠谱，她软磨硬泡，保证会考到班里前三十，如果考不到，就放弃暑假去法国的机会，陈柔才答应。

陈柔答应之后，她乐得大半夜没睡着，一边高兴，一边又在担心潮生会不会不同意。后来她连做梦都在想怎么劝潮生。

不过还好，潮生到底没有和钱过不去，他最后同意了。

后来潮生每次来家里给她上课，她都醒得很早，一上午又是试衣服又是扎头发。下午他过来，她完全不想学习，就想黏着他聊天，可他每次都很严厉。

她开始耍赖，一口一个“江老师”：“江老师，求求你啦。”

他反而威胁她：“你再这样，我就教不了你了。”

刚开始的时候，她觉得自己命好苦。

她有时候一想到她是自愿找罪受，就故意闹脾气：“江老师，我不想学了。”

“不行。”

“江老师……休息五分钟吧……”

“一分钟都不行。”

“江老师，我累了。”

“你能不能投入一点？”

“江老师，你就不想带薪摸鱼吗？”

“你乖一点，别闹，就是对我最好的报答。”

“江老师——”

“不许叫我，学习。”他字字都严厉，却没有丝毫的埋怨和不耐烦，就是太负责任，很不解风情。

黎晚的脾气说坏不坏，但说好也不好，她喜欢和别人顶嘴。但是被潮生管着的这段日子，她竟然觉得心里甜甜的，有人对自己负责、被人管着的感觉真好。

于是她忽然意识到，和一开始的悸动不同，她是真的喜欢上他了。

而如果深究到底，她有机会喜欢上他竟然还是因为温澜。如果他不把试卷借给温澜，她还会对他动心吗？

时光沉默不语，一切都没有答案。

黎晚一开始是打算表白的，她就是感觉把话憋在心里挺没劲的，但是每次话到嘴边又觉得是自讨没趣。明明知道潮生喜欢温澜，并且也能感觉到他对自己一点感觉都没有，她还去碰壁干吗？

但她又是那种憋不住话的人，这种人一纠结起来就特别痛苦。她思来想去，最后打算在高一期末考试那天告白。

她心想，反正都要放暑假了，就算尴尬，还有一个暑假的时间调节。

于是那天她打扮了一番，穿的是那种雪纺连衣裙，戴珍珠样式的耳饰，擦了点粉底，抹了一层淡淡的口红。

考完回班，教室里乱糟糟的，找不到说话的时机。她边和同学侃天论地，边留意着潮生的动静。

终于等到潮生出去搬书了，她借口上厕所出门，却没想到张玉洁先她一步，直接来了一句“江潮生，我喜欢你”。

她那一刻尴尬地戳在那儿，心里犹豫着要不要转身回班，可脚掌像被钉在原地似的，潜意识里还是想看潮生怎么回应。

然后不出所料，他拒绝了张玉洁。她看在眼里，忽然打起了退堂鼓。

想了想，她从门后走出来，刻意让自己看起来轻松，说着反话问：“江老师，又拒绝一个纯情少女啊？”

他不咸不淡地看了她一眼。

而她心跳如擂鼓。

她故意说反话来表现自己的不在乎：“近水楼台先得月，你守着月亮，还能让月亮跑了？”

后来，当她睡不着觉，回想起这一刻的时候，只感觉自己傻，因为潮生好像一点都没注意到她当时的不自然。

而她欲盖弥彰只是给自己看的。

他只是让她别乱说，他怕温澜知道了，他们连朋友都没的做。

她藏着小心思，故意顺着他的话说："也是，你们又不是普通的朋友，从出生就认识，要是表白失败了，那岂不是很尴尬……"

她真坏啊，吃准了潮生的心理弱点，故意拿话逼他退缩。

可是作用力也回馈到她自己身上了。

放学后，一路上，她都在回想她和潮生的对话，然后忽然意识到，她是没办法和张玉洁一样表白的，因为张玉洁和潮生并没有交情，可她不一样。用潮生警告她和她劝潮生的话来说——表白失败了，朋友都没的做。所以她更加迟疑了。

就因为她迟疑了那么一下，后来再也没勇气提起。

几年以后，他们都上了大学，温澜因为感情的问题而来厦门找她和潮生，他们在海边待到天亮。

后来她被冻醒，看到潮生护着温澜，而她完全被忽略，她心底发酸，走到沙滩上等日出。

看着天际线变红，她问自己：当初表白了又怎样呢？尴尬了又怎样呢？会发生天崩地裂的大事吗？会死人吗？

不勇敢的人不配得到爱情。

告白就是一件一鼓作气，再而衰，三而竭的事情。那一次噤声之后，黎晚再也张不开嘴。

她变成了一个藏在阴暗角落里阳光明媚的人，她性格里的肆意、率真、热烈全都是她对待爱情欲语还休的最好掩饰。

同时她也成了一个内心阴暗的人。

她和温澜关系好，平时总黏在一起，而温澜只要见到唐未，总会不自觉地身体僵硬，目光也总是追寻着唐未的身影。她心里清楚，温澜喜欢唐未。

她发现唐未似乎也注意到了温澜，是在潮生的弟弟海生和唐未的弟弟打架那次。

那天大家一起在KTV处理小孩之间的矛盾，潮生受伤了。后来温澜要去给潮生买药，她本来也想跟着去，谁知走到门口，却见唐未正笑吟吟地和温澜说话。于是她的心里埋下了一颗种子。

后来和温澜在一起，黎晚总是有意无意地提起唐未。

从王绪那里得知唐未喜欢滑旱冰，她就借口自己特别喜欢滑，让温澜陪她一起去旱冰场，故意给他们俩创造机会。

尤其是圣诞节那次，温澜要从场馆里面滑到外面去的时候，黎晚看到唐未正要往里面来，她佯装不小心，把温澜撞得扑到唐未的怀里了。

唐未果然是对温澜有意思的，他张开双臂任由温澜撞进怀来，笑得那叫一个坏。她看得真真儿的，他俩本来倒不了的，唐未故意抱住温澜倒了下去。

大家都在起哄，他偏偏要撩温澜，一句“把老子的心给撞掉了”让温澜羞得红了脸。

于是就在她的暗中撺掇之下，温澜和唐未真的在一起了。

黎晚以为，温澜喜欢上别人，潮生就会放下。

那次期末考试，大家说要一起小聚，潮生来班里找黎晚一起去车棚，结果却在刚出电梯的刹那听到唐未对温澜说“能不能离江潮生远一点”。

黎晚心里一颤，下意识看向潮生，光线几乎没有，他的脸藏匿在黑暗之中，她却感到无限的悲伤扑面而来。

于是她拉了拉他的袖子，带他到海边喝酒。

可她真的很坏。她从不是那种善良到没有杂念的女孩，她有私心。

当潮生情绪低落地向她吐露心事的时候，她竟然丝毫没有真心实意安慰他的想法，竟还用那种局外人客观的语气说：“唉，温温也算是守得云开见月明了。”

她明里暗里告诉他，人家那是真心相爱的，他快放下吧，别自讨没趣。

于是他更落寞。

而她还要装作没事人一样，说什么“我是不理解你们这些情情爱爱的”，试图把自己择得更干净，态度更无邪。越是心里有鬼，越是要强调什么。

可潮生并不知道她的意图，还笑着告诉她："珍惜你现在还没被七情六欲折磨的时候吧。"

她心里打着算盘，试探着问："喂，江潮生，你听过没，别人说忘记一个人最好的办法是和另一个人在一起，要不你也谈一个得了？"

潮生想都没想就摇头："不可能。"

这句话让她心中一刺痛。她心里难过，有些话也就被情绪逼着说出来了，反问："怎么不可能？万一真的能忘记温澜呢？"

"这对那个女孩不公平，哪怕她是心甘情愿的，也不公平。自己一个人的苦，何必要两个人尝？"他是这么说的。

他不知道，这个回答让她记了很久很久，也是这个回答更加坚定了她退缩的意志，注定了几年后她无法预知的悲剧。

那天和潮生喝完酒，黎晚心里酸涩得很，恨不得大哭一场。恰好在离开的路上，他们偶遇李微印和王绪了。

那会儿这两人整天黏在一起，而具体原因只有她一个人知道。

她像抓到救命稻草，等潮生走后，她当着王绪和李微印的面大哭了一场。也是那次之后，王绪和李微印知晓了她的心事。

王绪和李微印好，但王绪家风甚严，有些事并不能放到明面上说。"而他们太亲近了，有一次在街上牵手竟被王绪的妈妈看到了。

回到家，王绪的妈妈一通质问。

王绪干脆扯谎说，李微印早有女朋友了。王绪妈不信，王绪就说："那女生，你也认识，就是黎晚。"

黎晚是最合适不过的对象。她和王绪、李微印从小一起长大，三个人好得像亲兄妹一样。如果说王绪和李微印黏在一起，那不如说是他们仨黏在一起。

王绪在接受盘问之后迅速把李微印和黎晚叫出来，三个人商量了一番，决定让黎晚和李微印假扮情侣。

黎晚和李微印的理由差不多，都是为了掩人耳目。

黎晚的想法很简单，她有了男朋友，那么做一些事，潮生就不会多想，比如填报志愿。

在她和李微印关系公开的聚会上，潮生对她满是祝福，她心里难受，面上却只能表现得更热闹，笑得更畅快。

茶余饭后，潮生找她聊天，问她为什么不和李微印一起去国外。

她告诉他，她不是那种会为了爱改自己志愿的女孩，还说自己第一志愿是上海，第二志愿是随便填的。

实际上她是骗他的，根本没有报上海的志愿，只有他所报的厦门。

温澜和唐未去了武汉，她和他到了厦门，彼此之间相隔万水千山，他会不会把目光落到她身上？

大学刚开始那段时间，黎晚过得还挺安心的。

周末潮生出去打工，她会佯装逛街恰好路过那家店，然后等他一起回学校。

他们通常是坐地铁回校。他看着冷淡，其实在某些细节上是能看出他鸡贼的，比如抢座位，他很厉害，每次都能占到位子，然后把占来的座位让给她坐。

回校的时候，他们并肩走在校园的小道上，树影投在身上，晚风轻轻吹拂，感觉特别惬意，仿佛与走在他们前面的那对情侣并无差别。

当然，这一切不过是虚幻的泡沫。寒假之前，温澜和唐未吵架，来厦门找他们，泡沫被现实无情地戳破，徒留一片细碎如感伤的水珠。

那晚大家到KTV，温澜和唐未打电话聊和好的事。

潮生什么表情也没有，什么话也没说，只是默默拿起话筒唱歌，唱《迷人的危险》："当你的泪水滑过侧脸，我只能像朋友地体贴，想揍他一拳，更想叫他滚远。他不配站在你眼前，你的痛怎能看不见……"

这歌词让黎晚心头一刺痛。而温澜毫无察觉，还好心情地轻轻跟着唱。

黎晚觉得自己的心像被人攥起来一样。潮生那么悲伤，他的难过，她看得到，而她因为他的难过而更难过，却无人察觉。

她几乎要哽咽，可她的性格又让她做不出哭哭啼啼的动作。

后来在情绪即将到达顶点的时候，她不动声色，盘腿坐在桌子上，盯着屏幕上的歌词，跟他合唱起来：“我的心已经等你好多年，爱不说满到自己快淹灭，那是无法解释，矛盾的死结……”

他借着歌词表达内心，她为什么不可以呢？反正他们最希望能听懂的那个人永远不会懂。

黎晚以为这首歌已经是她这天难过的句号了。

唱完歌，大家一起去看海，因为酒喝得有点多，他们仨都在长椅上睡着了。后半夜，四点多钟的样子，她被冻醒了。

她睁开眼看到的第一幕就是，温澜靠在潮生的肩膀上睡着，潮生抱着胸正襟危坐在长椅的最边缘，脑袋微微垂着，也在睡觉。而他的外套掉在地上——温澜脚边的位置。

他的外套明显是给温澜盖的。都是女生，温澜靠着他睡得这么香，而她却被活生生冻醒。

温澜不在的时候，他也是在地铁上给她抢过座位的。可当温澜在身边，他就开始偏心了。

意识到这一点的时候，黎晚觉得自己不行了，她感觉眼泪已经逼近眼眶，再不离开绝对会哭出来。

可就当她想起身去海滩的时候，他醒了。他用那种特别害怕惊醒温澜的声音小声说：“帮我个忙。”

他希望她能帮他把温澜从他身上挪开，因为他怕温澜醒了会尴尬。多体贴。

黎晚忍了又忍，怕态度不好会露馅儿，只好帮他完成这个动作。然后当她转脸，眼泪便唰地落了下来。

那天之后，黎晚没法好好面对潮生了，有种想跟他断舍离的想法。

放寒假回到禹山之后，大家聚在一起吃饭。

唐未还在为潮生吃醋，当时潮生亟须解围，她看在眼里。其实明明可以不帮他说话，也可以用更好的方式帮他解围，但她还是故意说他有女朋友了。因为她还是隐隐约约想让唐未解开心结，从而和温澜更加相爱，走得更远，最好百年好合，让江潮生再没机会。

她真坏。她又一次在心里骂自己坏了。

那天吃完饭，大家准备各回各家。

走出饭店，大家三三两两做伴离开，在门口告别了好一会儿，最后只剩下唐未和温澜，还有潮生和她。她很随意地问出来："你们仨怎么走？"

每次提问，无论问的是什么，潮生总是最后一个回答的，可这次他第一个开口，对她说："我送你。"

她一愣，很快反应过来，他是为了消除唐未的顾虑。她的心又一次轻易地被他抛到尘埃里。

她生气了。比起失落，更多的情绪真的是生气——气他为了另一个女孩而拿她当挡箭牌。

她最终没有让他送，而是独自走回家。路上，她一直在回想过去的点点滴滴，她对自己感到失望。她不该是低到尘埃里的女孩子，就算是，也应该在尘土里开出花。

很多年后，她在英国的街头忽然听到一首中文歌，她始终都不知道歌名叫什么，但有一句歌词她永远记得——"如果爱一个人可以爱到尘埃里，是否有人爱尘埃里的你"。

他爱一个人爱到尘埃里，而她偏偏爱尘埃里的他。最后的结果是大家都有人爱，就是没人爱她。

黎晚决定放下了。

第二天，潮生来家里做客。明明听到他的动静了，她却没有像往常一样出去见他。最终是他来后院见她。

他看到她在鼓捣孔明灯，笑话她拿香熏当灯芯，她对他爱搭不理，语气并不是很好。他或许以为她在为孔明灯沮丧吧，竟然安慰她说，吃完饭要带她去海边放。

温澜不在，她还是他身边最关心的异性朋友。她只觉得心酸。

他们一起去海边的时候，她故意放了些聒噪的歌，但他们俩都没什么热闹气，她是假嗨，他是连假嗨都懒得嗨。

后来，半路上，他说要下车买棉花。

她安静地坐在车里等他，在想，以往黎晋东下车买东西，陈柔等待的时候是什么心情？

他很快回来，带来的却是一只小蜜蜂娃娃。

她很快明白过来，他要把小蜜蜂拆开，掏棉花。

她骂他残忍。

他故意气她，说要把小蜜蜂的脖子拧断。

…………

他们幼稚起来也是真幼稚。怜悯一个布娃娃的她和要伤害一个布娃娃的他幼稚起来半斤八两。

后来他把棉花掏了出来，她收好那只小蜜蜂娃娃。

她从来都没有喜欢的玩具。很多小朋友小时候都有心爱的布娃娃陪着睡觉，她从来没有，可自从那晚过后，她有了一个。

那晚的风真的很大，就像她的心一样，心潮澎湃，无法平静。

他亲力亲为，帮她打湿棉花，点燃火苗。火焰在他脸上投出水波一样的影子，那一刻的他不能用好看来形容，得用漂亮。她心空了好几秒，呼吸都变轻了。

他点燃了灯，她就该许愿了。

他把孔明灯放开，让她一个人拿在手里。

那一刻她忽然忘记了之前所有的不愉快，她的心变得轻盈起来，就因为眼前的这个男孩子为她点了一次火，送她一束光。

她闭上眼，虔诚地祈祷："希望有一天江潮生可以喜欢上我。"默念出这句话之后，她又想到"万一有重名的怎么办"，又补充道，"让我心里喜欢的江潮生有一天可以喜欢上我，并且再也不变心。"

许愿是一件很神奇的事情，总让人感觉在许完心愿的那瞬间心里已经满足了，提前预支了愿望成真的喜悦。

然后她睁开眼，看到潮生在出神。他思绪辽远，满脸的温柔，一看就是想到了温澜。

她的心才飘起来没多久，忽然又一下子坠了下去。她无法简单地形容那一刻的感受，说难过不像难过，说难堪不像难堪。

后来，也是在英国，朋友分享给她一篇帖子，上面写道“在我许愿的这三十秒中，你是在担心她因为图书馆断电而害怕，还是希望以后年年都能陪我过生日”。

她忽然想到那个夜晚，想到潮生在她放孔明灯时出神的模样，然后她抽了一根雪茄才平复心底翻涌的情绪。

那晚她也是抽了烟的。她第一次抽烟就是在放完孔明灯回家的路上。

她熟稔得就像个老烟民，惹得他淡淡地蹙眉，问她什么时候学会抽烟的，她当时没心情和他相处，嗤笑地回他：“抽烟还用学？”

他明显想说什么，大概是想教育她吧，可惜没得逞，因为李微印忽然打了电话过来。

她想提醒李微印潮生在她身边，以防他说错什么话，于是电话接通之后她率先喊了句“喂，老公”。

李微印果然秒懂，问她和谁在一起。

她回答说：“潮生。”

李微印很明显地顿了一秒，然后就很懂地聊起了别的。

她当时观察过潮生的表情，结果观察出来的就是，没表情。她失笑，然后又点了根烟抽。

烟是为他抽的，他却一无所知。

后来很长一段时间里，黎晚都刻意避开潮生，不怎么和他亲近。

他沉浸在失去温澜的悲伤中，也从没主动找过她。这倒也公平。

直到第二年的四月份，温澜和唐未又在闹矛盾，可闹得比以往严重，他们分手了。

这次温澜似乎比之前任何一次都伤心，而潮生的状态也因此和以往不一样了，他更殷勤了。

黎晚把这一切都看在眼里，想做些什么又感觉没有力气。她那会儿连使坏都坏不起来了。

她不知道故事会如何发展，只好默默旁观，看看是否还有余地写下属于自己的几个段落。

还好唐未不是那种磨叽的性格，他心里还有温澜，藕断了没关系，只要丝连着，总能再续前缘。一次饭局上，唐未和年少时一样，认准了温澜，二话没说把她堵在原地，用一个吻解决问题。就这样，他就又把温澜追到了手。

而他们和好的过程，潮生看得真真切切。

唐未是怎么离开饭局的，又是怎么追上温澜，怎么把温澜摁在墙上的，温澜是怎么从反抗到紧紧攥住唐未的衣服不放的，潮生全都看到了。

而站在潮生后面的黎晚也都一一目睹。

黎晚总以为这次之后潮生总该放下了，却没想到等待她的是潮生忽然说出口的一句——他打算谈一场恋爱。

说实话，她到现在也没明白他为什么要这样做，可能是他也想试试用一个人忘记另一个人的办法，也可能是想检验一下自己是否有谈恋爱的能力。

她把舍友孙维维介绍给他。她不知道自己当时是什么心情，好像是很平静的——意外地平静，因为她笃定他尝试不来。

果然，没过多久，孙维维就跑到宿舍大哭，骂江潮生是个渣男。

这个结果在意料之中，黎晚并没安慰孙维维。因为她知道，潮生在和孙维维在一起之前就明说了，他们要先试一段时间，合适了再正式在一起。是孙维维自己太傻，不到一星期就陷了进去。

她有些冷漠地听完孙维维哭闹，竟还有心情化个妆才赶去潮生所在的酒吧。

潮生一直以来都是挺拔如树的男性，总是沉默，也是一直孤独的树，枝丫只往上生长，并无颓气。可那次的潮生却流露出少有的颓废。

他一手夹烟，一手拿酒杯，灯光昏暗、迷离。他白衬衫胸前的扣子解了几颗，有些浪荡，看起来透着禁欲气息，着实撩人。

冷硬的男人要是流露出一点脆弱，女人的圣母心就会泛滥得一发不可收拾。

黎晚在那一刻不得不承认，她注意到他是因为他那副皮囊，动心是因为他的气质，喜欢上他却是因为他的痴情。

她到他对面坐下。

他告诉她，他以后都不会再谈恋爱了。

她知道，和孙维维这段感情，如果对方不喜欢他，两人还能相安无事，他甚至会体贴入微地和对方好下去，因为这是公平的，两个人都没动心，天平就是平衡的。可一旦对方动心了，他就要把一切都收回，因为他怕欠感情债。

因为那一刻他对待孙维维的态度，还有几年前对待张玉洁的态度，黎晚潜意识给自己洗脑，她开始铭记一些错误的想法，比如，不可以表白，表白之后他会有负担，他有负担就会逃。

悲剧的种子早就种下了。错误的经验自然会浇灌出恶果，而她终究要自食其果。

和孙维维的事情告一段落之后，潮生开始把心思花在写作上。

与此同时，黎晚真的觉得累了。她等了四年，既没等到他放下，也没等到她自己放下，她决定去英国。

这几年，她实在受不了的时候给李微印发过几封邮件——分别是温澜第一次来厦门、她在海边被冻醒、放孔明灯、潮生和孙维维分手时。

她决定去英国，李微印举双手赞成，也就只有他能明白她的一点苦。

潮生也是很为她高兴的。得知她要出国那天，他们说着分别的话，有点感伤，她心一酸，问出来：“你舍不得我？”

而他竟无比真诚地一笑：“我总不能阻拦你的幸福。”

不知道为什么，她感觉这句话比他说过的任何一句话都要虐心。被暗恋的人忽略本就是常态，可是被对方笑着祝福，想想还真是五味杂陈。

“喂，你知不知道我想要的幸福只有你能给啊？”哈哈，她在心底这么咆哮着，面上却一片平静，偏头看风景，一副惬意的模样。

那是盛夏时节，黎晚却觉得入目满是荒芜。

黎晚出国的日期就定在潮生新书发布会之后。

潮生的第一本小说是写给温澜的。

黎晚羡慕不来。她高高兴兴地祝福他，能做的唯一一件事不过是在临走之前送给他一枚纽扣。

这不是个突发奇想的点子。她希望临走之前能为自己做点什么。

都说“红豆最相思”，可是这个表达的意味太明显了，送出去反而尴尬，而送纽扣不会。

衣服上的第二枚纽扣，最靠近心脏的位置，寓意为把真心交给对方。黎晚把那枚纽扣放进潮生手里的时候，表现得漫不经心，说：“我衣服上正好掉了枚扣子，是香奈儿的呢。都说‘平安扣’‘平安扣’，这个送你了，礼轻情意重。”

他怔了怔，接过来，有一会儿没说话。

她屏息凝神，很是紧张。

最后，他竟然笑笑说：“一路顺风。”

她心脏有一秒钟刺痛。这不是夸张，也不是矫情，她好像真的感受到了生理性的反应。

什么衣服上恰好掉了枚扣子，她穿的明明是T恤。她刚才把扣子给他的时候说话都在颤，她藏有私心，多么渴望他能察觉点什么，哪怕只是细微的感知，让他心里存个疑影也行啊。而他居然真的信了。

她只觉得想笑，咧咧嘴，却怎么也笑不出来。

后来黎晚有三年没见过潮生，他们的联系也因距离而减少。

潮生开始的时候还会给她发消息，但是她要么在拍摄，要么因为时差而没有及时回复，后来他就真的不找她了。她心里赌气，也不找他。

时间一长，他们之间的关系就淡了很多。她对此并没有太大的波澜，仿佛早就知道会有这么一天。

她只能从和黎晋东或李微印的闲聊及潮生的微博里看到他的近况。

他出版了两本书，版权费赚到手软，人火，书也火。

他还是留黑色中短发，刘海儿淡淡地扫着眉眼，少年气十足，依旧如树般挺拔，也如树般孤独。他还是单身，不知道是不是还没放下某个人。

黎晚出国这几年正巧处于疫情期间，她也不是不能回国，只是心里多多少少在逃避什么。

二〇二三年疫情好转很多，奶奶动了个小手术，她心里挂念，才从英国回来。

她回国当天，黎晋东就邀请潮生来家里吃饭了。

她以为自己会很平静，毕竟三年了，她成熟了许多，也克制了许多。

可是就在他在约定时间到来的前半小时，她忽然开始焦虑，把行李箱里所有衣服都掏出来，不知道穿哪件好。在他到家的前五分钟，她换了三十多套衣服，全都不满意。

时间紧迫，她干脆挑了一件在社交平台上点赞最多的照片里穿的裙子。在镜子前她把头发绾起又放下，再扎起高马尾，又拆掉，换成低低的麻花辫……

他已经到了。窗外传来他说话的声音。

她朝窗外看了一眼，收回视线的时候看到桌上花瓶里插的玫瑰，最后拿一枝白玫瑰当簪子，把长发绾了起来。

做完这一切，她听到陈柔在楼下喊她。

她深呼一口气，看似散漫地走过去。真冷啊，她刚走到阳台就感到胳膊上鸡皮疙瘩暴起，她打了个哆嗦，故作随意地和他对视。

这么多年了，他好像还和她第一次见他的时候一样，那么挺拔，那么清冷，换身衣服简直能成仙。而她就像一只道行不深却胆大包天的小妖，好想拉他堕落到她的世界啊。

饭后，他们以老同学、老朋友的身份开始叙旧，一起去影音室看电影。她坐在沙发这头，他则像怕沾染上她似的，正襟危坐，离她远远的。

他越这样，她越是想招惹他。年龄大了，她胆子也大了，开始拿脚踹他，看似不经意，实则专往他腰窝上踹，若有似无地蹭到他的胯和大腿。

他被她搞烦了，忽然抓着她的脚，起身把她往身下一拉，下一秒膝盖压住她的腿，双手摁住她肩膀。

那一刻她全身都酥软了。看着他，她呼吸变慢。

她第一次从他的瞳仁里读出了七情六欲，哦，不，也许七情并没有，但六欲是一定有的。她这几年被数不清的男人这么瞧过，他虽然表现得不激烈，却透着这种光亮。

她上学的时候不是没有肖想过他，可现在感觉不一样了，那种渴望压不下去。如果多给她十秒钟，她也许会迷失自我，亲他一下。

可就是这时候手机响了。李微印打给她，温澜打给他。

挺戏剧化的是，他眼眸中的热烈顿时变凉，而她也忽然觉得无地自容，一切都在这里戛然而止。

黎晚和潮生再次见面是在温澜的订婚宴上。

那天他们并没多聊什么，因为他似乎挺低沉的。也是，温澜订婚，最难过的就是他了。

黎晚一直在和潮生的弟弟和母亲聊。王冬梅希望潮生赶紧找女朋友结婚，而海生似乎对她不一般，他到底是小她几岁，脸上的喜欢藏都藏不住。

可她的注意力没在海生身上，反倒在回家的路上一直在想王冬梅的话。她在想，潮生会因为他母亲而结婚吗？毕竟他那么孝顺，而他母亲这几年确实过得不容易。

她没有答案，但是问题已经在她心里了。

直到两个月后，她和朋友一起去吃饭，在餐厅里遇到潮生和一个陌生女人。那女人实在是漂亮，文艺气息很浓，和潮生很搭。

她知道潮生最近在相亲。可亲眼看到他约会，还是和这么个大美女约会，她心里还是不是滋味。那感觉就像他要和许多普通人一样，步入生活的正轨。相亲、恋爱、结婚、生子……多么世俗且平淡的生活。

可她感觉这不该是潮生的人生。

退一万步讲，就算他一定要选择这样的人生，他注定要和一个不爱的人结婚，那么那个人为什么不能是她呢？

对啊，凭什么是别人，而不是她呢？

她看着潮生约会，对自己的盘中餐食不知味，心里暗下决定要把他“据为己有”，并且在动这个念头的同时就已经在考虑如何劝服他。

她情绪激动，念力达到最高点，心里的声音一直在怂恿她。她知道，勇气就像抛物线，达到最高点就会下降。如果不在这个时候冲出去拦住他，说出想说的一切，她将很难再开口。

于是她冲了出去，拦住了他，告诉他：“我想和你结婚。”

后来，她跟他说了一大堆理由，那些话就像一个作家突如其来的灵感，如果忘记保存文档，那么绝对写不出第二遍。因此说了些什么，她在谈话结束之后竟然记不清楚了。

她只记得，和他分开之后，她找了个店，用最大号的扎啤杯喝了三大杯冰镇啤酒，或许是为了压下什么，又或许单纯是庆祝自己表现得还不错。

那天之后，他们很久不联系。

黎晚在彷徨和期待中跌跌撞撞，每一天注意力都无法集中，唯一的突破点在于海生。

温澜订婚宴过后，他开始频繁地给她发消息，一口一个“姐姐”地叫。她不想回，但是又感觉海生没准会帮她大忙，也就时不时和他聊上几句。

某天下雨，她故意绕远路到花鸟市场买花种，并且把这件事告诉海生。她知道海生一定会有所行动。果然，她从花鸟市场出来之后忽然被人喊了一声。

海生说他是出来买东西的，这一切都是“偶遇”。

她笑笑说“好巧”，并不戳穿一切，并且同意了海生请她到家里坐的邀约。

于是，一小时后，她顺理成章地遇见了潮生。

她知道欲擒故纵的道理。潮生到家之后，她就立刻告辞。之前她借口说是衣服湿了为了躲雨才跟着海生上来的。她进家之后，王冬梅给她找了干净衣服，她临走前要换下来。

她走进卧室换衣服。在转身关门时看到潮生站在门口，她心念一动，没有把门插上插销，又去窗前把窗户打开了。

风从窗外灌进来，吹开了门。她裸着背，佯装失神，回眸望向潮生，捕捉到他眼底一闪而过的暧昧。

她知道，她这一趟来值了，也知道，她走后，海生一定会有反应。她不动声色，焦虑地等着。

第二天，海生说要请她喝咖啡。她想了想，就同意了。

在咖啡馆，她故意让海生帮她拍几张照片，还同意海生把照片发到朋友圈。都说山雨欲来风满楼，她希望风再汹涌一点，更汹涌一点。

一切都在王绪小孩的生日宴上得到了答案。

老朋友成家立业，娶妻生子，难免让人回忆起青春时光。黎晚把自己打扮得像十七八岁的小姑娘，让人一见就觉得如春风拂面。

她直到后来都不知道潮生见她第一眼是什么感觉，因为他这个人神色总是很淡，像没有悲喜似的。

可是当她铤而走险，在酒宴进行到一半喊他出逃时，他竟然答应了。那瞬间，她又觉得他似乎也不像表面上那么平淡。

总是猜他的心思也挺费力气的，她并不敢掉以轻心，既然约他出去了，就不能再给他犹豫的时间。

在起身去地下停车库的时候，她故意留有后招，让服务员去喊陈柔挪车。而当陈柔出现在车库入口的时候，她忽然踮脚搂住潮生的脖子。

原本她是打算就算和潮生出去这趟没有进展，她也可以让他送她回家，而只要见了陈柔，陈柔就一定会把看到他们拥抱的事情说出来，到时候潮生一定不好解释，她就能顺理成章地逼他一把。

想来潮生死也不会知道她这么算计过他，甚至不惜把她亲妈和他亲弟当棋子。

她开车带他去酒吧，打定了主意，要灌醉他。

他开始的时候还不想喝，她看出了他的犹豫，故意表现得气定神闲，笑说，喝醉了想干什么就干什么，醒了之后都能推到酒上。

或许是这句话怂恿了他，于是后面的一切都进行得顺风顺水。

酒，他喝了。一些要推到酒上的事，他也干了。如干柴烈火，那是他的初夜，他的欲望比她想象中重，办事也比她想象中猛。

她也是第一次，疼得哭喊着投降。他并不知道她是第一次，听她的声音只觉得是呻吟，还以为她在使坏，故意娇喘勾引他。

后来做完，她疼得弓着身子平复好久才下床去洗澡。

进浴室之后，她忽然想起什么，出了门，却见他正盯着床单上的红渍出神。

她心头一刺痛，有些谎话，她是真不愿意说，可是已经到这份儿上，她不能让他看出破绽，于是心一横，干脆说："我来大姨妈了。"最美好、最珍贵的纯贞，她为他留着的身心，被她亲口否认，就像从来没存在过一样。

之后，她在浴室里洗澡，就像淋了一场滂沱的雨。

这晚过后，他同意和她在一起了。协议情侣，落子无悔。

后来她不止一次想，到底是哪个环节让他下定决心的？是海生仰慕的目光、那天缠绵的雨、她的碎花裙和星星发夹，还是那些烈酒，抑或是身体的欢愉？或者都有？……不想了，想也是没有答案的。总之，黎晚如愿以偿。她终于和潮生在一起了。

可她并不知道那是一切悲剧的开始。

在一起之后，他们花了大半时间在暗中较劲。

潮生不爱黎晚，为了让他放心，她也说自己不爱他，她不得不随时提醒他"我不爱你"。而他每次的回应都很坦荡——"我也不爱你"。

她有一次甚至故意说反话，问他："江潮生，我们什么都可以做，就是不要爱对方，好不好？”

他想都没想，直接说：“好。”

黎晚感觉，喜欢他消耗了她部分灵气，比如敢爱敢恨、坦坦荡荡、热烈孤勇。她变成了一个没有神采的女子，陷入爱情的泥沼，表面挥舞着自由的大旗，实则甘愿受困，沉迷，沉沦。

难过的时候，她会给李微印打电话。

她告诉李微印，温澜的婚礼上她没有抢到捧花，而潮生却觉得无所谓。其实事情的确是小事，可她只是忍受不了她在乎的事情他这么不在乎。

不过很快她又说，潮生给她买花了——蝴蝶夫人，寓意幸福的花，而且是八十八朵，是赔罪的意思。李微印就吐槽她还挺会在夹缝找糖。

当然，潮生给的糖都是夹带玻璃碴的，她要吞下很多玻璃碴，才能咂摸出那一点点的甜。

比如她和他的婚礼，她说要在教堂办，他就真的依她了。可他似乎不知道，对着上帝说“我愿意”是一件多么虔诚的事情。

婚礼到底还是挺令她开心的。

洞房之前，她像每一个娇羞的喜悦的新娘那样，对他说：“谢谢你圆了我一个梦。”

她本以为他会温柔一些，谁知道他却说：“不用谢，你不是说过吗，我们什么都可以做，就是不要爱对方？所以，除了爱，我什么都可以给你。”

他这两句话，后来她每次想起都忍不住鼻酸，他说得那么理所应当，那么薄情、淡漠。他的语气，她怎么就记得这么牢啊？

其实黎晚也清楚他们不会幸福的，她只求能和他白头到老就好了，可是人总是贪心的……

结婚后黎晚的第一个生日，他们买了蛋糕，买了金鱼，订了酒吧，本来打算好好庆祝一下。

结果去酒吧的路上，他们遇见温澜了。而恰好路边有一辆小货车在卸货，货物不小心砸了下来，砸中了温澜。

潮生紧张得脸都白了。他为温澜而紧张、担忧，完全忘记了另一个人存在，到医院之后，医生把他认成了温澜的丈夫，他也没有解释。

而黎晚就像一个外人一样看着他忙活。

这天是八月十八号。他一定不知道，这个日期不仅仅代表她的生日，还是"潮生日"。她高中的时候无意间得知这件事，兴奋得半夜没睡着觉。

可这个原本令她快乐的日子现在让她很狼狈。他给她买的蛋糕摔碎了，金鱼一点点在她手心里死掉了。

后来他觉得愧疚，说要再给她买，买一大缸，蛋糕也做新的。她却高兴不起来了，连之后他送给她月亮发夹，她都不知道该以什么心情去接受。

总之，那次之后，她心底的芥蒂很深，最初劝服他结婚的话无法劝服她自己了。

那次事故之后，温澜查出了怀孕。

得知这个消息，大家都高兴，可与此同时，一些被黎晚刻意忽略的事情也变得不得不面对。王冬梅开始催她要孩子。

黎晚并非丁克，事实上她很喜欢小孩，也很想和爱的人有一个自己的孩子。

但是潮生并不想要孩子。在王冬梅第一次话里有话催孕的时候，她就试探过他，可他对这个话题避而不谈。后来她无意间听到他和王冬梅谈话，他亲口说："我就是不想要孩子，生孩子责任太重了，我担不起……"

早知道是这样，她当初或许不应该要他和自己结婚。黎晚忽然觉得自己很卑劣，她好像为了一己私欲而让他为难了。

王冬梅在家里小住的日子，他们都过得很不快乐。

后来王冬梅走了，他们也不像刚刚结婚时那样相处了，说不上哪里有隔阂，但就是怪怪的。

王冬梅走后，在一个普通的周末，温澜和唐未过来串门。

唐末简直把温澜宠到了天上，这种宠不是说他做了哪些具体的事情，而是随意的一句话、不经意的一个眼神和下意识的一个动作表现出来的。

在真正的爱情面前，所有别有用心的虚伪感情都显得很可笑。

他们走后，黎晚忽然想离开了。

刚结婚那阵子，她过得实在是痛并快乐着。可是渐渐地，婚姻的许多毛病展露出来，而他们没有爱情兜底，慢慢地，就只有痛，而没有快乐了。他们之间甚至没有结婚前想象的那么平和。

而且她离开也是避免被催孕的唯一办法。

在离开之前，她私心想和他度一次蜜月。地点是她定的，在乌兰巴托——一个并不算发达的国家的首都。可她就是想去。

大海，他们见过了，高山没有让人征服的必要，那就去草原吧。

事实证明她的选择是对的。

在乌兰巴托的最后一天，他们在特日勒吉度假村住。晚上的时候，大家在河岸两边烧烤，各地来的游客都聚在一起烤火、唱歌。

她唱了一首《乌兰巴托的夜》。大家都意犹未尽，求她再唱。

她看他淡淡的，不由得带了私心，非要拉着他唱不可。而他同意了。

果然，除了爱，他什么都能给她，黎晚失笑，酸涩被歌声掩盖："穿过旷野的风，你慢些走，我用沉默告诉你，我醉了酒……飘向天边的云，你慢些走，我用奔跑告诉你，我不回头……"守着篝火、原野上的风、苍穹星子，他们缓缓地歌唱着。

因为这首歌，晚上睡觉的时候，潮生回忆起了从前。

黎晚埋在他怀里，她想到不久之后的分离，不由得很黏他。她告诉他，距离他们第一次合唱已经十一年了。

潮生很感慨地说，感觉就在昨天。

然后黎晚忽然很怅惘。那是二〇一三年四月十二号，她会记一辈子。

往事侵袭，她的感情忽然决堤，不知道该如何自处，唯有用爱堵住一切。她开始吻他。

可她不想让他发现她意乱情迷，没心没肺地一笑，特别不正经地问："江老师，今晚来点刺激的？"

他不满意她这么叫他，不是只有那晚不满意，而是一直都不满意。

或许是那晚的夜实在太迷人，他竟开始和她较劲："说了好几次，不许叫'江老师'。"

她只想和他快点纠缠到一起，随意笑了笑，问："那叫什么？"

他说——"叫老公"。

她呼吸骤停，以为自己听错了。

他不依不饶，逼她叫"老公"。

她怔住，强迫自己冷静，理智告诉她，男人在床上说的话、做的事都不算数，眼里却泛上泪花，她终究还是喊了他一声"老公"。

然后他开始回吻她。

她闭上眼，让自己陷入他这一刻的温柔。

直到这么缱绻的时刻，她都从没想过他也爱着她，因为他对温澜的感情在她眼里太具体、太深厚、太绵长了。

那会儿他们都不知道，那是她叫他的第一声，也是唯一一声"老公"。

后来得知她要走，他挽留了，却没有坚持。

她没有很大的波动，如果有，也只是因为他送给她的发夹被她弄丢了而已。她的月亮丢了。

国人把月亮看作思乡的寄托。从前她告诉他，月亮虽然只有一个，国内和国外的月光却是不同的，现在连月亮也不一样了。

黎晚走后，潮生没有找过她。

她谎称在英国有工作，实际上还是做网红，接广告养活自己。

李微印是她在英国唯一的真心朋友，他对一切都再清楚不过，偶尔看到她在夜里买醉，他就忍不住问她"何必呢"。

她说，她喝酒不为男人，喝醉了才为男人，醉生梦死间才能梦到想梦到的一切。

李微印知道，关系再好的朋友，也不要轻易插入对方的感情。尤其是黎晚早就警告过他多次，于是李微印无法说什么，也没资格做什么。

后来他不再问她“何必呢”，而是问她“何苦呢”。

“何苦呢？你这么明媚、张扬的一个人，为什么做不来敢爱敢恨的事？”

而黎晚的答案是，她舍不得，舍不得连朋友都没的做，所以哪怕有一点风险，她都不敢冒。她爱着他，就像一个饥饿的人拿着一块烫手的山芋，咽不下，又不想弃。

她走后，潮生一直没有联系过她。

直到圣诞夜前夕……她当时正在咖啡店拍照片，手机响的那一刻，她恰好在等摄影师调光圈。本来还有说有笑，她忽然呆住，怔怔地看着来电显示好久，任凭谁叫都不理。

她拿着手机却不敢接，就像是一个美梦，她很怕一戳就破。

几十秒后，她终于在电话即将自动挂断的时候接起来。果然，他不是祝她平安夜快乐，甚至不是叙旧问她一句“吃了没”，而是因为王冬梅想让她看一眼自己要表演的节目。

挂了电话，她答应了李微印原本早就推辞的聚会。她喝了很多酒，借着平安夜的热闹，没人看出她的异样。

直到她上台唱歌。她看到李微印嘴角的笑消失了，看着她的目光有化不开的心疼。当她唱到“长夜有你醉也真”的时候，她看到李微印再也忍不住，夺门而出。

她并不知道李微印偷偷给潮生打了电话。直到一天过后，她忽然接到电话：“黎晚，我来了。”是他打来的。

她把手机从耳边拿开，确定屏幕上出现的人名确实代表他，可还是不敢相信这一切。

后来她跟司机说了个地址，挂断电话就拿了烟和酒站在门口等他。

天气很冷，她穿得单薄却感觉不到寒冷，等待的滋味早就把她淹没，连带着生理感受都被心理上的五味杂陈掌控着。

潮生在一个小时之后来到黎晚身边。其间，她喝光了酒瓶里最后的半瓶红酒，抽了半包烟。

关于相见的瞬间，黎晚记得很清楚。

她看到车停了，他下了车，左边的侧脸对着她。他左脸线条比右脸要柔和一点，当然离得这么远，并不能看出来，她只是忽然想到了这一点而已。

他去拿行李箱，然后很快车就开走了。

他拎着行李箱在街道上张望，却四顾皆茫然。他没看到她，于是给她打电话，突兀的铃声响起来，他才回头望见她。

她看不清他的表情，却感觉很熟悉，熟悉的清冷感扑面而来。

顿了顿，他走向她，此时响起的背景音是他行李箱的滚轮声和她苹果手机自带的铃声。当然，所有声音都在他到她面前的那一刻戛然而止。

她在想，他第一句话会说什么？结果，这个念头还没闪过，就听他问："你热？"这么长时间没见，他第一句话还是批评她。

她和他犟嘴。两个人互撑了一阵，然后她忽然瞥到他一直扶着行李箱的那只手上还戴着婚戒。

她难过起来，忽然很想抱他，就像每一个思念自己丈夫的妻子那样扑到他的怀里。于是她借口要到他怀里暖和暖和，放弃思考，钻进他怀里，感受着熟悉温暖的男人气息——他的味道。

这晚他们相拥很久，这么寒冷的天气，在异国的街头这样拥抱着，就好像再也没有明天一样。

等他们回到家里，黎晚接触到房间内温暖的空气时才感觉自己真的差点被冻僵，于是她更渴望他能把温暖渡给她。

可是他要找李微印。

当时她并不理解他的意思，一心只想让他把自己揉进怀里。该有多想念，才会抵死纠缠？

当晚她全情投入，又心不在焉，因为她爱他，却骗了他。

没有安全套，他不肯更进一步，可她当时在安全期，并且前段时间在吃短效避孕药调理月经，尽管停药了，但是时间不长，她以为没有关系。

他这样大半夜从国外来找她，她的感情太激烈了。

为什么那么多电影里，男女主角多年未见，见了面就恨不得立刻拥抱在一起，抵死纠缠在一起？她那一刻才明白。

她那时绝对没想到就那么一次就中了。

第二天睡醒，黎晚以为他们之间要么是尴尬的，要么是沉默的，谁知却吵了一架，而吵架的源头竟然是李微印。

潮生说他想打李微印一顿，因为他觉得李微印辜负了她，她今天这副鬼样子都是李微印一手造成的。

她被他的关心打到痛点了，脱口问他："你爱上我了？"

他答得比她问得还坚定："当然没有。"

有了这个答案，后面的所有对话都带着刺。

他们争吵，像每一对情侣那样。

他想让她跟他回国。她心想："你都不爱我，我干吗和你回去？"

他们之间的温度已经降到零点，可就在这时，温澜打来了电话。这更刺到了她，她阴阳怪气，用他最在乎的温澜讽他——"你的梦中情人"。

他果然变了脸色，也不留情面地回讽过来——"是你的梦中情人打电话让我过来把你带走的"。言外之意："如果不是李微印，你以为我愿意来？"

"梦中情人"四个字，他们都加了重音。她强调是因为在意他，他强调却是因为想气她。

而直到这一刻，她才知道李微印给他打过电话，他不是为她来的，是李微印让他来的。

潮生最后还是离开了黎晚。

他走后，她把他做的早饭全都吃完了，然后把盘子洗干净，把家里收拾了一番。

做完这一切，她坐在椅子上，阳光从窗户透射进来，屋里的摆设一如往常，气味也一如往常。他来了一趟，就像从没来过一样。

她哭了。她忽然不知道自己以后的日子还能不能过得快乐。

她心想，以后就得过且过吧。

直到两个月之后的某天，她忽然莫名地开始呕吐，浑身无力，她以为是吃坏东西了，到医院检查却没想到是怀孕了。

她拿着化验单在医院门口失神，像被抽走了灵魂。她在医院从天亮坐到天黑，才终于下定决心要把孩子生下来。

没怀上就算了，既然怀上了，她就不想亲手杀了这个孩子。她开始为生养这个孩子做准备，比如接下来八个月她要怎么瞒过所有人，她的社交平台怎么营业，生完小孩之后，她要怎么抚养，怎么跟潮生和爸妈交代这一切。前者，她安排得事无巨细；后者，她却不敢深想，干脆暂时忽略，等以后再说。

这一年的五月份，恰好也是她怀孕五个多月的时候，温澜生了一对龙凤胎。潮生为此联系上她，想让她回来参加小孩的满月宴。

她大着肚子，当然不可能回去。于是他们不欢而散。

挂了电话，她又不可避免地想起孩子生下来以后的事情。到时候她告诉他这一切，他会不会生气？

即便生气，他也一定会好好照顾她和小孩吧。她暂时只敢这么想。

全世界唯一知道她怀孕的人是李微印，能照顾她的也只有李微印。或许是看她实在辛苦，有一次他竟然想在电话里告诉潮生实情，当然幸好她误打误撞叫了他一声，李微印才慌张地挂断电话，没有吐露实情。

后来她让李微印给潮生发消息解释说他们是不小心遇到的，让这突如其来的挂断显得合理。

李微印照做了，但他显然不高兴，就说她：“黎晚，我知道，你拿定主意的事情，谁说都没用；也知道你做任何事都是坚定的，你大胆、积极、有活力……你是我身边最像女强人的女人，可是在江潮生身上，你总是犯浑。”

她听罢只是一笑。她的苦都是自找的，她都知道。

谁都明白，放下就能获得重生。每一个在爱里痛苦、迷失的女孩子都懂得很多道理，外人劝说她们的，她们不知道在心里背诵过多少次，可她们就是放不下。

《锁麟囊》里有一段唱词，黎晚记得很清楚。她打开微博，一个字一个字打进编辑栏，略作改动，发送了出去——“他教我收余恨、免娇嗔、且自新、改性情，可没教我休恋逝水、苦海回身、早悟兰因”。

不知道潮生看到之后会怎么想，或许会以为她是写给李微印的吧。她已经没力气再想这些细枝末节了。

肚子一天天大起来，黎晚感受到有个生命在她的身体里正不断生长着，为人母的心情会让一个不那么平静的人变得平和。她默默等待着新生命降临。

预产期在九月。自从进入九月，她一直都很小心，浴室里早早铺上了防滑垫，她也提前请好了产后护理人员。

那天早晨，她不知道为什么醒得特别早，翻来覆去都睡不着。在床上看了会儿手机，她翻到潮生的新书发布会消息，一时有点心绪难平。她想给他发个消息祝贺他一下，又想到他们现在关系那么僵，也就作罢了。

她放下手机，更加睡不着，干脆起来洗漱，打算等会儿给自己做早餐吃。

她洗脸有个习惯，要先扎头发。手腕上没有头绳，她原本打算出去拿，却在转身的瞬间看到洗手台上的沐浴露后面有一条电话线头绳。

沐浴露是品牌方送的，樱花味道，质地是透明液体掺杂樱花花瓣。她昨天拿来拍视频，把盖子拧开了，倒出一些在手上给大家看。拍完之后已经很晚了，她觉得腰很累，就懒得再收拾，到今天早晨沐浴露还敞着盖放在那儿。

而她的头绳就在瓶身之后。她拿起头绳的那瞬间就是这么不巧，一下子碰倒了沐浴露瓶子，六百毫升的黏滑液体就这么倾泻而出，有大半瓶都倒在地上。

她下意识去抓，却扑了空，地上淌满了又黏又滑的沐浴露。那么大的浴室，除了淋浴门口和洗手台，旁边都有防滑垫，而她就因为伸手去抓那一下，腿往前跨了一步，一下子就踩滑，摔倒了。

倒在地上，她第一反应就是疼。

她二十八年的生命难以理解的疼痛淹没了她，她几乎不能呼吸，因为呼吸都会疼，她尽最大的努力平复了几秒，睁开眼睛，她看到血流了出来。她的心瞬间坠入无边地狱。

血越流越快，她感到生命正从她身上快速流失。可她毫无办法，甚至连站都站不起来。

她安慰自己没有关系，一切都会没事的，却不自控地哭了起来。

她用尽力气开始往外爬，因为手机就在外面，短短五六米的距离，她感觉怎么也走不到头。

她动一下就感到血往下流出一股，不知道爬了多久才爬到床边，总之，摸到手机的那一刻，她感觉自己浑身都湿透了。

她解锁拨号。情感告诉她，要打给潮生，可是理智告诉她，要打给公寓管家。

她挣扎了一秒钟，最后拨通了公寓管家的电话，却在挂断电话之后立刻给潮生打过去。

手机里传来没有尽头的忙音，她被那声音搞得越来越急。

"救命。救命！救命……"她多么希望能立刻听到他的声音……

"上帝，能不能帮帮我……"她不断地祈祷，或许是一种直觉吧，她警觉地认为，可能大事不好了。

而人在濒死之前的念头是最真实的。

她所想的不过是听听他的声音而已，至于会跟他说什么话，她甚至都没想过。可是电话没有接通。

身体的疼让她恍惚，心上的疼则又一次逼出了她的泪。

她深呼吸，倔强地又拨打出去。可是结果是一样的，依旧没人接。她痛哭，不明白为什么自己的眼泪这么多。

很快，公寓管家破门而入，把她抱了起来，带她冲出家门。

她在路上给李微印打了个电话，随后第一次昏了过去。

黎晚迷迷糊糊地睡着，好像是做了一个梦。她梦到毕业的时候，他们一群人在海边，她对潮生说"潮生无声，爱意藏在晚风里"。他不知道吧，那句话不是在说他，而是在说她自己。他是无声的潮生，而她是沉默的晚风。

忽然，她又梦到婚礼那天的场景——那天他是那么挺拔帅气，一如她第一次见他时那样干净。她看着他的眉眼，好几次恍惚地以为他还是十几年前的他。

婚礼肃穆而庄重地进行着，她爱了一整个青春的男孩终于在神父的注视下对她说“我愿意”。就在这时，她忽然听到婴儿啼哭。

她被闹醒，眨眨眼，却发现自己正睡在医院的产房。

医生说了什么，她听得稀里糊涂，她只知道，医生剖开了她的肚子，把她的孩子取了出来。

医生把她的女儿抱来给她看。她看到她粉粉嫩嫩的，那么柔软，只是看不出更像谁。

她早已筋疲力尽，却还是努力伸手握了握小朋友的脚丫，然后她说她又困了。

医生大喊着让她不要睡，可她支撑不住了。

陷入沉睡之前，她不知道是幻觉还是做梦，她看到产房门被人猛地推开。他来了。

他不比往日冷静，而是惊慌失措地跑到她床前跪下，握住她的手，他嘴里念念有词，说“不要走，不要走”。

她拼尽全力对他笑了一下。

他的眼泪哗地落下来。

在她合上眼之前，她听到他哽咽地说：“我说我愿意，都是真心的。”

2

温唐篇

暗恋成真和浪子回头

温澜日记里的某几页：

“今天是个特别的日子。所以我花了很长时间胡思乱想，想想过去的青葱岁月，想想未来有可能拥有的生活，然后我打开了很久没用过的日记本，想给你写点什么，但又不渴望你会看到这些字迹。

“我们之间是我先喜欢上你的。

“但实话实说，有一段时间我很抗拒自己喜欢上你这件事。因为初见你的场景，时至今日我已经拥有你的时候，再想起来，还是会又心动又难受。

“那天我和潮生在黎晚家做完客回家，半路遇见一只猫咪，我想喂它，就在原地逗留了一会儿，因此看到了路对面的巷子口暧昧相拥的男女。

“男生很撩，搂住女生的腰，像要把女生揉碎在怀里。女生一回应，他就把她往墙上压，身体的触碰摩擦，更加放大了某些让人脸红心跳的气息。

“彼时是黄昏，一天之内最暧昧、温柔的时段，他们在暮色里纠缠，热烈又缠绵。

“没错，你知道的，那个男生是你。而女生叫李亚男，我想我永远也忘不掉她的名字。

“后来我无数次想，如果是成年人，或许我不会有一瞬间屏住呼吸的感觉吧。可偏偏你们俩都是学生——和我年纪相近、有许多条条框框需要遵守的学生。

“在我还因为升旗日忘穿校服而担惊受怕的时候，你们就已经染着各种颜色的头发、戴着各种配饰、穿着最时髦的衣服招摇过市了。在我因为被男同学偷看而脸红的时候，你们当街相拥，活得那么恣意。”

…………

“这对当时的我来说是割裂的、堕落的、疯狂的。或许正因如此，我是惦念的、心动的、想试探的。

“于是我一边告诫自己不可以，一边又不受控制地掉进命名为你的旋涡里。

“你知道吗，你和我身边的男生都不一样？班上的男生要么故作成熟，要么很幼稚，喜欢欺负女生，还有那种三好学生，在学业上很有魅力，但在吸引力上往往大打折扣……

“我常接触的男生里只有潮生最帅，但他是属于清风霁月、清冷孤僻的人。

“你和他正相反，你是那种充满野性的、肆意的男生，总给人一种天生叛逆、天生狂妄的感觉。

“你这种人给我的感觉是，好像爱上谁就会轰轰烈烈，背叛全世界也在所不惜，甚至恨不得把世界都拿到对方面前。

“事实上，你好像的确如此。后来的几次遇见，你对李亚男都属于毫不掩饰毫不收敛的状态。

“我在写出这行字的时候，仍然记得，你会在人群里钩上她的腰，课间操时你会领她到超市买一堆零食，下雨天你为了给她撑伞，自己肩膀却湿了大半，你还会经常帮她背着那个女款双肩书包……还有滑旱冰的时候，你会蹲下帮她穿轮滑鞋。

“要是有人调侃，你一定会维护她，很有魄力地告诉那些人：‘我乐意，不服单挑。’”

…………

“唐末，你看，在你还不记得我叫什么名字的时间里，我都是这样默默注视你的。

“那次在旱冰场，我们之间第一次有了所谓的接触——当时我差点摔了，你扶了我一把。

“或许你早就把这件事忘记了，更不会知道，我摔倒是因为刚刚从内馆滑出来，就看到你正往我的这个方向滑过来。

“那一瞬间的紧张和失神直接体现在身体反应上，我本来滑得就不好，注意力一涣散，直接摔了下去。

“然而就在我摔倒的那瞬间，你眼明手快顺势把我拉住，往身上一架，抱了起来。

“你不知道那一刻宇宙在旋转。

“我当时吓得不轻，但更多是被你的举动惊讶到了，任由你揽着我转了两圈，才稳住，站在原地。

“你手臂的力量感不可忽视，刚在一起时你每次抱我，我都会想到那时候的那个瞬间，想起你托起了我，然后我再也没把你放下。

“把我扶起后，为了让彼此站稳，你当时还顺势搂了我一把，你的手很暖很热，就放在我的腰上，你身上淡淡的薄荷烟草味全都涌进鼻腔，你的发梢甚至蹭到我的眼睛，离得很近、很近……

“你可是唐未啊。我在心里千万次地感叹，你可是唐未。

“我刹那脸红，却又瞬间被刺痛，想起和你亲近的李亚男。于是我拼命把自己从沉沦的深渊里捞出来，强迫自己冷静。

“后来我对你说‘谢谢’，望向你的时候，很努力地让眼眸澄澈起来，看上去没有一丝一毫的欲望。

“可我的这次表演不过是演给自己看罢了。因为当你发现李亚男因为你帮助了我而使性子的时候，心就已经跟着飞远了，浑身写满了‘我该怎么去哄她’的焦急感，哪有心思管我？

“在旱冰场短短几十分钟，酸涩、喜悦、难过……排着队地来光顾我。而我只能一一接纳，不动声色，直到离开场馆，那些情绪全都不见了，只被无限的惆怅取代。”

“那天回家的路上我没怎么说话，回到家之后也没有吃饭，把自己关在房间里听歌，听着周杰伦的《夜曲》，心碎的声音跟夜风一样。

“那之后我像魔怔了一样，做了一些很可笑的事情。我剪了齐刘海儿，开始穿黑色系的衣服，背带铆钉的黑色书包……

“我发誓我没想过要去靠近你，没想和你有什么联系，我深知哪怕你主动来跟我讲话，我也应该与你保持距离。但是我就是控制不了去关注你的动态，模仿李亚男，吃你经常吃的小吃，喝你最常喝的饮料……

“如果你知道这些，你会怎么想我呢？

“如果你觉得这种行为讨厌，那么请你原谅一个十五岁女孩的骄矜和卑劣吧——她从未想过打扰你，但长久地沉默真的很苦，她偶尔也耐不住酸涩，却也只能为自己做这么多了。

“几年以后，我听到一首叫《追光者》的歌，里面有一段歌词，我听一次就泪目了：‘我可以跟在你身后，像影子追着光梦游；我可以等在这路口，不管你会不会经过。每当我为你抬起头，连眼泪都觉得自由……’

“嗯，很长一段时间里，我都是像影子一样追随着你的。

“那段暗恋时光，我做过最大胆的一件事，也不过是在文化节上破天荒报了个独唱节目，唱五月天的《温柔》。

“这首歌是给你唱的，但我没打算让任何人知道，包括你。所以我在唱歌时甚至没有往你的方向瞥一眼。正如歌词所唱——不打扰，是我的温柔。

“那次活动结束之后，我在回班的路上碰见你了，你记起了曾在旱冰场帮助过我的事。

“我始终记得你是有女朋友的，所以表面上我保持淡定，甚至疏远，但内心深处却因你记得我而抑制不住地开心。这种开心是心底窝着的小雀跃，一点一点地往外冒，不盛大强烈，但细密紧凑。

“可你紧接着又忽然评价我，说‘不留刘海儿适合你’，那一刻我心里的欢欣瞬间凝固成一团，像个冰块似的堵在心口，如果不是黎晚替我解围，我眼圈一定立马就红了。

“不过也好。那天回家之后我大哭了一场，当我被打到痛处，自尊被伤得彻底，才想起要结束这一切。

“第二天，我把我的刘海儿用小夹子别了起来。那是一种信号，打算放下你的信号。

“高一那半个学期，我都在铆足了劲儿地读书，偶尔看到你，也会下意识地收回视线。听到你的名字，我就用英文单词的拼写声掩盖。

“本来一切都趋于平静了，可是谁知道高二我们两个居然分到了一个班。

“唐末，我无数次想过，如果我们高二没有分到一个班，那么我们之间就绝对不会有故事发生了。

“我们不会有联系方式，见面也不会打招呼，你提起我也只是一个模糊的印象，甚至连名字都想不起来，而你也只不过是我一笑而过的存在。

“我或许会很久放不下你，但一定会爱上另一个人，而你呢，继续游戏人间，做个不受拘束的浪子，或者像如今爱上我一样爱上别的女人，再与她结婚生子。

“可是这些假设的事都没有发生，这一切都要感谢命运。”

“你是从什么时候开始注意到我的呢？我是指男女之间的那种注意。这个问题我问过你无数遍。

“你的回答每次都是那次在KTV海生和你弟弟打架，你说你注意到我站在潮生身后安静乖巧的样子，你说那是你第一次发现原来乖女孩担忧心疼的眼神是这样的，即便我对潮生是友情，但也足以吸引你。

“而这种吸引力在某次我为救潮生而烫伤自己的手腕时，你觉得更强烈。

“我十八岁的时候，你给我写过一封信，你说你喜欢我的纯净，就像淡蓝的天、清澈的水，让人想起白色的山茶花和天使的洁白翅膀。

“当时我还感叹以你的语文成绩，似乎只能写出这样的形容词，然后你生气地说：‘再说把你吃了信不信？’

“扯远了……再说回来，其实我总感觉，你最初对我上心不过是一种坏心思。想把白云揉碎，想摘掉开在最高枝头的那朵花，想把白月光据为己有，这就是你的心思。

“起初我真的不敢相信你真的喜欢我。

“你会在课间的时候帮我接水，去超市总是习惯性带些零食给我，看到我给男同学讲题你也会凑过来听，会把我用完的演草纸拿去叠玫瑰花，升旗仪式时会跑到我身后站，然后恶作剧地揪我的辫子……

“这些你都还记得吗，唐大坏蛋？

“还有那次上体育课测仰卧起坐，你偏偏要给我压腿，我那天穿的是那种低领卫衣，往前趴的时候总是会露肉，你就一直盯着那里看，笑意促狭地喊着‘1、2、3……’，眼神别提有多玩味。

“很快就有好事者开始起哄，我再起身的时候故意往前趴了趴，小声说‘你正经点’，你故意凑近我，说‘大点声，听不见’。然后当我再起身，你就故意定定地看着我，好像我起身不是为了完成课堂测验，而是为了去够你的嘴唇。

“于是旁边那帮人起哄更大声了。

“所以那天我做完体侧，也没等体委填表，就待不住，要回班了。你从后面追上来，无论怎么喊我，我都不跟你讲话。

“然后你干了一件特别浑的事，你把我拉到刚出操场拐角的小花园里。

“绿化树之外依稀能听到操场那边活动的声响，抬头就能看到不远处的教室里的学生，而你在这样隐秘又危险的地方，忽然倾身过来，离得很近，我甚至可以数得清你的睫毛，可以闻到你身上的味道，可以看到你瞳仁里的我的神情。

“阳光透过树叶缝隙洒在我们的身上，像在给我们的暧昧制造氛围。

“我问你：‘你要干吗？’

“你说：‘温澜同学，我可以追你吗？’

“尽管通过之前的相处，我已经隐隐察觉到什么，但当你亲口对我说出这句话的时候，我还是怔住了。

“你见我不说话，也不着急，笑笑说：‘温澜同学，我喜欢你，从今天开始我要追你了。’然后你不等我发表意见，就把我放开，懒洋洋地伸了个懒腰，然后斜斜地瞥我，‘不错，你没甩我巴掌，就说明有戏。’

“我蒙了一秒，瞬间反应过来，憋了半天，结果只是笨嘴拙舌地说：

‘我再也不理你了。’

“你接得快：‘那正好，我学学怎么讨好你，怎么一直对你好。’

“‘……’我当时真的说不出话。你这个无赖。

“想到你曾经也这么对待过别人，我就很难过，可想到你现在这么对我，别人也会羡慕我，我又开心起来。但很快我又意识到，未来的路太长了，你以后也有可能这么对别人。

“所以一开始我真的很纠结。我想和你在一起，又怕没有能力和你一直在一起；想拥有你，又怕终有一天还是要将你归还人海。

“在那之后，我们在一起之前那段日子，我每天都过得很‘惊心动魄’，因为我完全不知道你会给我带来什么‘惊喜’。

“我们当时跑操按照年级划分，高一跑操场，高二、高三跑楼。

“我记得很清楚，我们跑的恰好是高一和教职工办公楼，有一次我鞋带开了，出来系鞋带，还没弯下腰，你就直接拉着我从就近的高一教学楼溜了。

“我当时挣了几下，没挣开，然后就没有再反抗，既害怕被人查到要扣分，又因为不知道你要做什么而紧张，这些情绪背后还带着一丝丝的期待。

“然后你拉我到二楼拐三楼的台阶上停了下来，你让我站在那儿，然后你反身下了两阶，蹲下来，开始给我系鞋带。

“你可是唐未啊。我一瞬间停止呼吸，然后又忽然想起来，你曾经也这么对待过李亚男。

“你帮我系完鞋带之后，并没有急着站起来，反而忽然握紧我的脚踝，抬脸时一脸坏笑，说道：‘这么细啊。’

“我心里盘旋着李亚男的名字，没有像之前那样害羞地闪躲，竟然破天荒地挣了一下，把腿从你手里挣开，然后你低头失笑，我偏偏在那一秒勾了勾脚尖，抬起了你的下巴。

“我不知道我是什么神情，后来还是你告诉我，我挺淡漠的。

“我问你：‘我和李亚男的谁细？’

“你怔了怔，笑了，忽然站了起来，扣着我的肩膀，把我往墙上一

推，道：‘温澜，老子可不是什么好人。’

“然后你抱了我。这很不应该的，你知道的，这是不对的，可你还是这么做了。

“你说：‘温澜，亏我还一直忍着，从你刚才那个举动、说的那句话开始，我就知道，你根本不是小白花。’

“是啊，又有几个人能看出来我内心深处藏着一座休眠火山，表面平静，内心滚烫？

“初中时，女生们都在为潮生那类好好少年心动，我的目光却总是放在放荡不羁的少年身上。从那时候起，我就知道我的本性里有叛逆的因子。

“所以我最好的闺密是打了十五个耳洞、戴肚脐环、喜欢穿露脐装、活得风风火火的黎晚。令我心动的男孩是被人点头哈腰叫哥，抽烟说荤话样样行、有钱有颜爱挥霍、全校闻名的浪子。

“等到我真正长大，再回头看的时候，才发现正因为你们出现在我的生命中，我才是一个完整的我。”

“然后是我十七岁生日。

“那天你姗姗来迟，却带来了我最喜欢的礼物——一只桃花水母。透明的水母晶莹透亮，柔软如绸，一敛一收，像一只精灵在水中徜徉。

“你知道吗，唐未？我感觉你送了一个童话给我。

“那天吃完蛋糕，大家分别去散步：王绪和李微印在海岸线上奔跑；黎晚和潮生在礁石上聊天；我们走在沙滩上，黄昏里，看海天相接，看飞机飞过天空，看落日坠下去，看星星被点亮……

“那时候我就动摇了吧，应该是这样，而后来潮生外婆离婚的事不过是坚定了我的决心，就像是早已经装满的一杯水，只是最后一滴才让水溢出来而已。

“我们在一起时我十七岁，你也是。

“现在想想，我的决定是正确的，因为和你在一起，高三本来苦兮兮的日子，我每一天都过得很快乐。和你在一起永远也不会无聊。

“你不爱背书，却主动跟我说‘背一条公式就要亲一口’，我以为背公式对你很难就答应了。结果你一口气把物、化、生三科所有要背的东西都背完了，第二天特别得意地跑来告诉我‘温澜，你要亲我一千零一下’。

“我当然要反悔了，你似乎是料到了，然后坏笑说‘其实可以用别的东西偿还的’，我问你‘又打什么坏主意’，你凑近我，手摸着我的裤子边要探不探。

“我瞬间爹毛，推了你一把，同时后退一步，大喊：‘你浑蛋！’

“你就在原地笑，别提笑得多欠揍了。

“当然你也不是永远这么不正经。还记得那天吗？晚自习下课之后，我还在向老师请教习题，于是我们晚回家了一会儿，走到车棚推车子，迎面碰到李亚男和她的小姐妹们了。

“她们几个像对我有仇似的，故意很大声阴阳怪气地讽刺我。我以为你不会对女孩子大吼，结果你为了维护我，在一个女生刚说完“装清纯的婊子”这句话时，你忽然指向她们，疾言厉色地说：‘你们几个长舌妇再嘴贱，老子撕烂你们的嘴，信不信？’

“她们几个女生都惊呆了，李亚男用她那染黑的指甲撩着头发，笑问你：‘未哥，要不要这么凶啊？’

“她那声“未哥”叫得别提多娇滴滴了，我心里一刺，看向你。

“你特不屑地对她一笑，说：‘李亚男，未哥不是给你叫的。’又说，‘管好你们的嘴，不然我发起疯，女人也一样揍。’你说完话，在众目睽睽之下，转脸对我一笑，温和地说：‘媳妇，走吧。’

“我当时感觉有你真好。

“你也很会说情话，我印象最深的是那句——温澜，唐未的未是未来的未，我是你的，我的未来是你的，我也是你的未来。就像我十八岁时你送我的文身礼物——‘W’和‘L’，既是我们名字里‘未’和‘澜’的意思，也是未来的意思。

“嗯，唐未，我愿意拥有你的未来，也愿意你是我的未来。”

“后来我们到同一个城市上大学。

“刚开学那会儿，我俩因为军训而将近一个月没有见面，中秋假时我们见面了。

“我隐隐约约地知道那天会发生什么，所以当你装作正经地说‘太晚了，今天住外边吧’的时候，我心里默认了那些事的发生。

“果然，开了房门，你就兽性大发。你把我的裙子撕烂了，你还记得吗？你说要赔我的，可赔给我的那条还是被你撕坏了。

“那晚我们温存了很久，你也是第一次不知道轻重，到后来我哭了，不是在撒娇，是真的很疼。

“第二天早晨，你意识到我的难受，把我搂在怀里一个劲儿说抱歉。

“唐未！你个死流氓。我现在想起来都还是想这样骂你。

“但是后来次数多了，我也慢慢被你教得会阿未、哥哥、宝贝、老公……这样一声一声地叫你，都是你带坏了我。

“而我是心甘情愿的，这一切都是因为我爱你。

“所以后来当你因为我和别的男生走得太近而和我争吵的时候，你知道我有多气吗？我气你不懂你对我有多重要，我气我在把身心都交给你的时候你还要患得患失，我气你居然连潮生都会怀疑。

“潮生是我哥啊，虽然没有血缘关系，但在我心里，他早就是我的亲人了。和他恋爱就像乱伦，我想都没想过，而你竟然连他的醋都吃。

“我们之间最多的争吵和摩擦，大概都是因为你小心眼吧。

“争吵最厉害的一次，我蹲在大街上哭，感觉我们之间真的要到头了。还有一次，因为我和潮生、黎晚他们相聚，忘记回你消息，你生气，喝了好多酒。我去找你，你大骂，让我滚。那次我被你伤得很惨。

“每一次吵架之后，我都以为我们完了。可是很奇怪，每次我们都还是会忍不住和好，更准确地说，是和好如初。

“他们都说破镜是不可能重圆的，但我们会。每一次分手之后，再回到对方身边，我们都更加爱彼此。

“我问过你：‘为什么是我啊？’

“你反问我：‘那你为什么选择我？’

“我说：‘你和我不一样啊，你浪荡惯了，既然可以拥有一整座花

园，干吗要围着一朵花呢？’

“你说：‘那你明明可以选择一个二十四孝好少年，选择一个初恋、初吻都属于你的男人，为什么要选我？’

“我说：‘你身上有爱的能量。’

“你问：‘那我曾经和别人那么亲近，你会不舒服吗？’

“我说：‘我会，所以在你因为我和别的男生交流和我闹的时候，我会更气。’

“你说：‘这就是我要放弃一整座花园的原因，我选的这朵花太多人想摘了。’

“我说：‘那你不应该补偿我吗？你曾经爱过别人，可我只有你。如果非要计较，你看，我的理由比你站得住脚。’

“你说：‘我会补偿你，我说过，唐未的未是未来的未，我是你的，我的未来都是你的。’

“……

“唐未，这话可是你说的。那为什么后来你家道中落、负债累累的时候，你又要推开我呢？我是那种只能和你共享福、不能和你同甘苦的女人吗？

“你知道不是。

“我明白要你这么骄傲的人对人卑躬屈膝、点头哈腰有多不容易，我知道像你这么随性洒脱的人要扛起一个家族的企业有多艰难，我也知道正因为你很难很苦，所以你不愿意让我和你一起难一起苦……

“但我就是因为都明白，才想要陪在你身边啊。

“然而你都是怎样推开我的呢？

“‘温澜，别不要脸，赶紧给我滚，少给我惹麻烦。’

“‘你能不能别倒贴？’

“‘没见过你这种人，真掉价。’

“‘……’

“我知道你推开我是因为爱我，你骂我的时候心里也疼。但是唐未，伤人不能这么伤。

“后来我真的离开你了。

“我删掉了你的联系方式，把你留在我这里的东西都给你寄回去，知道你爸病危，也狠心没去看他一眼。我想和你彻底断了。

“我本来想，哪怕你跌落在地狱里，我也陪你入地狱，但是那会儿被你伤得，我想，哪怕我是你的救世主，我也不要拯救你了。我转身走了。

“你偏偏又追过来。那天下着雨，你在我家楼下等，我妈劝我去看你一眼，哪怕分手也得道个别，可我最终还是没有去看你。

“后来我妈不忍心，下去给你送伞，你托我妈给我带了一句话：‘潮生说得对，真正失去你的时候，我才发现我没法接受。温澜，你等我，我一定要给你一个好的未来。’

“我把自己关在卧室里，雨在窗外哗啦啦地下着，屋里也一样在下着大雨。

“事实上，我能控制住自己不去找你，却控制不住不去爱你。我们之间都多少年了，你是我唯一爱过的男孩，我怎么可能舍得离开你？可面对你的欺负、你的伤害，我不得不为自己讨一口气。

“我凌晨想吃老福馄饨，你住南城，要跑到北城帮我去买。人家铺子不开门，你大冬天等到人家开门，再买来给我。我吃了一个就不想吃了，像在故意为难你。

“暴脾气的你却也不生气，一声不吭把剩下的都吃光了。

“我问你：‘谁让你吃光的，我现在又想吃了，怎么办？’

“你忍不住点头笑，说：‘我给你再去买。’又说，‘温澜啊，做得对，你就该这么使唤我，别手软，我欠你的多着呢。’

“我没手软，那次你还发着高烧，却带了圣诞礼物来见我，我不领情，把那条价值几万块的项链随手丢到你身上，说我不需要。

“你求我戴上试试，说：‘宝宝，真的很适合你。”我还是对你不冷不热的，让你不要再来找我，还说这种太贵重的身外之物不能收，否则以后结婚了，我未来老公看了会吃醋。然后那天真把你伤着了，但你没生气，只是苦笑着说：“那等到咱们结婚我再给你。’

“后来你攥紧那条项链离开了。直到很久之后，我才知道你又难过又生病，头脑昏沉，开车的时候分神，路上出了个小车祸。

“……

“还有很多这样的小事。

“到最后，你不要脸地问我，你说：‘以后咱俩之间是不是该添点情趣用品？’

“我当时很无语。

“是呀，这就是你呀，又深情又不正经。我就吃你这套。

“所以后来，我还是被你追到手了。”

“今天是我们订婚的日子，不知道为什么，写到这一行，我眼眶湿润了。

“唐未，我的未来和你的未来终于相交成一条直线了。我们的未来终于变成一回事了。你高兴吗？

“我知道，没人比你更高兴，连我也比不了。

“昨晚你来家里吃饭，和我爸在厨房刷碗的时候，我听到我爸说：‘你可得好好对温澜啊。’你少见地正经，对我爸说：‘叔叔，你信吗？温澜是我人生的一个支点。她对我的意义远大于爱，没有她，我就活不下去了。这不是夸张，这是真的。’

“唐未，我那么希望我们一起好好活下去。我的命给你，你的命给我，我们的命和爱交缠在一起，就这样到白头吧。

“和你结婚是十几岁的我想都不敢想的事，但与你白头到老是现在的我非常确定的事。

“你是年少的欢喜，余生的欢喜还是你。原来爱情爱到这份儿上，就已经是极好。”

日记本里唐未的字条：

“宝宝，昨天无意间看到你的日记了。

“我很想说点什么，但又不知道该怎么说，晚上的时候抱着你，其实我心里软得一塌糊涂，就忍不住要缠你。

“我知道你曾经暗恋过我，但是以前你每次提这事，语气都很稀松平常，我就想当然地以为，你和学校里其他女生一样，只不过是喜欢私下讨论我，会注意到我，但你有自己的生活，不会付出太多的情感在我身上。直到现在我才知道不是的，你真是用了一整个青春来爱我。

“对此我想说，谢谢你。真的，我不像江潮生那么文绉绉的，说不出什么好听的话，我能说的就是谢谢你。我都知道了，以后会加倍爱你。

“然后有几件事我想让你知道。那次在KTV的确是我动心的开端，我当时看到你为江潮生着急的样子，心底莫名其妙就泛起涟漪了。但这点涟漪之所以会荡漾起来，归根结底还是你以前对我太冷淡了，每次见我都不咸不淡，恨不得避嫌的样子。

“之前我没多想，但后来我和你分到一个班，再和你相处，就觉得不对味了。不和江潮生比，哪怕班上随便一个男同学，你对他们都比对我热情。

“我当时还琢磨，你就这么不待见老子？也太不拿正眼看我了吧。所以，其实一开始我接近你是有点赌气的，以我的智商真是打死也想不到你会喜欢我，不然后来我会追你？

“你总说我坏，体育课压你腿做仰卧起坐那次，其实我已经憋了很久。在楼道里抱你时，老子的心都快跳出来了，那一秒我敢说我比你都纯，你信不信？

“你说你觉得和我在一起是正确的。我才要说，追你是我这辈子做过最正确的决定。

“反倒是你，后来忍受我这个小心眼的臭男人，真是委屈你了。

“我反思，上大学闹的那几次都是我的错，我不该让你生气，不该吼你，不该总是逼你离江潮生远点……还有后来我们家出事的时候，那阵子我太浑了，真的对不起。

“我知道你不是那种只能和我共享福、不能和我同甘苦的女人。就是因为我知道，所以我必须推开你，因为我不想让我宠在心尖上的人跟我吃苦受罪。

“但现在想想，是我错了，在逆境中，如果你愿意离开我，我无话可说，但你如果愿意留下来，那我就应该更用力地抱紧你才对。像你这么好的女人，打着灯笼都找不到，我怎么还把你往外推呢？

“但当时我真的已经‘丧’到极点了。

“在人前我要去处理几千万的债务，要给别人当孙子，赔笑陪酒去应酬；自己一个人的时候，我想着我爸累垮的身体，听着陈奕迅的《烟味》——‘我脚下的影子，从来不肯试着像谁，风雨扫过几条街，我也不受谁威胁’，就觉得崩溃。

“我曾经为之骄傲的，现在真是讽刺。

“我想逃避，但最终我还是重新站起来去冲锋陷阵了。因为我知道，如果我迈不过生活这道坎儿，我就会失去你。

“我一直没有说过咱俩分手之后我创业的历程。

“为了一次合作喝到半夜去急诊室挂水，为了让某个老板满意低头哈腰装孙子，陪他打高尔夫，去捡球。场地那么大，坐车都要走一会儿，他们故意让我跑着，像狗一样把球捡过来，我竟然没有愤怒，最后也照做了……然后上个月，我把那家公司收购了。你知道的，我不是什么好人，有些仇别说十年，一百年带到棺材里我也记着。就像我爱你，变成鬼也爱你呀。

“咳咳，扯远了，总之，我是想告诉你，在即将失去你的时候，我像一个跌落悬崖的人抓住一根树枝，开始强迫自己拥有某种能力——吃苦的能力。

“没有人不需要经历生长的痛。

“你常说心疼我，但我们都知道，如果不在该弯腰的时候弯腰，就只能跪着死去。

“好在老天爷还是眷顾我的。你就是上苍给我最好的恩赐。（怎么样，宝宝，这句话说得有水平吗？）

“本来只打算给你写一两百个字，没想到一口气写了这么多，老子上学的时候都没写过这么长的作文，现在我手好酸啊，等会儿你帮我揉揉吧。

“就这么结尾是不是太没水平了？那我借用一句歌词结尾吧——

“纵观这个地球，整体资格不够，只得一个你值得交手。”

3

潮生篇

纵使相逢应不识

念晚四岁的时候，王冬梅劝潮生再婚。她是明着劝的："你才三十出头，人生还长着呢，总不能一辈子一个人过吧？"

潮生没说"好"，也没说"不好"，只是反问她："我爸去世之后，你怎么也没再找一个？"

然后王冬梅露出了那种明显一句话噎在嘴里又生生咽下的表情。

后来又过了两年，念晚上小学了，陈柔和黎晋东也劝他再找一个。他们说："你对黎晚的感情，我们都知道，但是活着的人得向前看。"

他只是说他知道了。

念晚十岁的时候，潮生在海边开了家带小院的店，白天卖咖啡，晚上当酒吧，偶尔也会作为LiveHouse（演出场地）。

他日子过得倒还惬意。念晚上学去了，他就在咖啡店里坐着看书，偶尔也会画画，画没画得多好看，身上倒弄得哪儿哪儿都是颜料，后来嫌浪费，干脆买油画棒画。

温澜和唐未偶尔会来这边小坐。唐未的公司经营得很稳定，温澜在禹山也是小有名气的律师。

他们俩过来的时候，也是潮生最放松的时候。老朋友嘛，彼此熟悉，在院子里喝一杯现磨咖啡，聊聊天，什么烦恼都没了。

唐未偶尔会打听李微印在干吗。他们这帮人渐行渐远，和李微印联系最频繁的当然还是潮生。他说李微印在英国过得很好，十年前过着什么样的生活，现在还过什么样的生活，事业也好，爱人和朋友也好，都没变。

温澜听完，就说："真好啊，人到中年，才发现一成不变才最难得。"

潮生笑笑，不由得想起王绪。

他如今是他们之中最有钱也最有权的一个人，这两年生意越做越大，为了商业发展，干脆去深圳定居了。只是去年的时候，他和他老婆离婚了。有时候感情到了一定份儿上，离婚也是一种正确的选择。

大家过得都不错。

唐未就旁敲侧击："潮生，你也赶紧找一个啊。"

潮生没想到连唐未都劝他再婚，打哈哈说："找什么找啊？"

唐未一口咖啡没咽下去，着急地说："我告诉你啊，江潮生，你总单着，我不放心，万一你对温澜旧情复燃怎么办？"

他说的这是玩笑话。潮生听得懂。

他看了眼温澜，温澜也看了眼他，有些事情虽然没有挑明，但是这么多年了，唐未不可能对温澜只字不提。而从潮生之前在欧阳的采访里提到的只言片语，温澜也多少明白了什么。

但是他们俩心照不宣，没有提过，没必要提。

潮生现在早就能和唐未开玩笑了："那你就对温澜好点，别忘了还有我在这儿虎视眈眈。"

温澜直摇头："你俩真是够了，都三十八了，还以为自己十八呢？"

唐未问："你什么意思？"

温澜说："我是夸你，男人至死是少年。"

唐未拧眉："不就是说我幼稚……"

这么多年过去了，每次谈话都是以他俩秀恩爱结束。

念晚十二岁的时候从小学毕业。

潮生到学校里参加她的毕业联欢会。念晚从小就学习跳舞，节目单里但凡有舞蹈的节目，她都参加了。

表演结束之后，潮生给她准备了一款限量款芭比娃娃套装做毕业礼物。

她拎着大盒子，高兴地在操场上跑来跑去，不小心撞到了人。那人正好是念晚的语文老师，二十八岁的姑娘，漂亮，单身。

念晚很有礼貌地说“老师，对不起”，语文老师没有生气，反而掏出几根棒棒糖给念晚，祝贺她毕业。

回家的路上，念晚忽然问：“爸爸，我们能不能请老师来家里做客？”

没等潮生问为什么，念晚就说：“我撞到她了嘛，算是赔罪啦。”

潮生想了想，就给她老师打了电话，但是没有请老师到家里来，而是请老师去了店里。店里也有简餐，菜品很精致。

吃饭的时候，念晚一个劲儿给老师夹菜。酥皮蛤蜊汤是念晚平时的最爱，上桌之后她却先给老师盛了一碗。

老师忙摆手：“谢谢小晚，但是老师对海鲜过敏，任何鱼腥都不能碰。”

潮生看了那老师一眼。

念晚则有点惊讶地看向潮生：“爸，我第一次见到有人和你一样。”

老师讶异，问潮生：“您也对海鲜过敏吗？”

潮生点头：“我不吃海鲜。”

老师腼腆一笑：“那真是太巧了。”

…………

这顿饭吃得还算开心。

晚上回到家，潮生窝在沙发上刷视频，念晚坐在地上拼乐高，拼着拼着她忽然问：“爸，你觉得我老师怎么样？”

潮生眼皮都没抬：“挺好的。”

“真的吗？”念晚从地上蹦起来，跳上沙发，搂住潮生的脖子，“那……爸，你愿不愿意和她谈恋爱？”

潮生目光从手机上挪开：“你瞎操什么心？”

“爸，你也该结婚了。”念晚说，“我们老师可好了，你还记得上个月我上着课忽然来月经了吗？就是她教我好多生理知识，还教我用了卫生巾。”

潮生目光一黯。

“爸爸，就当是为了我，你和她试试吧。”念晚叹气，“不是说爸爸不好，也不是忘了妈妈，我就是觉得，我成长过程中需要有个亲近的女性长辈，那个人不是奶奶，不是姥姥，也不是素素婶婶和温澜阿姨……”

潮生当晚抽了很多烟。

他感觉自己剥夺了念晚成长道路上的某种幸福。于是他终于愿意尝试着去接受一个人进入他的生活。

那个暑假，他开始和念晚的老师约会。

刚开始一切都还好，吃吃饭，看看电影，睡前说一句“晚安”，无聊时她问他在干吗，他会拍个照片发过去。

直到半个月后的某天……那天有一部好看的电影上映，他们一起去看。

出来的时候恰好是傍晚，天气很热，念晚的老师提议去吃冰。潮生没有异议。

他们往附近的某家网红店走。前面有一对情侣，女生挎着男生的手臂，男生空出来的那只手拎着一条金鱼。

女生说：“好烦哦，我不想过夏天，到处都黏黏的，又湿又热。”

男生就笑：“可是，谁能不过夏天呢？”

女生叹气：“怎么才能让夏天消失啊？”

男生又笑：“夏天是不可能消失的啊。”

“……”

潮生听罢忽然一怔，他似乎想起了什么，沉默着走了许久。

直到念晚的老师唤他：“到啦。”

他忽然回神，茫然无措地看着眼前的女人。

他发现一切都不对。他为了约会而约会，为了别人而生活，他自己的灵魂却早就像一株枯萎了的植物。他没有热情，没有感情，没有冲动。

他身处盛夏，却像在冬眠。他的夏天没有了。夏天把春天也带走了。

那天的最后，他郑重地向念晚的老师道歉。那老师以前就是他的书迷，其实对他是崇拜多过喜欢，看他比较诚恳，倒也没有哭闹，体体面面地和他道了别。

她走之后，潮生去海边坐了很久，抽了很多的烟。

“海岸线越让人流连，总是美得越蜿蜒。”旁边的年轻人在直播唱歌，唱的是《一眼万年》，而这首歌还有另外两句歌词——“而我就像你，没有一秒曾后悔。爱那么绵，那么黏，管命运设定要谁离别”。

他又想念黎晚了。

天越来越晚了，他起身回家。

不出意料，念晚已经知道一切，正等着他跟她解释。

他告诉念晚：“只有相爱才能结婚。不然，哪怕我和你老师结婚了，她也不会幸福，我们大家都不会幸福。所以，现在的我也好，以后你长大也是一样，宁缺毋滥。”

念晚静静听完，露出了比同龄人更成熟的神色：“其实我都明白，我们班有个同学爸妈没离婚，但是每天吵架，他过得并不幸福。我没有妈妈陪伴，其实过得很幸福，可是……我就是觉得你太孤独了……”

潮生心里一酸。他很认真地告诉念晚：“我不孤独。”然后搂紧了她。

后来再也没人在潮生面前提再婚的事。

潮生一直觉得念晚的年龄就像他的人生刻度，他不用春节标记年份，不用自己的生日标记年份，而是用念晚的生日标记一年又一年的人生。

念晚十五岁的时候，王冬梅去世了。她腿脚不好，在雪天下楼买盐，摔了一跤，磕到脑袋，当场死亡，还算没有痛苦。

葬礼上，曲芳哭得最凶。

她们姐妹俩最亲密，王冬梅无法对儿子说的苦、无法排遣的寂寞和无奈，全都告诉了曲芳。人生几十年苦苦熬着，咽气了就归零了，最后难以释怀的却是在世的人。

念晚十七岁的时候喜欢上了一个男孩子。那男孩不是别人，而是王绪的儿子王因。

王因这孩子虽然不在潮生身边长大，但是潮生对他也多少熟悉。他就是一个公子哥，会玩也爱玩，比年轻时的唐未有过之而无不及。潮生对他不是很放心，私下里给王绪打过两次电话。

王绪却特别满意自家儿子能被念晚惦记上，还说什么一物降一物，只有念晚管得住他儿子。

潮生不害怕女儿恋爱，只怕对方不是一个值得爱的人，可他又深知有些事必须亲身经历，也就没有太干涉。

念晚和王因也没有腻歪太久，念晚大学是在国内上的，王因则考上了美国的一所学校。少年心性总是不那么坚定，两人异国恋没多久就分手了。

上大学的时候，念晚又谈了个男朋友，据说王因也谈了新的对象，总之是年轻人的事，老一辈的不去管。

念晚大四那年，陈柔去世，因为癌症。

葬礼过后第二个月就是清明节，潮生陪黎晋东一起去墓地看陈柔。黎晋东在墓前久久不语，后来一排麻雀飞过天空，他忽然对潮生说："我好像有点理解晚晚走后你的心情了。"

亲情的思念和爱情的怀念是不一样的。

潮生没说什么，他至今都没把黎晚下葬，她的骨灰坛就摆在他的卧室里，遗照里的她依旧笑靥如花，永远是十八岁的样子。

而他十八岁时是什么模样，他都记不清了。

念晚大学毕业那年考入了一个舞团，她从小练舞，天赋有，努力也有，没多久就在舞团站稳了脚跟。

二十四岁那年，她已经成为舞团的台柱子，而做到这一切，她仅仅用了两年时间。也是这一年，王因回国，进王绪的公司为当接班人做准备。他们再次相遇，爱得难舍难分。

念晚二十五岁那年，王因向她求婚，并且来到家里，跪着向潮生发誓，他一定会对念晚好。潮生相信了他。

念晚二十六岁出嫁，那年潮生五十四岁。

次年，她生下一对龙凤胎。

和黎晚当年一样，她生产的时候也大出血，王因急得在产房门口薅头发，潮生则一根烟接着一根烟抽。

最后念晚母子平安，一向散漫、随性的王因大哭不止，说再也不让念晚生了。那一刻潮生知道念晚找对了人。

那会儿大家好像都过得很幸福。

王绪在商场上打拼，李微印在英国过得潇洒，温澜和唐未恩爱了一辈子，虽然经历过小风小浪，但那些小磋磨在老后回忆一生时都不值得拿出来说一说。

艾闻、艾蓝也结婚了，念晚也是，几个在潮生眼前长大的孩子都很稳定，很幸福。

潮生有时候会在阳台上坐着听老歌："你都如何回忆我，带着笑或是很沉默。"只有一段故事有遗憾的时候，《后来》才有意义。

他很想做一件事，从几十年前就想做，可是现在还不行。他等啊等。

在他五十七岁这一年，黎晋东去世了。听保姆说，他是睡着的时候过去的，发现他的时候，他手里还攥着一张和陈柔的结婚照。

潮生给黎晋东办了个风风光光的葬礼，把他和陈柔安葬到一起。

当天下午孩子们都离开之后，潮生一个人在墓园里转了很久，最后离开的时候，他脸上是带着笑的。

黎晋东的四十九日祭过完，潮生给念晚打了个电话："明天来家里吃饭，别带俩孩子了，就你和因子一起来吧，我有点事还要跟你们商量。"

念晚问："什么事啊？"

他说："喜事。"

念晚笑着发语音回复："好。"

第二天，念晚一大早从深圳坐飞机来到禹山。

念晚推开房门，叫了好几声"爸"，笑嘻嘻地说："因子给你带茅台来了。"她又看到餐桌上的菜，走过去，迫不及待地捏了块肉吃，"哎呀，这菜都凉了。"

"您是不是睡着了？"王因放下手里拎的补品，笑着推开了卧室门。

"爸？！"

…………

江潮生在自己五十七岁这一年在家中自缢身亡。在他的遗体旁边放着一个石榴红的骨灰坛，下面压着一个文件袋。

文件袋里面装着几张银行卡和一份遗产说明，以及一份墓地的购买合同和一份纸张有些泛黄的遗书。

念晚打开遗书，第一行字就已经让她潸然泪下。他写道："晚晚，今天将是我们久别重逢的日子，你高兴吗？我很高兴。"

哭着哭着，念晚又忍不住笑起来，她对王因吐槽："我爸这个人可真怪，把遗书写成了一封信，他是不是还没忘记自己几十年前的作家身份啊？"

王因悲从中来，他注意到遗书的下面还有给念晚的一张字条，他提醒念晚打开看。

念晚先是拿反了，后又把字条拿正，看到潮生写道："念晚，不瞒你说，我是特意等你外公去世才走的。

"你奶奶去世了，外公外婆去世了，你也结婚生子了，我感觉我的使命完成了，再见你妈，她不会说我不负责任了。那天你外公葬礼，结束之后我在墓园转了转，看中了一块墓地，我已经买下来了，你把我和你妈葬在一起吧。唉，说实话，我只有一件事担心，你妈还是那么年轻，可我已经这么老了，再见到她，我怕我会自卑……但是管不了那么多了，我太想见她了。念晚，不要哭，你就当我是追求幸福去了吧。"

念晚收起字条，眼泪流得更加汹涌了，嘴角却用力扬起。因为她知道，此时此刻她的父亲终于得到了期盼已久的幸福，见到了想念许久的人。

屋外橘红色的晚霞光芒万丈，晚风透过窗户徐徐吹进屋子，吹落了念晚下巴上的一滴泪。

她的眼泪打在纸上，恰好落在遗书最后落款的日期上——二〇二六年三月六日。

附遗书：

晚晚，今天将是我们久别重逢的日子，你高兴吗？我很高兴。

提笔之前，我有很多话想说，但不知道为什么，此时此刻，我又忽然不知道该说什么才好了。

在得知你死后，我没有哭。我飞去英国，领到了你的遗体，把你送去火化，给你找了个颜色很夸张的骨灰坛，又在你屋里把你死亡的过程看了一遍。然后我还是没有哭。

现在轮到我自己要离开了，我也丝毫没有眼泪。

我最近常常回忆从前，想起在旱冰场上长发如瀑的你回眸，那一刻你真的是美得颠倒众生、惊心动魄。

你知道吗？我也是那一刻才猛然发现，关于那一天的温澜，我早就记不清了，可是你，我居然想忘都忘不掉。

还有那天午后，我们在教室外面的走廊罚站，我一直没说，我之所以会跟你一起哼歌，是因为你有点走调了。结果却没想到，正是因为我当时随意唱了几句，你才会对我动心。

我想，你一定很奇怪，我是什么时候对你动心的。

我真正意识到心里爱着你，是在结婚那年你生日那天。你应该也记得，当时我们要去酒吧，半路遇见温澜了，后来货物倒了，我先救了你。

人的下意识反应是欺骗不了自己的，我就是在那时候忽然意识到你对我有多么重要。

可是如果说对你动心，想必要早于那时很久很久。

或许是你回国之后我们第一次见面。那天很冷，你却穿着绿色的吊带裙，你不知道，你从阳台上淡淡地往下看着我的样子有多惊艳。

也许是你夹着烟站在那儿，有点酷又有点散漫地问我“我想和你结婚，可以吗”的时候。

最有可能的是那个雨天，你钩住我脖子，明晃晃地勾引我的时候，说句你生前我绝对不会说的话，当时我觉得我骨头都酥了。

当然或许更早，早在你喊我“江老师”的时候就开始了，只是我不知道开始于你叫我的第几声。

这段感情是什么时候开始的，我没办法给你一个确切的回答，但是时至今日追溯往昔还有意义吗？我只想让你知道我爱你。

关于你也爱着我这件事，我也知道了。

今天葬礼快结束的时候，李微印忽然问我我遗憾吗。其实这个问题我更想问你，你遗憾吗？

我很想去找你。更多的话，我想到那个世界亲口对你说。如果不是顾及念晚，我不会让自己等到现在。

现在回国了，念晚有爸妈照顾，我也给你办完了葬礼。白天的时候，我一个个送走他们，温澜、唐未、王绪、李微印……这些你我都熟悉的人，他们跟你告别过了，而我也借机跟他们告别过了。

在你葬礼结束之后，我路过地铁站的隧道，听见有人在唱："你说前半生就这样吧，还有明天……"

前半生的确就这样了，没有明天了。我选择在今天结束自己的生命。

这些日子我总在半夜惊醒。想到你在那边是一个人，并且未来十几年乃至几十年都是孤零零一个人，我就再也睡不着。

我不能让这样的事情发生，所以我做了这个决定。

我妈有海生照顾，念晚有你爸妈照顾，就让我去照顾你吧。我不想等到老了之后再去见你。

到时候尘满面，鬓如霜，纵使相逢，我又怎么好意思与你相识呢？

江潮生

二〇二六年三月六日

还有一些谁也不知道的事：

江潮生在黎晚葬礼之后写下了这份遗书。其间，念晚一直在睡觉。

写完之后，他打电话给陈柔，以念晚总是漾奶为由请她两小时后来家里一趟。

随后他去浴室放水，打算吞药后再割断自己的动脉自杀。就在他打开安眠药瓶准备吞下药的那一秒，念晚忽然大哭不止。

于是他和黎晚的这场相见推迟了二十八年。

4

不如我们从头来过

潮水汹涌，爱意再也无须藏在晚风里

一

江潮生在一片头痛欲裂中醒来，入眼是洁白的窗帘、复古的吊灯、红木高柜，再仔细看，墙上的壁纸好新，墙面挂着的照片仍然是他和黎晚的婚纱照，矮几上则摆着一束有点蔫了的烈焰玫瑰……一切都熟悉，却又说不上哪儿怪怪的。

然后他看了眼床边柜，心一紧。怎么没有那只红色的骨灰坛？

他拍了拍昏沉的脑袋，强撑着从床上坐起来，想穿鞋站起来，脚下拖鞋的样式让他一愣。他狐疑地又将整个房间扫视了一遍。

然后他站起来，走到穿衣镜前，呼吸猛然滞住！他明明记得自缢时绳子扼住喉管的窒息感，可现在看到的为什么是一张如此年轻的面孔？

他抚摸了一下他光滑的脖颈儿，忽地听见门响。下一秒，卧室的门忽然被推开，穿着红色吊带裙的黎晚出现在镜子里。

两个人在洁净明亮的镜子里对视。

黎晚神色疲惫。而潮生吃惊地张大了嘴巴，难以置信地看着这一切。

黎晚丝毫没发现潮生的异样，她手里还夹着一根没点燃的烟，边找打火机边说："昨天我忘记跟你说了，我去英国之后，你记得帮我照顾阳台上的花花草草。"

潮生怔怔地看着黎晚，一声不吭。

黎晚很轻易就找到了打火机，啪地点了火，紧接着点燃了烟。

烟雾缭绕着，遮了她大半张脸。她在床沿坐下，跷着二郎腿接着说："我爸我妈那边，如果你有空，多帮我照顾照顾。

"还有我带不走的一些衣服，你别扔，往后我有需要，你帮我寄过去。

"……"

这大概是从乌兰巴托回国之后，她即将去英国之前的那段时间。

她要交代的事又多又杂。于是从进门起，她就一直滔滔不绝地说着话，只是目光始终没有落在他身上，看似随意，实则压抑。如果她能抬头看一眼，哪怕一眼，就会发现潮生是多么热切地在望着她。

时隔近三十年，再一次相见，他能做的唯一一件事不过是热切地望着她。

尽管难以置信，但他还是明白过来，他已然重生了。

不知道命运为何会选择让他在这个时刻醒过来。他混沌地想着，如果他回到上高中的时候，在一切悲剧都还没有开始时，他会重新追求她，给她一段从校服到婚纱的浪漫爱情。

如果他回到她刚刚从英国回来，还没有对他说"你和我结婚吧"的时候，他一定要抢先说出这句话，郑重地向她求婚。

可偏偏他在他们爱欲纠缠后如此疲惫、失望的当口活了过来。

黎晚抽完了一根烟。她终于站起来，朝他这边望了一眼，似是微微叹了口气，她笑道："我说，我要走了，你一点反应都没有？"

潮生的心像被撕裂一样疼。当初体会不到她的心酸和逞强，此时在她故作轻松的语气里，他加倍地体会到了。

情感一旦被感知到，就能够彻底地共情。他为她的悲伤而悲伤。

他走过去，到她面前站定。他一共走了五步，跨越生与死的鸿沟，跨越爱与遗忘的天堑，五步即是绵长而孤寂的一生。

他不知道，是他重新站到她面前了，还是她又重新回到了他面前。

他望着她——熟悉的眉、熟悉的眼、熟悉的红唇，忍不住伸手，轻轻地像触碰泡沫般触碰她。

黎晚茫然地看着他，对他的行为万般不解。她正想说什么，就以一种漫不经心的语气，心却一紧。因为他忽然哭了，他看着她，隐忍而悲切，砸下了两滴滚烫的泪。

黎晚大惊："你——"话没说完，忽然被他扯着胳膊拉进怀中，整个人撞到他坚硬的胸膛。

尽管是在这段婚姻一地鸡毛的时候活了过来，潮生仍然庆幸，一切都还不算晚，至少她还没有去英国。

这是一个阴霾天，屋子里昏昏暗暗的，打开灯，仍然觉得不亮堂。潮生却觉得周围满是光明与炽热。

他紧紧地拥着黎晚。

黎晚被他抱得喘不过气，挣了一下，问他怎么了。

他却没有把她松开，反而更加用力地抱着她，贪婪地闻着她头发上茉莉的香气，让自己体会到活着的滋味——他们都活着的滋味。

过了大概五分钟，他才想起应该说点什么："晚晚，别去英国了好不好？"

黎晚明显在他怀里僵了一下，她故作坚强地道："你知道的，这个机会来之不易，我——"

"我爱你。"

黎晚眼睫颤了颤，整个人定住了。

潮生又说了一遍："我很爱很爱你。"

黎晚却皱了眉头："你说什么？"

潮生把黎晚松开，眼睛直视着她，一字一句恳切地说："我说我爱你。"

黎晚神色动容，眼里迅速凝聚起一团水雾。下一秒，她把脸偏过去，不知道在逃避什么。

潮生被她这小小的动作搞得眼眶发热。默了默，他把她的脸扳过来，强迫她看着他。他不允许她再逃避了。

"如果你非要去英国也行，那我跟你走，你去哪儿我就去哪儿。"潮生每一个字都说得无比清晰。

黎晚不解："你怎么了，江潮生？"

潮生却没有耐心跟她详细解释这一切。他捧起她的脸，深深地吻下去，熟悉的感觉在心头荡漾。他想起曾在乌兰巴托，也就是今生的前一个晚上，他们激烈地纠缠。

后来潮生在独自走过漫长而孤寂的人生时，再回忆起那些纠缠，总会觉得痛。

他们疯狂做爱，好像最后的狂欢。

可现在不一样了。

他吻了好久，久到黎晚以为他们差点就要去滚床单的时候，他放开了她。

“别走，好吗？”潮生带着乞求，“如果你非要一个留下来的理由，‘我爱你’这三个字够吗？如果还不够的话，那么‘你爱我’这三个字可以让你留下来吗？”

黎晚诧异地瞪大了眼睛。这是她今早的第N次失控。

“你说什么？”她的声音很低沉。

潮生笑：“我说我爱你，你也一样。”

黎晚静了下来。她不知道发生了什么，只知道潮生此刻情绪激动。可是因为他这句话，她忽然感觉悲从心起，眼泪唰地滚落下来。

潮生一怔，见她满脸是泪，一时张皇，都不知道手该往哪里放了。

半辈子了，他再见到她，心里想的全都是“留住她，告诉她我爱她”，除此之外，再无任何的理智可言。

他像个小心翼翼的孩子一样伸出手，抹了抹她的泪，心疼地问：“哭什么？”

她啪的一声把他的手打开，转身到床沿坐下，粗粗地喘了口气，问：“江潮生，你今天吃错药了？你在搞什么鬼？”她根本不信他爱她。

潮生深呼了一口气，抑制住想抱她的冲动，心平气和地说：“我知道你可能不信我对你的感情，我们可以坐下来慢慢说。”

黎晚抹了把眼泪，咬了咬唇，说：“你最好快点，我还要赶飞机。”

潮生心一沉，她还是要走。

他走到她面前蹲了下来，手放在她膝上，想了想，喊了声：“晚晚……”

黎晚吸吸鼻涕，仰头看向天花板，神情脆弱又倔强。

潮生被她哭得难受，心软得一塌糊涂，想了想，说：“李微印把一切都告诉我了，我都知道了。”

黎晚猛然转脸，难以置信地看着他，那一瞬间有羞愤，有难堪，有着急。

她猛然站了起来：“他怎么能这样！”讲完这句话，她又开始痛哭，背过身去，完全无法面对潮生。

她先是说：“你别听他胡说，他这个人最喜欢夸大了。”后来又发狠，“我一定要弄死他！”最后貌似是回过味来了，她深呼了口气，问，“所以你是听了李微印的话同情我才说喜欢我吗？”

“当然不是。”潮生拽着她的胳膊让她转过脸来，“你认识我这么多年，我虽然喜欢沉默，但一向不爱撒谎。”

他有点急了：“何况李微印之所以告诉我这些，是因为——”他停顿了一下，因为不可能把重生这么扯的事情告诉她，所以只能编个“真实”的谎言，“是因为我不想让你去英国，所以我给李微印打了个电话，说出了我对你的感情，本来是想让他离你远点，成全我和你，谁知道，他告诉了我关于你的一切。”

黎晚静静地听他说完，还是不信，神情却有一丝松懈。

潮生知道，黎晚是不可能一下子接受他爱她这件事的，尽管她对他的爱盼望了一生。

他不急于一时，因为他知道他们还有一辈子可以相爱。他看着她的眼睛，轻轻地说：“那天和你重逢，你站在阳台上，穿着绿色的吊带裙向下望着我，你怎么就知道我没有一点点动心呢？

“王绪孩子满月宴那天，我们偷跑出去喝酒，你知不知道，后来我每次想到那一天，都觉得我们在私奔？你怎么能确定，我想亲你就一定和那天的酒有关呢？

“前天晚上在乌兰巴托我让你叫我‘老公’……”讲到这儿，潮生有些哽咽，“你怎么就不怀疑是我真心想听，而和情欲无关呢？”

黎晚的眼泪又一次无声地落下来。她咬着唇，不让自己出声。

潮生继续攻陷她："我明白你一时难以接受这一切，但是可以给我，哪怕是给你自己一个机会吗？"

黎晚说不出一个字。

潮生笑："别走，好吗？"

"我……"只发出一个字音，黎晚就讲不下去了，眼泪将她淹没。

潮生拉住她的手："可以吗？"

黎晚泪眼婆娑地望着潮生，这次的眼神似乎已经代表她的答案。

潮生接收到她的信号，眼角落下一滴泪，嘴角却高高扬起："黎晚，不如我们从头来过，我们从头来过吧。"

二

黎晚终究是没有走。在潮生一口气讲出那么多肺腑之言后，黎晚知道她走不成了。

他们在卧室里静静地待了一会儿，最后是她先打破宁静。她问潮生要了根烟。

潮生出去给她拿过来，自己也咬上一根。然后她坐在床沿，而他坐在她腿边的地板上，两个人又用一根烟的时间继续沉默了一会儿。

这根烟抽完，黎晚说："聊聊吧。"

潮生知道，黎晚属于要么不说，但既然打开了天窗，就必须说亮堂话的人。他答应："好啊，聊聊。"

可是聊什么呢？

她说："对于我暗恋你的事，你知道多少？"

潮生想了想才说："全部。"

黎晚蹙眉，低下了头。

潮生始终盯着她，可是话说到现在，一开始的冲动退去了，他反而不知道从何说起。

但是他太害怕失去她了。他知道，让她感知到爱，可以放在日后的生活中用细节证明。可是要让她信任这份爱，就必须先把一些嫌隙去除。

缓了缓，他才又开口：“我知道四月十二号之于你的意义。

“我知道你和李微印是假的，高考志愿你就是直接照抄我的。

“我知道你想和我结婚是真的想和我结婚，而不是因为李微印，更不是因为你父母。

“……”

黎晚怔怔地坐着。以前不是没想过他知道这一切会怎样，但她绝没有想到，他们之间会是以这样直白的方式摊牌，更没有想到，她的反应可以如此淡定。

她有一些羞愤，有一些不自在，但内心深处更多的是轻松。终于尘埃落定了，终于没那么累了。

潮生笑：“我知道的事情很多，可是你知道的事情太少。”

黎晚心跳得很快，脑子也很乱。可越是这样，她表面反而越是淡淡的，最后摆出她素日里那副没心没肺的样子，挑眉说：“那你说来听听。”

潮生的思绪瞬间被填满。该从何说起呢……

哦，他灵光乍现，想到一个名字——温澜：“我放下温澜是在和孙维维分手之后。你不知道，我瞒着所有人去了趟武汉，本来打算表白，却亲眼看到温澜和唐未恩恩爱爱地进了酒店。那会儿我就想说，人家那么幸福，我何苦呢？伤心也伤够了，就放过自己吧。”

黎晚听着听着，神情不由得严肃起来。

潮生不紧不慢地回忆道：“喜欢上你是什么时候的事情，我实在不知道，但可以肯定，绝对在我们结婚之前。晚晚，你也知道，你并不是一个毫无魅力的女人。你三分的神采就够我享用一生。”他笑了笑，“何况你对我的勾引哪次不是使出全力？”

黎晚的目光闪躲了一下。

“但是真正意识到我爱你这回事是在你生日那天。当时半路上我们遇到温澜，货物倒了，眼看就要向你和温澜砸下去，我第一反应是去救你。”他深深地望着她，“那一刻我才明白，比起失去温澜，我更怕失去你。”

黎晚久久未动，半晌才说：“是这样吗？”

原来真相是这样的吗……

“当然是。”他给了她一个确切的答案，“并且我很想要个属于我们的孩子，只是生育权在你，我不想强迫你。”

听到“孩子”这两个字眼，黎晚眨了下眼睛，眼里顿时又染上雾气。

潮生发现了她的异样，起身坐到她旁边，拥抱住她。他轻轻拍着她的背：“晚晚，不相爱并不可怕，可怕的是彼此相爱却浑然不知，可怕的是相爱的人要错过。”

黎晚好像要把一生的眼泪都流光了。她的眼泪砸在他背上。

潮生心疼地看着她：“哭吧哭吧，把一辈子的眼泪都流光，以后只让你过欢快的日子。”

黎晚闻言怔了怔，几秒后果然哭得更凶了。

潮生捧着她的脸，爱怜地吻着她的泪。

黎晚被他的温柔折磨得要疯，她哇的一声号啕大哭，伸手推开他，边推边打：“你为什么不跟我告白？你是不是个男人？！”

“对不起。”

“为什么不早点告诉我，为什么到现在才说……”

“对不起，晚晚，我真的……对不起。”

黎晚使劲儿打他，潮生刚开始一味承受，可后来看黎晚情绪失控，怕她不能自已，干脆握紧她的手腕，把她制止了，又一次拥抱她。

后来她在哭，他在哄：“对不起。

“对不起，真的对不起。

“不哭，不哭，我们好好的……”

他第一次这么肉麻。以他的性格，如果不是失去过，又怎么会如此拼命想留住？

后来机票退了，可是黎晚的行李箱还在客厅摆着。潮生怕她反悔，帮她把里面的东西都拿了出来，放到了原本摆放的地方。

黎晚怔怔地看着他整理，忽然想到了什么，站了起来：“我的月亮发夹好像不见了。”

潮生一笑，走到沙发旁，从沙发垫缝隙里把那只发夹掏了出来。“喏。”他说，“月亮是不会丢的。”

他鲜少露出这样得意的小表情，黎晚有一瞬间失神。

她走上前想把发夹接过来，潮生却忽然把手收了回去。

黎晚问：“怎么了？”

他想了想，说：“我想让你答应我一件事。”

黎晚不明就里：“什么？”

他敛去多余的神色，只剩认真：“我们好好过日子，不欺瞒，共分担，好不好？”

黎晚眼底闪过一丝讶异，但很快这抹讶异就被温和取代。她说：“我现在还是很蒙。不过……我答应你。”

潮生笑了，然后亲手把月亮发夹别在黎晚的头发上。随后他去厨房为黎晚准备早餐。

黎晚亦步亦趋地跟着他过去，看他煎蛋，她一言不发。

没一会儿，潮生就把早饭做好了，她把她那份全都吃完，其间仍然沉默。

吃完饭，潮生说：“在家待着太无聊了，出去转转吧。”

黎晚答应了。

她本来以为他会带她去逛公园什么的，谁知最后他竟开车带她到了高中校园。

黎晚不解：“来这里干吗？”

他拉住她的手：“既然约定好了要从头来过，那么就从这里开始吧。”

天放晴了，太阳从云朵后面冒出来。

那是九月，上午的阳光并不刺目，却足够明亮。暖阳透过树叶的缝隙斜斜地照射在他们两人身上，电影里常把这样的空镜头解析为希望和美好。

再爱一次吧。既是从前的延续，也是归零的序曲。

黎晚默了默，随即对潮生扬起了今天第一个明媚的微笑：“那就，走吧。”以过去为伊始，向前走吧，去未来吧。

三

后来的日子过得平淡但不平庸。

潮生用了一年的时间才真正让黎晚相信他是爱她的，不是因为她爱他，他才愿意付出感情，而是他本来就爱她。

黎晚记得很清楚，这一年的平安夜，幸福家园中老年人俱乐部举办联欢会，王冬梅报了一曲独唱。他们一起去看王冬梅的演出。结束之后，他带她去了一家酒吧，是那家位于闹市里一道窄得不能再窄的巷子里，让他们都“醉了”，然后把第一次交付给对方的酒吧。

他们进去的时候，里面已经很满了。

有女人在唱粤语歌——王菲的《容易受伤的女人》。不知道为什么，潮生在听到这首歌之后，握着黎晚的手紧了紧。

等那个女人唱完之后，他主动上台，也给黎晚唱了一首歌——这首歌土得掉渣，叫《做我老婆好不好》。

黎晚刚开始听得嘎嘎笑，还瞎起哄，说：“我都是你老婆了，还唱什么唱啊？”

他不听，非要唱：“如果明天的路你不知该往哪儿走，就留在我身边做我老婆好不好，我不够宽阔的臂膀也会是你的温暖怀抱……”

后来他唱完，她已然泪流满面。那会儿她已经完全不用伪装，可以直接在他面前哭和笑。

他看到后立即下台抱住她，好一会儿都没松开。

她知道，他心疼了。

后来喝了几杯酒，有啤酒，也有鸡尾酒，他俩又一次“醉了”。

这次是潮生主动。他忽然凑到她跟前，咬她耳朵问：“老婆，开房吗？”

于是他们又一次奔去隔壁的酒店。

这件事之前已经干过一次，这次他们都有经验，没有再试探和推拉，从进电梯就开始接吻，一路吻到楼上走廊里，又从走廊里吻到房间里。

进了门，他猛然把她往门上一推，紧接着贴上去。

她笑：“怎么又是这个姿势啊？”

他的呼吸从后面喷过来：“老子乐意。”话音里藏着笑。

后来，屋里下起了雨。所谓大汗淋漓，当然只是雨的一部分而已。

那晚之后，他们之间的感情更上一层楼，倒有点如胶似漆了。

第二年五月份的时候，温澜生产。她一口气生了一对双胞胎，亲朋好友都特别开心。

只是生产的过程中，她经历了难产，把大家都吓坏了。

当时潮生和黎晚也从家里赶到医院，守在产房外。看到唐未担心又痛苦的样子，潮生一下子就想到前世黎晚的死。

他把黎晚带到消防通道，紧紧抱住她，说：“晚晚，生孩子太可怕了，我宁愿不要孩子，也不想让你受这个苦。”

黎晚问：“看到温澜那样子，你心疼吗？”

潮生一顿，真没想到她在他讲出这么动容的话的时候想的居然还是温澜。她依旧是介意的。

她越是这样，他就越心疼。看着她闪躲的眼神，他对准她的唇吻了上去，喃喃地道：“以后每多想一次就要给我亲一口。”

黎晚看着潮生的眼睛。这双眼和这个人一样，那么澄澈，而里面映着的是她一个人的影子。

她想了想，终是紧紧回抱住了他。

生活就这样一天天过，倒没什么可值得单独挑拣出来的大事。

左右不过是他们一起做蛋糕，一起研究菜谱，一起把通往阳台的玻璃上画满千奇百怪的画……每天都做这类令人着迷却很细微的小事。然而夫妻生活最需要的恰恰是这种细节。

潮生几乎每天都黏在黎晚身边。唯有温澜生产后的这个星期，他独自去了西藏。

在达孜纳金山，他看到彩色的经幡犹如一道道彩虹横跨山口，漫山遍野。

经幡从公路的这个山头横跨到另一个山头，就这样覆盖了大山，跨越了雪山。无数的经幡在风中猎猎作响，壮观得令人震撼。

潮生在这里停下，在这个海拔4200米的山口撒下祈福的经幡。

听藏族的人说，经幡每一次飘动，都是一次祝福。由于特殊的地理条件，这个山口的风非常大，因此他又在这里系下了二百米长的经幡。

他希望风永远热烈，经幡永远飘扬。这样，他的妻子就可以平安了。

入藏之后，一路上随时随地都能见到朝圣者，他们三步一叩首，信仰的力量让人想哭。

潮生失去过黎晚一次，至今后怕。于是他从纳金山开始，一路朝着布达拉宫磕长头朝圣而去。

他和许多朝圣者一样，有秩序地走在公路一侧，双手举过头顶合十，放下来时分别在胸前、腰间拍击，然后跪倒在地，额头碰到地面，双手在额前再次合十叩拜，接着站起走三步，再一次伏地叩拜。就这样，他走了一天一夜。

在这个满是信仰的地方，他唯一的愿望不过是她能平安。

他在进藏三天后返程，回到家中时已是深夜，却没想到打开门后屋里是亮堂的。

黎晚正坐在沙发上哭。潮生心一紧，不明白他走的这段时间到底发生了什么，却下意识走过去抱住了她。他问："怎么了？"

她呜咽着把手机拿给他看。原来是有人拍到了他去朝圣的照片，现在他已经在热搜上挂着了。

作为当红作家，他此前几次上热搜，不过是因为实体书预售，或者书籍改编影视剧等，他本人其实鲜少上热搜，可这次的讨论量很大。

黎晚问："你去朝圣干什么？"

潮生拭去她的泪水，并没有隐瞒："求你平安。"

黎晚定定地看了他两三秒，泪又涌了出来。在爱人面前，她变成了一个"嘤嘤怪"。

那晚潮生搂着黎晚，说话说到半夜。

他把这次突如其来的朝圣解释为他的一个梦。他把前世发生过的事情当成一个梦讲了出来。

最后她只回了一句话："我们一起白头到老吧。"

四

潮生一直抗拒黎晚生孩子。但是黎晚本身就不是丁克，她是很想有自己的孩子的。

最后几经商议，潮生终于被黎晚说服——他始终没有决定黎晚子宫是否使用的权利。

如果他因为害怕她生产而剥夺她成为母亲的权利，那么他和那些逼着女人拼命生三胎、四胎的男人又有什么区别?

后来黎晚在她二十八岁这年秋天怀孕。次年，她生下一个可爱又漂亮的女儿。她从怀孕到生产一直顺顺利利的，没有过度的孕吐反应，顺产一小时生完，生完之后没有妊娠纹，没有体虚、胸下垂等任何不良症状。不知道这是不是潮生虔诚地朝圣为她祈福的结果。

孩子的名字是他们夫妻俩共同取的，叫——黎江江。

没错，小孩最终随母姓，这是潮生的坚持。以我之名，冠你之姓，弥补你前世的遗憾。

而孩子的小名叫念晚，江念晚，不是江潮生怀念黎晚的意思，而是江潮生的信念是黎晚。

至此，他们一家三口终于圆满。

此后漫漫几十年人生路，潮生终于有人红尘做伴。他过得很幸福。她和他一起幸福着。

往后五六十年，他们都一直健康平安，无灾无难。

八十多岁了，脚步都蹒跚了，牙齿都掉了，她还是会和他斗嘴，而他还是会与她拥抱。

他们还是会在落日余晖下手挽手走在沙滩上，看大海，听潮声，吹晚风。

这一次，潮水汹涌，爱意再也无须藏在晚风里。

出版后记

To 晚风：

前两天路过麦田，看到麦子黄了。

朋友说，好美啊，风吹麦浪，在城市哪能见到这样的场景。然后她问我是什么感觉，我说："我只是想起一句诗——一岁一枯荣。"

我在2020年8月份开始写文，直到2021年5月份，也就是去年的这个时候，在被晋江拒签十几次之后，才终于申签成功。

那时候《等风降临》还没有出版，我很勤奋地用一年时间写了四本书，全都寂寂无闻。

我感觉我好像在独自走一条很长的隧道，前方是亮的，可我踽踽独行了那么久，还是触摸不到光。

我那会儿抑郁症、焦虑症都挺严重，一度认为我真的不适合写文。

几个月之后，《等风降临》出版。那天晚上，我在微博上写了一段话："春夏说过，'我就是要这个世界上有一束光是为我打的，我就是要这个世界上有人是为我而来'。这一点对我也非常非常重要。"是真的蛮重要的。

或许是原生家庭的原因，我从小就极度缺乏安全感，不至于自卑，却很不自信，渴望被认可，永远把自我价值看得比天大。

我没有显赫的家世，没有漂亮的脸蛋，没有特立独行的性格，"周晚欲"这三个字竟是我唯一的光。

我真的很渴望这点光可以一直亮着，哪怕并不耀眼。为了这份渴望，春去秋来，我一直笔耕不辍。

今年的这个时候，我已经有六本书签约出版。虽然我在圈子里仍然是个小透明，可是对比一年前，我的境况不知道好了多少。

前些天我和大家在群里聊天，说起现状，感觉我就像是一个大山里的孩子，凭借自己的努力，一步步翻越大山，走到了村庄，往后是小镇、小城市，再慢慢接近繁华的都市。

大家说：“我们一定会进城的！”

我在屏幕这头看得热泪盈眶。

我知道我不是你们唯一喜欢甚至最喜欢的作者，但是感谢你们把一部分对陌生人的爱给了我和我笔下的人。

有时候我会很怕你们离我远去，任何形式的爱对我来说都大于一切，爱对我来说比自由都重要。

我始终不是一个平静的人，也没有轻盈的灵魂，没有令人为之一亮的特长、让人如沐春风的性格。我用什么留住你们？我的抑郁、敏感、对梦的饥渴……这些都是乍看迷人、实则接触之后会令人疲惫的东西。

于是我埋头写作。可是留下的字迹也是那么拙劣。

这并非故意所说而求你们安慰，我是一个天生对自己不信任，又期待浓墨重彩的人，有时候会自我厌弃，有时候又会自我着迷，总在学着喜欢自己。

对于这样的我，谢谢你们爱我。

迄今为止，《晚风》这本书是我写过的第一篇也是唯一一篇虐文。而我的读者名就叫作“晚风”。

后来我有点迷信地想，属于“晚风”的作品，我该写一篇甜文的。所以我决定把这本书的番外写成皆大欢喜的结局。

而后记专门给“晚风”写了写心里话。

我总是说，时间过去之后，好像有一部分自己就真的留在了昨天，再也找不回来。“一岁一枯荣”这五个字，当我站在今天的路口眺望来时路的时候，才格外感念。

今年我把我的专栏名改成了“一直游到海水变蓝”。贾樟柯有部电影就叫这个名字。当时在电影院的时候，梁鸿的片段让我潸然泪下。

网上很多人都说梁鸿既没有灵气，也没有生命力和叛逆气质，可我的眼泪偏偏是为她流的。

因为我明白，在小乡村里成长，有这么一大家子兄弟姐妹，以及病重的母亲和老实的父亲，她能从家门口的小河游到远处的大海已经很不可思议了。

只有同在乡村长大的女性才能明白，梁鸿的生命力一定是顽强到近乎燃烧，才能有今天这样的成绩。

我也想像她一样，一直游，一直游，一直游到海水变蓝。

而你们就请在岸上等我勇敢。

图书在版编目（CIP）数据

晚风 / 周晚欲著 . -- 北京 : 北京联合出版公司，2023.5

ISBN 978-7-5596-6729-8

Ⅰ. ①晚… Ⅱ. ①周… Ⅲ. ①长篇小说－中国－当代 Ⅳ. ①I247.5

中国国家版本馆CIP数据核字(2023)第038445号

晚风

作　　者：周晚欲
出 品 人：赵红仕
责任编辑：夏应鹏
特约监制：穆　晨
封面设计：吴思龙@4666啊
出版监制：辛海峰　陈　江
特约编辑：王苏苏　丛龙艳
产品经理：张梦璇　陈隽萱
美术编辑：任尚洁

北京联合出版公司出版
（北京市西城区德外大街83号楼9层　100088）
北京联合天畅文化传播公司发行
天津中印联印务有限公司印刷　新华书店经销
字数 288千字　880毫米×1230毫米　1/32　10印张
2023年5月第1版　2023年5月第1次印刷
ISBN 978-7-5596-6729-8
定价：49.80元

版权所有，侵权必究
未经许可，不得以任何方式复制或抄袭本书部分或全部内容
如发现图书质量问题，可联系调换。质量投诉电话：010-88843286/64258472-800